ちくま文庫

立腹帖

内田百閒集成 2

筑摩書房

目次

立腹帖

内田百閒集成2

編集　佐藤　聖
資料協力　紅野謙介

見送り

宵の急行で、漱石先生のお子さんの純一君が、欧羅巴《ヨーロッパ》に発ったので、見送りに出かけた。何年前のことだか、もう余っ程になるので、思い出せない。洋杖《ステツキ》をついて、薄闇の護国寺の前の、だだっ広い道を歩いていると、向うの薬屋の店から射した明かりの中に起《た》っている男が、急にあわてた身振りをして、駈け出した。明かるいところから消えて、暗がりの何処へ行ったかわからないけれども、何だか、あるらしいなと思った途端に、ふと顔を上げたら、護国寺の空が一ヶ所だけ明かるくなって、その下に赤い煙が筒のように立っていた。火事か知らと思って、私は急いで歩いた。

私が山門の前に起った時、恰度《ちょうど》内側から、重い扉が開かれた。小さな巡査が一人、剣を押えて馳け込んだ。目の先がぱっと明かるくなったと思ったら、正面の石段の上の右寄りにある樹立の中から、大きな焔《ほのお》が千切れたようになって、暗い空に飛び上がった。すると、俄《にわか》に辺りが赤赤と映えて来て、柱の割れる音が、ぱちぱちと聞こえ出した。

喞筒《ポンプ》が来て、大きな筒から、水が飛び出したら、筒先を持った二人の男のうちの一人が、尻餅を搗いた。水の繁吹《しぶき》をかぶった樅《もみ》や杉の幹が、焔に照らされて、油を塗ったように、ぎらぎらと光った。

だんだんに人が増して来た。その連中が、お巡りさんや、消防夫に追いたてられて、石段を次第に上に昇って来た。その後から来た者は、もう山門を入れてくれないに違いない。中にいる見物人は、みんな団《かた》まって、火の手を見入ったまま、不思議にだれも口を利《き》かなかった。

火の勢いが烈しくなるにつれて、まわりの立ち樹の間に風が起こるらしく、大きな樹が一本ずつ、ゆさりゆさりと勝手な方に動き出した。その間を目がけて、焔のかたまりが、根もとから千切れて飛んで行った。空を見たら、低く垂れた雲が真赤に焼けていた。辺りにいる人の顔を見たら、みんな金時のように赤かった。時時焔の底から、轟轟《ごうごう》と云う音がした。焼けているお堂の廻廊の上を、薄い焔が水を流すように、するすると辷《すべ》って行った。見る見る内に、その焔の寸が伸びて、軒から下に吹き出している赤い煙と縺《もつ》れ合った。そうして、全体が一つの大きな火の玉になって、ぐらりぐらりと揺れ出した。私は恐ろしくなって、急に汽車の時間が気になり出した。しかし、石段には一ぱいに人がつまっており、山門の所には喞筒《ポンプ》がいて、お巡りさんが起ち並んでいるから、出られそうもなかった。

焼け落ちてしまって、人が散ってから、急いで電車に乗って、東京駅に向かった。火の燃えている間、どのくらい時間が過ぎたか、よく解らなかった。しかし電車が九段の下まで行った時、丁度その汽車が東京駅を出たことは時計でわかった。

それから私はその儘電車で東京駅まで行って、神戸行の急行に乗り、翌朝神戸駅に下りた。三ノ宮に下りることは知らなかったのである。船の名前を覚えていたから、俥《くるま》に乗って桟橋まで行って、その船に乗り込んで見たら、純一さんがいたから、途中で火事を見ていて、遅くなったわけを話して、そこで見送りをして、帰って来た。

一等車

私は汽車の一等に乗った事がないから、乗って見ようと思い立って、上野から仙台までの白切符を買った。但し、その当時、私は陸軍と海軍の学校の先生をしていたから、切符は官用の半額である。だから、実は二等の切符よりもやすかったのだけれど、急行券には割引がないから高い。そうして午後一時発の急行に乗り込んだ。著物《きもの》は祖母の著古した、蚊帳《かや》の様な色の帷子《かたびら》を素肌に著て、朴歯《ほおば》の下駄を穿《は》き、青いズックを張った小さな手鞄《てかばん》を一つ携《たずさ》えた。ズックの色が褪《あ》せて、少し黄色に変りかけている。形が古風で、素麺櫃《そうめんびつ》に手をつけた様だった。それを自分でさげて行ってもいいけれど、赤帽と云う者がいるのだから、赤帽に持たせた。

一等車は、列車の真中にあって、半分は廊下のついた寝台車に仕切り、半分は昔風に座席が窓に沿って長く伸びていた。私はその長い座席の真中の辺りに坐《せ》って、何となく、ほっとした。夏の事だから、窓には金網の紗《しゃ》が張ってある。その所為《せい》で、車室の中は少し薄暗くて、どことなく荘厳《そうごん》な感じがした。

発車する迄、到頭だれも這入《はい》って来なかった。私は広い車室に一人ぽつねんと居て、益《ます》益《ます》一等に乗ったような気持になり出した。汽車が走り出してから、暫らくすると、年増《としま》のボイが這入って来て、私の前を丁寧に腰をかがめて通り過ぎたと思ったら、直ぐに帰って来て、私の足許《あしもと》にスリッパを置いてくれた。私がそれに穿きかえると、ボイは待っていた様に私の下駄を傍にそろえた上で、又丁寧なお辞儀をして去った。下駄の表に、大きな足の親指の痕が左右相対の位置に黒くついているのが気になった。

一等車の紗張りの窓から見る外の景色は美しかった。白い田舎道を、真赤に見える帯をしめた女が一人、尤《もっと》もらしく歩いて行った。向うの山裾《やますそ》を裸馬が一匹、無暗《むやみ》に走っている。車掌が這入って来て、入口で脱帽して、私の前を通り過ぎた。車掌が食堂車を通る時に、帽子を手に持って行くのは知っているけれども、普通の車室で脱帽するのは始めて見たから、不思議な気持がした。

隣りの寝台車に、どんな人が乗っているだろうと思って、仕切りの扉を開けて、廊下をぶらぶら歩いて行った。寝室はみんな開けっ放してあって、だれもいなかった。一番向うの端に人の気配がするから、その前まで行って見ようと思ったら、不意にボイが廊下に出て来て、何か御用で御座いますかと云う風にお辞儀をしたので、困ってしまって、そのままもとの席に帰って来た。

どこかの駅で汽車が停まった時、駅長さんが丁度私の車室の前に起《た》っていて、紗の窓を通して中を見る様な、見ない様な風をした。さっきのボイが駅長さんの傍に行って、何か話し出した。どうも私の事を云っているらしい。脚を蚊が食ったから、平手でふくらっぱみを叩いたら、大げさな音が車内に響き渡った。

また汽車が動き出してから、暫らくすると、ボイが枕と、薄い毛布のような物を持って来て、「お退屈さまで御座いましょう。少しお休みなさいましては」と云って、枕を座席の上に置いた。

段段つまらなくなって、少し眠くなりかけていたのだけれど、そんな事をされると、また気が立って、目が醒めてしまった。しかし、ボイがそこに起って、待っているから、仕方なしに私は横になって、枕に頭をあてた。ボイが足の方に毛布をかけてくれて、何処で下りるかと尋ねるから、仙台までと答えた。

ボイが行ってしまった後、私はいつまでも天井や、窓から斜に見あげる空を眺めていた。ちっとも眠くなんかならない。何となく寝ているのも窮屈になって来たから、足の毛布を蹴飛ばして、起きてしまった。

車掌が何度も私の前を通ったから、その内に検札に来るかと思ったけれど、到頭来なかった。一等のお客には、そんな失礼な事はしないのだろう。

仙台に著《つ》いたから、降りようと思っていると、ボイが這入《はい》って来て、いきなり私のズックの鞄《かばん》を携《さ》げて出て行った。そうして、汽車が止まるか止まらないかに、プラットフォームに飛び下りて、鞄を携げたまま、改札口に駆けて行った。鞄をそこに置いて、改札の駅員と何か話している。「変な奴が乗っているんだけれど、ここを出て行く時、切符をよく調べてくれ」と云ったのではないか知ら。ボイが帰って来て、まだうろうろしている私に、「お鞄は改札まで持って参っておきました」と云うものだから、仕方なしに五十銭やった。改札を出たら、大きな欠伸《あくび》が続け様に出て、涙がぽろぽろとこぼれた。

立腹帖

一

近頃は身体の加減か、年の所為《せい》か知らないけれど、あんまり腹が立たなくなった。昔はいろんな事が口惜しくて、無暗《むやみ》に腹を立てた為に、到頭、耳が動き出した。子供の時分の事だから、何をして叱られたのだか、思いだせない。兎《と》に角《かく》母が私をきめつけたのである。それを腹に据えかねて、ぷりぷりしながら、湯殿の中に這入《はい》って行った。磨硝子《すりガラス》の窓に薄日が射して、流し場も、蓋を取って綺麗に掃除をした湯槽の中も、干《かわ》いていた。底の方に、少しばかり溜まっている水に、私の顔だけが映っている。段段腹が立って来るので、その底からのぞいている私の顔に向かって、いろんな事を云いながら、「やい」「こら」と怒鳴っている内に、湯槽の縁から屈み込んでいるこちらの顔に血が上って、真赤になった様な気がした。

午《ひる》過ぎの家の中は静まり返って、辺りに何の物音もしないのである。それが又何となく癪《しゃく》にさわる様に思われて、しんとした湯殿の中で、私は頻《しき》りに歯ぎしりをした。どうも上顎の奥だか横だか、そこいらが変な気持がするけれど、そこをなお歯を食いしばって、ぐいぐいやると、妙に割り切れた様な、いい気持がした。暫らく続けていたら、しまいに、顔じゅうが動き出す様な気がし出したので、隣りの上り場に立ててある鏡台の鏡に顔を写して見ると、両方の耳が、ひくひくと動いていたのである。その時に骨《こつ》を悟ったので、今でも私の耳は動く。

過ぎ去った後から振り返って見ると、もっと大きくなってからでも、無暗に腹の立つ年頃があった様な気がする。

東海道線の上りの急行列車に乗って、食堂に這入った。軽く一品か二品か食べようと思ったから、好みの物を註文すると、ボイが言下に、唯今は定食時間中故《ゆえ》、お好みには応じられないと謝った。

私が、それは承知しているけれど、もうその規定の時間も終り頃で、この通り辺りにあんまりお客もいないのだから、いいではないかと頼んだけれど、ボイは時間中は絶対にいけないと云って、取り上げてくれなかった。

仕方がないから、向うできめた料理を、順序に従って食う事にして、匙を取り上げるか上げないかに、一人の老紳士が、一等車の方の出入り口から這入って来て、私の横のテーブルに著席した。

ボイが、「へへえ」と云う風に腰を屈めて、註文を伺っている。

「ライスカレーを、柔らかくして、後で紅茶と、それだけでいい」と老紳士が云った。

そうして間もなく、隣りの卓子《テーブル》に、ライスカレーを持って来たから、私はしんの底から腹を立てた。しかしその場で怒り立てる性分でもないので、黙って耳を動かしながら、私の卓子に運ばれるものを食っていると、お皿の代り目毎《ごと》に、ボイが私の耳もとに腰をかがめて、

「如何《いかが》で御座いましょう。今度の分は、これは又よっぽど、さっぱり致して居りますで御座いましょう」と云うのである。

二

食事の間は云うまでもなく、帰りの汽車中、腹を立て通して、東京に著《つ》いてからも、家に落ちついた後も、まだおさまらない。人と話しをしていても、その事を思い出すと、気が散ってしまって、話しの続きが、ちぐはぐになる。

到頭、我慢がし切れなくなって、東京駅だったか、東京鉄道局だったか忘れたけれど、そう云う監督筋に宛てた手紙を書いて出した。文に曰《いわ》く、規則を通すなら、公平にやれ。自分に対して、たった今ことわった事を、その目前で、他の客に計らうと云う法はあるまい。その客が、一等車から来たからだとすれば、なお更承知しかねる。

こう云う不都合を、取り締まってもらいたい云云。

手紙を出してしまったら、不愉快な気持を、大分忘れて来た。暫らくたってから考えて見ると、何もそんなに怒らなくても、よかった様にも思われ出した。

それから何ヶ月か過ぎて、真夏の暑い真っ昼間に、突然知らない人が訪ねて来た。丁度、往来を見下ろす二階の縁側に起《た》って、風を入れていたところだったので、その当時はやりの白麻の詰襟服を著《き》た紳士が、俥《くるま》を私の家の門前に乗りつけたのを見て、変だなと思っていると、下から家の者が、名刺を取りついで来た。急行列車の食堂車を請負っている、上方《かみがた》の西洋料理屋の支配人だったので、私はびっくりした拍子に、ひとりでに顔が赤くなったのが、自分で解った。

二階の書斎に請じて、会って見ると、いつぞやの一件のおわびなのである。

私は干魚のようになって、恐縮した。支配人はひたすらに不行届をわびる。

「しかし我儘を仰しゃるお客様が御座いまして、それがどうも兎や角申し上げられない筋のお供の方に間間御座いますので」と云った。

それから、又暫らくたった後、神田の方に用事があって、出先で食事をする廻り合わせになった。

地震前の事なので、萬世橋の駅の構内に、列車食堂の経営をやっているその西洋料理店の支店があった。私が何の気もなく、実は少少顔が引きつるらしいのを我慢して、いわゆる定食を食っていたら、その幾皿目かの時に、不意に給仕人が私の耳もとで私語《ささや》いた。

「如何で御座いましょう。これはさっぱり致して居りますでしょう」

私は後の御馳走を、落ちついて食っていられなかった。

給仕人がそんな事を云うのは、上方の料理屋のお愛想なのか知ら。

三

定食で思い出すのは、しかしこれは他人の立腹である。

矢張り地震の前の、新橋駅の東洋軒で、晩飯を食っているところへ、近所の宿屋に泊まっているらしいお百姓が一人、宿屋の浴衣を著て這入って来た。フォークの音をさせないで食う事に気を配り、又そう云う作法を守るのを得意がっていた当時なので、そのお百姓の風体は、紳士気取りの私に取って、面白くなかった。

その外に、当時は田舎の好景気時代で、金廻りのいいお百姓が、東京に出て来て、大尽風を吹かす話を、方方で聞かされていた。自分が紳士は気取っても、お金はあんまりないものだから、内内その同席のお百姓の懐加減を邪推して、自分で気づかない反感を催していたかも知れない。

お百姓は、一ぱいやりながら、前菜を食って、スープを平げて、その次に、ボイがお魚か何かの皿を持って来た途端に、急に大きな声で怒鳴り出した。

「人を馬鹿にするな。田舎者だと思って、なめてやがる」

給仕人がびっくりして、一つお辞儀をした。

「だれも頼みもせぬ物を、こんなに持って来くさって、この店は押し売りをするか」

「お定食を召し上がると仰しゃいましたので」

「いや何もいわん。いわんのに持って来る」

「初めに伺ったじゃありませんか」

「知らん。註文せぬ物を押しつけると云う法があるか」

「ほかのお客様のお食事中ですから、どうかお静かに願います。知らないと仰しゃっても、入口にも御定食時間の札がかけてあります」

「何とか彼とか云っても、解っとるぞ。人につけ込みやがって、さあ金を払うから、勘定書を持って来い」

「お定食になって居りますから、唯今までのだけに致しますと、大変お高くなりますよ」

「構わん、だれが食ってやるものか」

給仕人は、持って来たフライの皿を、そのまま持って帰った。その間にお百姓は、ぷりぷりしながら、麪麭《パン》の塊りを片手に握って、食い千切り、片手で硝子《ガラス》の杯に酒を注いで飲んだ。私が怒った時の様な顔をしていると思いかけて、苦苦しくなってやめた。

当時のそう云う料理屋の定食は、大概どこでも一円五十銭であった。ところが、ボイが勘定書を持って来て、九十五銭いただきますと云ったので、お百姓が、またいきり起った。

「何と何がいくらで、こんなになるのだ。どこまで人を馬鹿にするか」

「ですから先程申し上げたように、お定食としては、大変お安くなっておりますけれど」

「よし払う。構わん払う」

お百姓は、立ち上がって、お金を払った。そうして急いで、そこにある水飲みのコップの中に、残っているお酒をうつし込んで、一呼吸に飲み干した。それから、卓子の上のバタ入れを取り上げ、懐から手拭を出して、その折り畳んだ間に、氷で冷やして固めてあるバタの丸い玉を、みんな包み込んでしまった。そうして、その手拭を懐の奥にねじ込み、足音荒く出て行った。

蒸し暑い晩だったので、恐らく駅の外に出ないうちに、バタがとろけて、おなか一面ずるずるになり、益《ますます》腹を立てた事だろうと思った。

他人の立腹するのを見ているのは、つくづく面白いものだと思った。

四

新橋駅の一件で、今度は又自分の立腹を思い出す。

新橋駅のプラットフォームに待っているところへ、丁度四時に東京駅を出た下ノ関急行が這入って来た。これも矢張り地震前の話なので、その頃、東京から下ノ関に直通する急行列車は、この時刻に出る第五列車一本しかなかったのである。

私は地響きと共にベンチから起ち上がった。目の前を、当時なじみの八八五〇型機関車が、薄白い煙を落としながら、疾駆した。沢山の窓と、その中に詰まった人の顔が、横なぐりに流れて、そうして停まった。

私は、この汽車を待つ間に書いた葉書を手に持って、列車の後部の方に急いで行った。そこに連結されている郵便車に託して、早く郷里の町の親戚に知らせたい用事があったのである。見送り人の雑沓する窓際を縫うようにして、一番しまいの近くまで行って見ると、郵便車がないらしいので、それでは、さっき機関車の姿態に見とれた間に、最前部につながれているのを、見落としたのだろうと気がついたから、急いで又人ごみの中を掻き分けて、一番前のところに行って見たら、郵便車があったので、その窓に葉書を託した。

機関車の大きな図体に似合わない細い綺麗な音の汽笛が響き渡って、汽車はまた動き出した。

私が裏口の改札を出ようとすると、うしろで知らない男の声がした。振り返って見たら、若い駅夫が、顔を硬くして私を睨んでいる。

「急行券をいただきましょう」と彼が云った。

「なぜ」と私が、びっくりして尋ねた。

「あなたは今の下り急行に乗って来たでしょう」

「いやそうじゃない。僕はこの前の上りで、品川から帰って来て、プラットフォームで今の急行を待っていたんだ」

「駄目です。中頃の三等車から下りて来るところを僕は見ていました。それから、あちらこちら人ごみの中を胡麻《ご ま》かしていたでしょう」

「失敬な事を云うな」と云った拍子に、私は声が咽喉につかえてしまった。怒りのために、身体の方方が、ぴくぴくふるえるのが自分で解った。

「駅長のところへ来い」と私がやっと云った。

「もちろんです」と駅夫が落ちついて云った。「文句があるなら、どこへでも行きましょう。急行券がなければ、五十銭払って貰うか、兎に角このまま帰すことは出来ないんだから」

それから又階段を上がって、プラットフォームを横切り、無暗に人のちらちらする入口の階段を夢中で下りて、正面玄関の左手にある駅長室に這入って行った。

途途《みちみち》、私は不都合な駅夫を引き立てて行くつもりで歩いたけれど、向うでは私を護送する料簡で、目を離さずに、ついて来たに違いない。

階段や、プラットフォームにいた沢山な人の顔が、ただ、ぽかりぽかりと浮動している白い汚染《しみ》の様にしか見えなかった。

五

駅長室は、恐ろしくだだっ広くて、部屋の隅隅がはっきりしない様だった。その真中に卓子を据えて、肥った駅長さんが、こっちを見ていた。

私は、あんまり腹が立ち過ぎて、口の中がかさかさに乾いてしまい、咽喉の奥にも苦い物がこびりついて、急には声が出なかった。

その間に駅夫は、私をすっかり不正乗客扱いにして、東京駅でだれかを見送ったついでに、そのまま急行に乗り込んで、新橋までただ乗りをしたものに違いないときめてしまった。

「それで、急行券はお持ちではないのですか」と駅長が云った。

「だから、僕は今の汽車から降りたんではないのです」

「しかし駅員は、あなたの下車されたところを目撃したと云って居ります」

「だから、それが不都合だから、ここに話しに来たのです。全然ありもしない事を云いがかりをつけるなんて、怪《け》しからんじゃないですか」

「あなたはそう仰しゃるが、私としては、自分の部下の言を信じなければ、職務が執れません」

また新しい敵が一人殖えて、私は益《ますます》昂奮した。もう何と云って弁解していいか解らない。それよりも、自分の腹の中が制御出来なくなりかけた。しどろもどろになって、葉書の一件を述べ立てた。しかし駅長も駅夫も、そのいきさつを信じないらしかった。

その頃、私は陸軍士官学校と海軍機関学校との教官を兼ね、又法政大学の教授であったので、その三つの肩書を纏《まと》めて一つの名刺に刷り込み、護身用と称してポケットに入れているのを思い出した。

私はその名刺を取り出して、駅長の前に置き、あなた方が云う様な悪い事をする者ではないと云う申し開きをしようとした。

駅長はその名刺を取り上げて、暫らく眺めている内に、不意に足音をたてて起ち上がった。あっけに取られている私に一礼した上で、

「御身分のある方に対して、誠に失礼いたしました。謹んでおわびを申します」

それから、駅夫の方を指しながら、

「部下の失態につきましても、私からおわび申上げます。何分数多い乗降客の中で、お人柄を見誤ったものと存じますから、平に御容赦願います」と云った。その云い方が、非常にしらじらしくて、私は益《ますます》腹が立った。何か云おうと思っていると、駅長は起ったなりで、重ねて切り口上で云った。

「私からおわび申上げます。部下は後程よく叱り置きますから、これでお引取り下さい」

私は駅の前に出たら、空も道も真っ黄色に思われた。黄色い道がまくれ上がって、向うの通から、家並の屋根の上に跨がっている様な気がした。

旅愁

一

旅行に出かけようと思ったところが、あまり洋服が見すぼらしいので、神田の裏町から、六円五十銭のずぼんを買って来た。真夏のことだから、上著《うわぎ》は、何年来の洗濯のために、黄色がはげて、少し蒼味を帯びかかっている麻と、チョッキは白に、ずぼんは今買って来たばかりの薄鼠で、申し分のない旅装が整った。ずぼんを穿《は》いて見たら、少し短くて、膝を曲げると、足頸が出るけれども、靴が編上なので、苦にならない。

そうして上野から急行に乗って、北海道に向かった。手廻りは簡単な方がいいと思ったので、いつも学校にさげて行く手鞄《てかばん》の中から、本を引っ張り出して、その後に浴衣を一枚と、ちり紙などを詰め、パナマ帽をかぶり、赤皮の編上靴を穿いて、二等車に乗り込んだ。靴は九段下で買った兵隊靴のまがい物だけれど、帽子の方は二十九円五十銭で買った円錐形のパナマである。ただ幾夏か被って来た為に、天辺の尖がった所に、穴があいているけれども、私の脊が高い上に、帽子が又高く聳《そび》えているのだから、被っていれば、何人にも解らない。

その帽子と手鞄とを網棚にのっけて、座席におさまり、窓の外の歩廊《ほろう》を眺めている内に、汽車が走り出した。

そうして鉄橋を渡り、山裾を廻り、小さな駅を飛ばして、汽車は走りつづけた。私は東北地方を通ったことがないので、山や畑が青青としているのを見て、不思議な気持がした。子供の時に聞いた飢饉の話が頭に残っていて、禿山と荒地ばかりで、汽車道の両側には、石ころがごろごろ転がっているものと思っていたのである。

その内に夕方になって、窓の外が薄暗くなり、遠くの山が大浪の様に思われ出した。汽車の走る音が、ごうごうと唸りながら断続する間に、何だか節《ふし》の様なものがあるらしく思われて来た。私は心細くなって、早く寝てしまおうと思い、車掌に寝台を聞いて見ると、上の段が一つあいていると云うので、それを約束しておいて、食堂車に行ってお酒を飲んだら、北海道は全く赤鱏《あかえい》の様な碌《ろく》でもない島で、ぐにゃぐにゃしていて、歩くと足に踏みごたえがなさそうに思われ出した。

食堂車から帰って来る時は、無暗《むやみ》に汽車が揺れて、歩きにくかった。横に振れるだけでなく、上下にも弾みがついて躍るらしいので、踏んだかと思うと、汽車の床がまだもっと下の方にあったり、そうかと思うと、また飛んでもない上の方に持ち上がっていて、踏みつけた足のやり場に困ったりした。

寝台車に帰って、上段の寝台に攀《よ》じ登った。狭い棚の様な物の中に、初めに胴体だけを納め、次に頸を曲げて、頭を入れ、そこで上著《うわぎ》を脱いで、それからずぼんを取るために、先《ま》ず片足を入れたところが、伸ばしたままでは這入《はい》らないから、膝を曲げた拍子に、何だか微《かす》かな、抵抗の抜けた様な、冷たい気持がしたと思ったら、足頸から股にかけて、二尺ばかりの間、ずぼんが裂けて、ずぼん下を穿いていない脚の肌が、外に食《は》み出《だ》していた。びっくりして調べて見ると、ずぼんの地が裂けたのではなくて、縫目が離れたのである。なおよく見ると、縫目ではなくて、糊のようなもので貼りつけてあったらしい。関東大地震の翌年の事なので、六円五十銭のずぼんなどと云う物は、何人が聞いても、本当にしない程、安かったのだから、そんな物を買って来たのが、こちらの手落ちである。しかし、私は鞄の中に浴衣を一枚しか持って来ていない。ずぼんが破れたからと云って、東京に引返すわけにも行かず、途中で汽車を降りて、知らない町にずぼんを買いに行く元気もなかった。明日の朝は、どこで夜が明けるのだか知らないけれど、どんな恰好をして人前に出たらいいだろうと考えたら、情なくなってしまった。間もなく汽車が駅に這入ったらしく、ごうごうと云う響きが消えて、カーテンを下ろした天井裏に反響する歩廊の跫音《あしおと》と、「仙台、仙台」と云う東北音の駅夫の声を聞いている内に、段段眠くなり、汽車が再び走り出すと同時に、私は眠ってしまった。

二

浴衣に帯皮を締め、パナマ帽子をかぶり、赤皮の編上靴を穿いて、私は北海道に渡った。荷物は手鞄一つ丈《だけ》である。手鞄の中には、破れたずぼんと、ちり紙が這入っている。お金は沢山持っているのだけれど、宿屋であんまりいい顔をしなかった。それから、札幌で、当時私の学生だった菊島に会い、帰りは二人連れになって、函館で一晩泊まったところが、町の辻びらに、明日の午後、青森の公会堂にて、宮城道雄氏の演奏会があると云う広告が出ていた。

宮城道雄氏の事を述べるとすれば、前書を要する。去年の秋、私が東京朝日の学芸欄に随筆を寄せて、宮城さんの事に及び、盲人のくせに勘がわるくて、御自分の家で、間境《まざかい》の柱にぶつかって、瘤をこさえたり、梯子段を踏みそこねて、脚を擦り剝《む》いたりすると書いたところが、心配性の友人が、あんな事をつけつけと書いていいのかと心配した。それから今度は、宮城さんの方で、文藝春秋社の「話」に芸談を寄稿して、尤《もっと》も盲人だから、談話筆記の体になっているけれども、その中に、青森の演奏会のことを述べ、私がお引合に出て、後で宮城さん御夫婦が、旅の空で夫婦喧嘩をしたと書いてある。宮城撿挍《けんぎょう》曰《いわ》く「そうなると、一層何かしら愉快で堪らず、会が終ってから、同君と牛肉屋で一盞《いっさん》傾けているうち、又弾きたくなり、と云って、琴をすぐ取り寄せられもせず、その家で三味線をかり、心ゆくばかりに弾いて飲みました。全く興が湧いて来れば、たまらなくなるから仕方がありません。このことは、後で、場所を弁《わき》まえない、と云うので、小さな夫婦喧嘩を惹《ひ》き起こしました」

さて、その翌日、私と道連れの菊島とは、海を渡って、青森に入り、公会堂を探して、切符を買って、入場した。当時の宮城さんは、まだ今日ほど楽壇や一般の世間から認められていなかったので、特に田舎の演奏会では、どうかと思っていたところが、這入って見ると、全く立錐の地もない程の満員であった。段段に番組が進んで、聞き覚えのある曲目が、次ぎから次ぎへと演奏せられた。向うは盲目だから、私共の顔が見えるわけはないのである。しかし合奏者や、一緒について来た家の人達が、何処から私共を見つけないとも限らない。黙って聴いてしまって、後で驚かしてやろうと云う腹があったので、私は息を殺す様な気持で、座席に身をすくめていた。

ところが、曲目の変り目ごとに、宮城さんの手を引いて、舞台の上を出たり這入ったりする目明き連の目が、どうも私達の方を見ている様な気がして、しまいには、既に向うでは解っているのに、わざと黙っているのではないかとも思われたりして、段段息苦しい様な気持になり、到頭我慢が出来なくなったものだから、最後の番組の

「落葉の踊」の始まる前に、楽屋へ行って、計らずも雲山何百里の青森で、さっきからあなたの音楽を聴いていると云うことを通じたら、宮城さんは非常に驚き、見えない目の上を手の甲でごしごしこすった。すんだら、後で一ぱいやりましょうと云う事にきめて、私共は聴衆席に帰った。

一体、宮城さんの作曲は、新交響楽団の管絃楽で独奏するのを二三聴いた事のある越《え》天楽《てんらく》変奏曲とか、また最近に発表した神仙調協奏曲などと云う種類のものは勿論、普通の弾き物として作られた箏の曲でも、みんな飛んでもなく六ずかしくて、普通のお弟子には弾けないのである。人の弾けない物ばかり無暗に作っておいて、作曲は後世に残るだろうけれども、演奏者の御当人が死んでしまった後は、どうするのだろうと、私は時時心配する。私は幼少の頃より箏を好み、田舎にいる時、二人の盲人から四十数曲の許しを受けた。生田流の合せ物なら、どんな手のこんだ曲でも弾けない物はないつもりでいたところが、東京で宮城さんと知り、その門に入って見ると、勝手はちっとも違わないのに、教わる物が不思議に六ずかしくて、どうにも弾けないのである。やっている内に、自分の芸に愛想がつきてしまった。二十何年来の鼻の先を折られて、私はあんまり箏の自慢をする事を止めたのである。

青森の公会堂で、宮城さんが「落葉の踊」を弾いている。幾度も聴いた演奏だけれども、今始めて聴くものの様に新鮮で、輝やかしく、そう云う感じが段段に引き締まって来て、しまいには、総身がぞうっとした。顔や手頸に粟粒がざらざら出来る様な気持がした。

三

牛肉のすき焼を食わせる家を探して、私共は知らない青森の町をうろつき廻った。私が宮城さんの手を引っ張り、その後に奥さんと、牧瀬喜代さんと、菊島がぞろぞろついて来た。

何しろ、言葉がうまく通じないので、難渋する。さっきも、牛肉を食わせる家はないかと聞いて、教わった所に行って見たら、牛肉を売る店であった。問い方が悪かったのだと思ったから、今度は、牛鍋を食わせる家はないかと尋ねていると、傍から、宮城さんが、

「鍋を食うのは乱暴ですね。青森の人がびっくりしやしませんか」と云った。全く、私の聞いている相手は、牛鍋なら、とか何だかよく解らない事を云って、金物屋を教えてくれそうな気配であった。すき焼と云う言葉は、最初に持ち出して、通じなかったのである。食い意地ばかりが先走り、方角は解らず、すっかり悲観して、旅の空をかこちながら、盲人の手を牽《ひ》いてうろついている内に、やっと汚い西洋料理屋の二階で、牛肉を食わしてくれる家を探しあてた。

細長い餉台《ちゃぶだい》を持ち出し、その廻りに坐って、真中に鍋を据えた。お酒を飲んだら、忽《たちま》ち酔払ってしまって、それよりも既に宮城さんが酔払っている。佳人の奇遇でなくて、奇人の佳遇でもなくて、目くらと目あきが本州の北端にて、ぶつかりましたなどと云っている内に、私はお箸をたたいて、聴き覚えのクロイツェル・ソナタの真似をする。宮城さんが、何か弾きたい様な事を云い出した。私と菊島とで一生懸命に油をそそいで、おやりなさい、おやりなさいと云って見たけれど、どうもこの席へ琴を取り寄せるわけにも行かず、三味線はないか知らと思って、女中を呼んで聞いて見ても、そんな物はないと云うのである。

その内に、憚《はばか》りに立った時、隣りの部屋を通ったところが、物置の様に取り散らした隅の柱に玩具屋で売っている小さな子供の三味線が掛かっているのを見つけた。早速、帰りにそれを持って来て、宮城さんに渡したところが、大いによろこんで、しかしあんまり小さくて、普通の三味線の様には弾けないものだから、膝の上に立てて、糸をかっちゃぐりながら、レコードで聞き馴れているバッツィニの「小鬼のロンド」を弾き出した。それが、何だかそっくり似ているので、私や菊島が無性によろこんでいると、今まで気がつかなかったのだけれど、段段険悪になっていたらしい奥さんが、俄《にわか》に怒り出した。

「お座敷芸人のする様な事は、およしなさいませ。知らない所に来て、見っともないじゃありませんか」

すると、宮城さんも負けては居なかった。感興に乗って楽器を弄《もてあそ》ぶのが何が座敷芸人だ、とか何とかいきり立つのだけれど、酔払っているから、何を云っても、筋が立たない。おまけに有頂天になっているところへ、いきなり冷水をぶっかけられた様ないきさつなので、自分の方に引け目がある。奥さんは、益《ますます》舌鋒を鋭くして追撃する。云い分にも先方に理がありそうなので、大撿挍は云う事がなくなったものだから、憤然と起ち上がり、大いに威武を振いそうになったから、私共はびっくりして、すき焼憤も匆匆《そうそう》に切り上げ、私がまた宮城さんの手を引き、菊島が奥さんをなだめながら、方角も解らない青森の夜更けの町に出たのである。

宮城さんは怒っているものだから、せかせかと無暗に速く歩いたり、また急にゆっくりして、ぶらりぶらり歩いたりするので、手引きは大いに困った。そうして、何だか癇癪《かんしゃく》のやり場がない様にいらいらする。

いい加減な見当で歩いている内に、ろくに街燈もない暗い道の角に、赤い火が見えると思ったら、いい香りがにおって来て、玉蜀黍《とうもろこし》を焼いているのであった。

「いいものを買って上げますから、一寸《ちょっと》お待ちなさい」と私が云った。

「何です。いい匂いがしますね」と宮城さんが云った。

私は宮城さんをその前まで連れて行って、玉蜀黍を一本買った。それを宮城さんの

片手に持たして、

「一寸ここで待っていらっしゃい。歩いてはいけませんよ」と云いすてて、後に引返した。遥か向うの薄暗の中に、三人の姿が見える。私はそこまで走って行って、菊島の持っている蝙蝠傘《こうもりがさ》を借りて来た。

宮城さんは玉蜀黍屋の火に、顔を赤く照らされて、闇の中に棒杭の様に突っ起っていた。それからまた宮城さんの手を引っ張って、歩き出した。道道私は、こう云うことを教えたのである。

「そんなに腹が立つなら、私がいいことを考えた。今菊島から蝙蝠傘を借りて来たから、こいつをあなたが持って、その玉蜀黍を私が差し出しているから、うまく擲《なぐ》り飛ばして、二つに折って御覧なさい。盲人に棒を振り廻されるのだから、はたは険呑だけれど、しかし見えなくても勘でわかるでしょう。その蝙蝠傘の尖《さき》に渾身の怒気をあつめて、振らなければ駄目ですよ。それでうまく玉蜀黍を擲ったら、もうそれで怒りっこなし」

「やりましょう」と宮城さんが凛然《りんぜん》として云った。

人通りのない道の真ん中に、私は玉蜀黍を捧げて起った。尤《もっと》も盲目滅法に擲られては堪らないから、この辺ですよと云うことを、始めによく云っておいた。宮城さんは二三歩後に退がった。気合を計っているらしい。

私は玉蜀黍を持っている手に、油がにじみ出した。

恐ろしい勢いで、黒い棒が目の前を掠《かす》めたと思ったら、激しい手ごたえがして、玉蜀黍の胴体が折れて飛んだ。

「やった」と私が云ったら、「どうです」と宮城さんが息をはずませた。

そうして、大きな声で笑い合った。笑い声が夜更の町に響き渡って、すぐ消えた。

それからまた手を引っ張って、歩き出した。

風稿録

先般、私の俳句集を上木して、うれしくもあり、また余計な事をした様な気がかりもあって、何となく後の気持が曖昧《あいまい》である。

一体、俳句と云うものは、詠み捨てておけばいいものである。そんな事を云うと、斯界の専門家が承服しないかも知れないが、しかし俳句が余技であると云う意味ではないので、余技も本職もなく、抑《そもそ》も作者の署名などと云う、思い切りの悪い添え書きなんか、ない方がいいような気がするのである。

川柳はそう云う点で、俳句よりも一足先に出ているのでないかと思う。居候三杯目にはそっと出しの作者を、私共は知らないのである。芭蕉、蕪村の名の伝わっていることは有り難い事だと思うけれど、また一方に、緑亭川柳、人見周助等の名前が一般には知られていない事も、うれしい事である。起きて見つ寝て見つ蚊帳《かや》のひろさ哉《かな》が加賀千代女の作であることは何人でも知っているが、お千代さん蚊帳がひろけれや這《は》入《い》ろうかの作者が誰であるかの穿鑿《せんさく》などは、余計な事のように思われるのも、有り難いのである。

亡年亡月京都に用事があって、東京駅から急行列車に乗った。今、富士号と呼ばれている第一列車で、その当時は、朝のうちに東京をたった。箱根越えがおひる前になるので、私は少し早い午飯を食堂車ですまし、それから食堂車に続いた喫煙室に御輿《みこし》を据えて、ウィスキーや炭酸水を取り寄せた。さっきから頻《しき》りに句意が動くので、心覚えに書き止めて置こうと思ったけれども、生憎《あいにく》手帳を持っていなかった。陸軍教授と海軍教授嘱託とを兼ねた当時の事で、官用乗車證の二三枚這入っている紙袋が、ポケットの中にあった。それを取り出して、ウィスキーの盃を載せた小卓の上におき、袋の両面に、一ぱい俳句を書きつけた。食事中から溜まっていたのを、みんな書きつけ、書いている後からまた出て来る句を、次ぎ次ぎに記して行ったら、忽《たちま》ち十数句の旅中吟が出来上がった。私にはこんな事は珍らしいのである。いつも苦吟する癖がついているのに、その時は、少し酔っ払っていたかも知れない、何んだか出来上がった句も、概して秀逸のように思われた。

それからまた鉛筆を執って、袋の余白に、新らしい句を書き入れている時、辺りが蒸し暑くなった様に感じた。汽車が御殿場を過ぎて、段段海抜の低い平地に降りかかったので、暑くなった筈なのである。私は少し風を入れようと思って、片手に紙袋を持ったまま起ち上がり、後向きになって、座席の上に片膝を突いた姿勢で窓を明けようとした。私のつもりでは、今細目に開いている硝子戸《ガラスど》をもっと下ろして、その代りに、網戸を引きたいと思ったのである。

矢っ張り少し酔っ払っていた様である。窓の枠に著《つ》いている蝶蝶の羽根のような真鍮のばねを指先で押さえた拍子に、袋を挟んでいる指頭の力が抜けたことに気がつかないで、そのまま窓を下ろそうとしたら、急に外の激しい風が、私の手に持っている紙袋をひったくる様に、吹きさらって、はっと思った時には、恰度《ちょうど》窓の前を掠めて走った遠方信号の柱の向うに、白い紙片がひらひらと飛んで行った。

それで私の即興詩は、裾野の風に吹き散らされてしまったのである。

何んだか、がっかりした気持で、また後から新らしい句を詠み出す感興もなくなってしまった。それに考えて見ると、どうも吹き飛ばされた句は、どれもこれも、みんな秀句であった様に思われて、惜しくて堪らない。

それから、気がついて見ると、俳句の事よりも、その袋の中に官用乗車證を入れたまま飛ばしてしまったのだから、帰りの汽車賃の割引に差しつかえる。

しかしまた考えて見ると、その方の件は京都に行ってから、師団司令部にでも話しをすれば、発行して貰えるだろう。それよりも、矢っ張り俳句を書き連らねた袋の方が残念だと考えた。その癖、そんなに沢山あった筈の句を、不思議なことに、ただの一句も思い出せないのである。それで益《ますます》天来の神輿であったような気がして愛惜に堪えない。

汽車が恐ろしい勢いで裾野駅を通過し、三島の駅を踏み潰すような大変な響きをたてて走り抜けた。そうして間もなく沼津に停まった時、私は下りのプラットフォームの直ぐ前にある駅長室に這入って行って、袋入りの乗車證をこれこれの場所に落したから、もし見つかったら送って戴きたいと頼んで、郵税を託した。

京都から帰って、もうそろそろ忘れかけた時分に、沼津の駅長さんから手紙が来た。官用乗車證数葉と、郵税の残りの切手が沢山這入っていた。忙がしい仕事をしている人に、余計な面倒をかけて、すまない事をしたと思った。しかし肝腎の袋は這入っていなかったのである。多分中身だけあればいいと思って、封筒に入れる時に捨てられたものと思う。

吹き飛ばされた時は、惜しくて堪らなかったけれども、段段日が経ち、年月が過ぎた後から考えて見ると、何とも云われない、すがすがしい気持がする。

私は、自分の俳句集を編み、上梓した後まで片づかない気持でいると、また別の句稿が出て来た。初めに、手近にあった句稿だけで間に合わせたから、そんな事になったのである。今また「百鬼園俳句帖拾遺」として、後から出て来たその句稿を整理しながら考えるのは、俳句は余技だの末技だのと云う事ではない。俳句は立派な文学であり、芸術とは即ち表現である。風の如き感興が一つの形を得て、一聯《いちれん》の韻律に纏《まと》まった時に、初めて詩と呼ばれる。それまでが大切な契機であり、そこから先はどうでもいいのではないかと考える。自分の詠嘆を記憶しようとするのは、さもしく、繰返そうと思うのは、しつこい。個性などと云う物は、個性のない者から見れば尊いかも知れないが、その本人には無意味であるべき筈である。句集の補遺を編んで、どうしようとするのかと考えながら、もとのままの曖昧な気持で句稿をめくっていたら、大きな欠伸《あくび》が出て、涙が止まらなかった。

曾遊

仙台の高等学校に勤務していた友人から、一度遊びに来ないかと誘われていたので、夏休みに出かけて行った。仙台で遊んで、それから一緒に東京に帰って来ようと云う相談であった。

東京へ帰る前に、石ノ巻に行って見ないかと、友達が云い出した。私は東北地方に親しみがなく、石ノ巻と云う所も初めて聞く名前であった。地理では教わったに違いないけれど、覚えていなかった。三十五反の帆を巻き上げての歌などは、勿論知らなかった。

小牛田《こごた》と云う駅で、軽便鉄道に乗り換えた。そう云う駅の名前も東北らしく聞こえて、気の進まない私の旅愁をそそる様に思われた。もう十何年昔の事で、軽便鉄道の汽罐車《きかんしゃ》は、羅宇屋《ラウや》の笛の様な汽笛を、ぴいぴい鳴らしながら、何時までも走りつづけた。いつの間にか、左手が高い土手になって、それが何処まで行っても尽きなかった。

土手の向うに、ところどころ高い帆柱が見えるから、余程大きな船がいるに違いないと思った。川舟にしては大き過ぎる様だし、海がこんな所にありそうにも思えなかった。小さな汽車は、土手の陰を走りながら、夜になった。燈《とも》し火《び》の稀《まれ》な広野が真暗になっても、土手の向うは、ほの白く明かるかった。水明りだろうと思うと、急に淋しくなった。

線路が曲がった拍子に、窓の向うに、ばらばらと散らばった灯《あか》りが見えた。そうして石ノ巻に降りた。

どんな道を通ったか覚えていないけれど、私共は大きな川に架かった町中の橋を渡りかけて、又後戻りをした。川下の空が明かるいのは、海が近い所為《せい》だろうと思った。水際で火を焚いている炎が、妙に細く撚れて、暗い空に立ち騰《のぼ》り、周りの煙をはっきりと照らし出した。川の底にも炎の姿が深く沈んで、水の色を染めている。橋の袂《たもと》の料亭に上がった時、もう一度その火を見ようとしたけれど、川の面には、暗い水が盛り上がっているばかりであった。

無気味な程大きな蒲焼の串を、芸妓が手際よく抜いてくれた。そうして何か二言三言話す内に、その女の言葉遣いが、妙に私の耳に甘える様な気がし出したので、君はこの辺の人ではないだろうと尋ねたら、私の生れは備前岡山で、子供の時に京橋川の舟を見に行った事を覚えていますと云った。

道を聞いても、人の云う事はまるで解らないし、辺りは暗いし、変な所へ来たものだと、つまらない気持になりかけたところへ、思いがけなく私の郷音を聞き、同じ町の生れだと云うので、その女が懐かしくて堪らなくなった。

暗い川に舟を浮かべて、夜遅くまで酒を飲んだ。千葉甚と云う宿屋に帰って、蒸し暑い蚊帳《かや》に這入《はい》ったけれど、輾転《てんてん》反側して夜通し眠れなかった。

友達が面白がって、翌《あ》くる日はその芸妓の家へ遊びに行き、それから一緒に連れ出して、小山の上の遊園地に登って、渚の遠い太平洋の岸を見下ろした。私はその芸妓の側にいると、上ずった気持がして、しまいには寛《くつろ》いだ口も利けなくなった。

東京に帰って来てから、友達は独身だったので、夏休み中私の家に起臥した。毎日裸で二階の書斎に寝そべり、二人で石ノ巻の話ばかりした。帰る時に、その芸妓から貰って来た写真の種板を、友達が焼きつけてくれた。出《い》での著物《きもの》を著た真黒焦げの姿に私が見惚れていると、もう一度、今度はうまく焼いて見ようと云って、二階の窓に出しておいたところを細君に見つかったので、それをきっかけに、二人が酒ばかり飲んで、ごろごろしている日頃の行状にも言及せられて、一大物議を醸した。

官命出張旅行

「機関学校から私と芥川さんとが出張を命ぜられまして、江田島の兵学校を視察する事になりました」と黒須教授が昔話を始めた。

「龍之介と康之介両教官の官命出張旅行ですか、面白そうだな」と私が乗り出した。

「そうなのです、よく名前が間違いましてね、初めの内は私の月給袋に、名前だけ芥川さんになった黒須龍之介と書いたのがよくありました」

「機関学校の先生になったのは芥川君の方が先なのですか」

「私より少し前です。それから奈良へ廻りまして、お寺の前のへんな宿屋へ泊りました。電燈がないのです、あすこの家は」

「それはどこの話です」

「いえ、法隆寺を見せると云いまして、芥川さんが私を連れて行ったのです。玄関には電気が一つともって居た様ですが、中は洋燈《ランプ》でした。それに雨は降って居りますし、座敷の中がじめじめして、ぼんやり薄暗いものですから、へんな気持でした」

「それは出張旅行のうちですか」

「そうなのです、芥川さんが襖《ふすま》の古画を指しまして、私にいろいろ話して下さいました。御自分でもその蒼然たる古色に感に堪えない様な風でした」

「場所が場所だから、古い物もあるでしょう」

「翌朝目がさめてから見廻しますと、そのぼんやりした輪郭は、雨漏りのしみでした」

「絵ではないのですか」

「絵もありましたけれど、私共の感心したのは、しみの方でした」

「一体、江田島に出張して、奈良の方をうろついているのはどう云うわけです」

「一寸《ちょっと》廻りましたが、そう云う事は構わないのでしょう」

「私も士官学校から仙台に出張を命ぜられた時、廻り道をした事はありますが、他人の話を聞くと怪《け》しからぬ様な気がする」

「内田さんは仙台からどこへお廻りになりました」

「私は出張旅行の命を受けた時、仙台でなく京都に行きたいと頼んだのですが、一たん発令した以上そう云うわけには行かないと云われたので命の如く仙台に出張して、その途次京都に廻り道をしました。それでいいのですね」

「東京から仙台へ行ったついでに京都に廻ったと云うお話は一寸解りませんが」

「本当に廻ったのであって、胡麻化《ごまか》したのではありません。仙台から帰りに平に一晩泊って、翌日磐越東線、磐越西線で日本海の側に出て、北陸線で米原を通って京都に行きました」

「それは大変な廻り道ではありませんか」

「しかし仙台に出張を命ぜられて、一たん東京に帰ってから、内證で京都に行ったりするのは、私の官僚的判断が承知しないのです。それから仙台と京都との間の道程は、東京を経由して東海道線で行くよりも、北陸線を廻った方が二十哩《マイル》ばかり近い様です。尤もそちらを行くと時間がかかるから、お金は余計につかう事になりますけれど、理窟をそう云うところに立てて、それで仙台に行った序《ついで》に一寸京都へ寄って、それから東京へ帰って来ました。東京には一ぺんしか帰らないのだから、首尾一貫した出張旅行です」

「ははあ」と云ったきり、黒須教授は多くを語らんと云う顔をした。

「だから、私の前例を以て律すると云う事になれば、黒須芥川両教官が奈良に廻った位は恕《じょ》すべきでありましょう」

「ところが、只今は奈良のお話をしたので、まだ外に廻った所のお話はこれからするところなのですが」と云って黒須教授はにやにや笑った。

非常汽笛

一

横須賀駅を午後三時何分に出た汽車が、構内を離れると、海から吹きつける風で横降りに降って来る雨滴に片側の窓を洗われて、車室の中まで湿っぽくなった。聞き馴れた汽笛の音が、すぐ前に迫った山腹に響いて、先ず最初の隧道に這入《はい》り、出るとまた五月雨《さみだれ》の中を走りつづけて次の隧道に近づいて行った。

横須賀線が電車になる前の汽車は、岐線であるのにどう云うわけだか機関車は東海道線の急行列車を牽引する当時の一番新らしい型が使用せられ、客車も概して上等で、本線の長距離用に新案されたのが出来ると、先ず横須賀線に使って見ると云う様な事もあったらしい。又岐線の一等車が廃止になってからは、ただその白線を青く塗り変えただけの二等車を連結したり、二等車の中に特別室を仕切った贅沢な試験用の車輛を運転したりした。毎週一回横須賀の海軍機関学校に通っていた私と豊島《とよしま》与志雄君とは、帰りの汽車に特別室があると、二人でその中にもぐり込んで昼寝をした。狭い部屋に先客が二人這入《はい》っていれば、後から扉を開けて割り込む人もいないので、全く貸切りの部屋を専用する様な事になった。

しかしその日の車室は、窓に沿って座席が長く伸びている普通の二等車で、時間の関係上海軍士官の相客もなく、私と豊島君との外には一人二人向うの隅に腰を掛けていた人がいたかも知れないが、丸でがら空きの様な広広した気持であった。豊島君と並んで腰を掛けている頭の後の窓は風の加減で濡れて居り、前の窓は霧を吹きかけた様に曇っていた。

隧道の出這入りに、何度も同じ様な汽笛を短かく吹き鳴らして、汽車は雨と闇を縫い合わせる様に走りつづけた。逗子駅に近い最後の隧道を通り抜けると、軌道の僅かな勾配を辷《すべ》る様に降りて行く汽車の震動が快く全身に伝わり、向うの窓の曇りが少しずつ霽《は》れて来る様であった。

座席の凭《もた》れに身体を託してうっとりした気持が、雨の中を走る汽車に同化して辷り出した様に思われかけた時、断続する非常汽笛の声が聞こえた。「何だろう」と思うのも億劫《おっくう》であった。すると急に速力の減って行く感じが、はっきりと身体の節節《ふしぶし》に伝わり、段段ひどくなって座席の上にのめりそうになったから、あわてて片手をついた。不意に目が覚めた様な気持で私は起ち上がった。今まで凭れていた後の窓から、外を見ようと思って濡れた硝子《ガラス》に顔を近づけた時、すぐ窓の下をむくむくした塊りが、線路に沿った細い水溝にかぶさる様にころがったと思った。はっと思って顔を引込める前に、赤い物がその塊りにまつわりついているのを見てしまった。汽車はそれから二三間動いた所で、ぎゅっと押さえた様に停まった。

隣りの車室で窓を開けて多勢人がのぞいているらしい。豊島君は私のすぐ傍の窓を下ろして、身体を乗り出している。私は急に胸先が苦しい様な気がした。大方顔色は蒼くなっていた事だろうと思う。豊島君が顔を引込めて、

「一寸《ちょっと》見て見給え」と云った。私がいやいやをして答えると、重ねて、

「こう云うのを見ておかないと後悔するよ」と云った。

列車の前方から、人声が近づいて、だれか線路の傍をこちらに歩いて来る気配であった。豊島君は今まで自分の覗いていた窓をもとの通りに閉めて、今度は向うの窓を開けた。座席の上に膝を突き、窓枠に両腕を組んで乗り出している。機関車から降りて来た人が、一輛ずつ車の下を覗いて歩いているらしい。後向きになっている豊島君の顔が、初めは列車の前方に、右の方に向いていたが、左に向いた。私共の乗っている直《す》ぐ次ぎの客車の車輪の間から、胴体の半分を引きずり出した様子である。わあっと云う様な無気味な声が辺りに聞こえた。

豊島君が席に帰ってから、「轢死体《れきしたい》に赤い腰巻がちらちらと纏《まと》いついているのは趣

きがある」と云った。そうすると初めに私がちらと見たのは上半身か知らと考えた。それならば赤かったのは矢っ張り血に違いない。私はそう思って、ぶるっと身ぶるいをした。しかし引き出すところを見たばかりの豊島君は又、「髷《まげ》を結った若い女だよ」と云った。そうすると私の見たのは腰から下かも知れない。ちらっと見えた赤い色は矢っ張り足に巻きついた腰巻であろう。一体どっち側にころがったのが頭の方かと云う事を、ただ一言それだけ確かめるのも私には無気味で出来なかった。

その癖、初めから今轢《ひ》かれたのは女だと云う事を私が確信していたらしいのは、どう云うわけだか解らない。むくむくした塊りをちらっと見た間に、自分の気のつかない妙な判断が働いたのかも知れない。

車輪の間から引っ張り出した半身をそっち側に置き、も一つの方は線路の反対の側にころがしたまま、雨の中にほっておいて汽車は出る事になった様である。窓の外を人の遠ざかる足音がして、間もなく短かい汽笛が一つ鳴って、汽車が動き出した。

「よく平気で見ていられるね」と私が云うと、豊島君は笑いながら、

「現実に直面しなければ嘘だよ」と答えた。いつでも大船でサンドウィチを買って、汽車中のおやつに二人で食べるのに、私は胸が一ぱいで食いたくなかった。豊島君もいやだと云った。麪包《パン》の間に挟まっているハムの色を考えただけで、私はぎょっとした。

二

宮島から帰って来る汽車が広島に近づいた時、両側の田圃《たんぼ》に一ぱい日が照っている秋晴れの空に、非常汽笛が大袈裟に鳴り渡った。

開け放した窓からその声が車内にけたたましく響き返るので、あわてて外をのぞいて見ると、すぐ目の下に荷車の片輪が二つに割れて、潰れた桶と一緒に散らかっている。辺りが少し臭いので、機関車が肥車に衝突した事が解った。

びっくりして窓から顔を出した人が、鼻をつまんで勝手な事を云い出した。縁起がいいと云うのが一般の感想であった様である。

こちら側はどんな様子かと思って、反対側の窓をのぞいてみると、線路と直角に伸びた畔路《あぜみち》の上を、頭の禿げた百姓が、かんかん照りつける日向《ひなた》を向うへ逃げて行く後から、洋服を著《き》た男が二人、一生懸命に追っかけて走っている。汽車の窓から手をたたいて声援している者がある。機関手がきたない物をぶっかけられたので、腹を立てて捕まえに行ったのだろうと思った。

百姓はきっと汽車が来るまでには越せると思って、踏切に肥車を引き上げたところが、重過ぎたか、軌道に車が引っかかるかして、動かなくなったので、そのまま車を線路の上にほっておいて、逃げて行くところに違いない。

明かるい、目のはちくれる様な田圃の中に、百姓の禿頭と機関手の黒い洋服とは、随分遠くまで離れていても、手に取る様にはっきりと見えた。

到頭洋服が追いついて百姓をつかまえた。百姓がその場にしゃがんでしまった頭の上から、二人がかりでぽかぽか殴りつけているのが、その手の上げ下ろしまで、ついそこでやっている様にありありと見えた。

それから、子供が駄駄をこねる様に後しざりをしている百姓を、洋服が両側から引き摺《ず》って、汽車の方へ連れて来た。どうするのだろうと思っていると、

「機関車を拭かせるのだろう」と云った者がある。見物している車内でがやがやといろんな事を云い出した。

「お百姓も大変な損害でしょう。車も桶も滅茶滅茶にされてしまった」

「いや、こうなれば損徳の話じゃありませんよ」

「しかし中身だって、無駄に振り撒《ま》いては勿体ない」

「機関車の金坊主までかぶっているそうですぜ」

そんな事を云って騒いでいる内に、汽笛が朗朗と一声鳴り響いて、汽車はまた動き出した。さっきの百姓は機関車にのせて、広島まで連れて行ってから罰にするのだと云う話であった。

三

今の特別急行富士号、即ち第一、二列車の前身は当時の新橋駅と神戸との間を昼間のうちに走る急行であって、時間表の名称は最急行となっていた。機関車の次に手荷物車、それから二等車二輛、食堂車、一等車一輛の五輛編成であったと思う。

明治四十三年秋、私が初めて東京に出て来る時、郷里の伯父が、お前は汽車が好きだから、これで二等に乗って行けと云って、たつ間際に五円くれたので、わざわざ神戸からその最急行に乗り換えて、東海道に上って来た。走っている内に次第に雨になり、又夕方が近くなった。富士駅はその当時新設されて間もない頃であったらしいが、その構内を私の汽車が突進し、無論停車駅でもなく、又線路にカーヴもなかったので、今考えて見ても確かに六十粁《キロ》以上の速さで通過しようとしたらしい。私が丁度窓から顔をのぞけて、小降りになった雨の繁吹《しぶ》きを額《ひたい》に受けながら、美しい直線に伸びて疾《しっ》駆《く》する急行列車の姿態に見惚れている時、急に機関車の前の辺りで、赤と紫の短かい火花がぴかぴかと光って、消えた。それと同時に急停車の抵抗感がぐんぐんと全身に伝わって来て、丁度火花を出した所から全列車の長さだけ走った位置に停車した。無《む》蓋《がい》荷物車が一輛、入換線の転轍《てんてつ》の向うにひっくり返っていた。廻りに駅の仲仕が二三人、細雨の中に突起った様になって動かなかった。その現場が私の窓の前を静かに辷《すべ》る様に通って、最後部の一等車の前で停まったのである。

荷車の入れ換えをしている時、急行列車の通過する線路に近づけた為、機関車に接触して跳ね飛ばされたものらしい。少しのはずみで事故を起こしたのだろうと思うのは、後から考えて見ても非常汽笛は鳴らなかった様であった。

駅の方から人が線路伝いに走って来た。その方に気を取られていて、それから又すぐ前の顚覆現場に目を移すと、いつの間にかそこに起っている仲仕の肩に、四十ぐらいの同じ恰好の男が、ぐったりして後からおぶさっていた。気絶しているのか、ひどい傷を負ったのか、それとも死んでいるのか解らなかった。一二等最急行列車はほんの二三分停車しただけで、そう云う事にはお構いなく、短かい汽笛を一声吹鳴して又徐徐に動き始め、雨雲の低く垂れた山裾の暗い方に速力を増して走りつづけた。

四

山陽線の上《のぼ》り区間列車が岡山を出て、沿線の小駅に一つ一つ長い停車をした後、和気駅を発車した。煦煦《くく》たる春光が吉備の野に充ちあふれて、窓の向うに見えるなだらかな山にも光沢があった。汽車が短かい切り通しの間を抜けて出たと思うと、急にあわただしい非常汽笛の音が起こったので、はっと思って窓から覗いて見たけれど、線路の傍には何事もない。しかし非常汽笛は断続して止まなかった。心配でじっとしていられなくなった。両側の窓をあっち行ったり、こっち行ったりして代る代る覗いて見ても、何事が起こったのか解らなかった。車内の相客もみんな落ちつかない様子で、起《た》ったり坐ったりした。

今走っているところは、線路が真直《まっすぐ》に伸びているので、いくら窓から乗り出しても、汽車の前方が見えないのがもどかしかった。

非常汽笛はまだ止まないけれども、大変な音をさせながら、急停車をするでもなく、もとの通り無事に走りつづけているので、いくらか気持にゆとりが出来た。少し落ちついて聞いていると、断《き》れ断《ぎ》れに吹き鳴らす非常汽笛に、どことなく節がついている様に思われ出した。鳴らす方で拍子を取っているらしい。「ぴッぴぴぴいノぴ」と繰り返しているのである。機関手がふざけているのかと思ったけれど、非常汽笛を冗談に鳴らす筈もない。何だろうと思っていらいらした。その内に線路の曲がるところへ近づくと、急に片方の窓に覗いていた人人の口から、わっと云う声が起こったのでその方に行って見ると、変に脚の長い馬が一匹、今線路から飛び下りたらしく、カーヴの所からまだ向うへ真直に、田圃《たんぼ》の中を恐ろしい勢で馳《はし》って行った。うっかり線路に上がっていたところへ汽車が来たので、あわててその儘真直に線路の上を馳け出して、後から機関車にせっつかれたものらしい。遠くに逃げて行く馬の背が、日向《ひなた》に照らされて光っていた。汽車が横に曲ったので、それから先は見えなかった。

汽笛一声

「汽笛一声」の鉄道唱歌の第三節品川のところで、「海の彼方にうすがすむ、山は上総か房州か」と歌うのは、海の向うの山の中に、猿蟹合戦に出て来る様な臼《うす》が沢山いるから、それで、「海の彼方に臼が住む」と云うのであると思った子供がある。鉄道唱歌の第一集が出たのは明治三十三年で、私は高等小学の二年生であった。今の学制で云えば尋常六年の当時である。既に文字を読む事は出来たから、右の話は私の事ではないが、私もその以前に、「銃と名誉を担いつつ、還る都の春景色」と云う凱旋の軍歌の意味を子供心に判断して、「銃とめいよを担う」と云うから、「めいよう」はランドセルの事だと思い込んだ。高等小学の生徒が木銃をかついでする兵式体操の背嚢《はいのう》に、幹部は青、小隊長は黒の毛布が巻いてあったので、まだ尋常にいる時にそれを見て、青のめいよう、黒のめいようと自分で区別し、又知った顔をして友達との会話にもそう云う言葉をつかったかも知れない。自分にもその覚えがあるから、品川の海の彼方に臼が住むと考えた子供にも理窟があると思うのである。

手沢《しゅたく》の本まで米塩《べいえん》に代えなければならぬ様な貧乏を通ったので、蔵書と云うものがなくなってしまった私の手許《てもと》に、鉄道唱歌の初版本が残っているのは誠に有り難い。表紙の裏には汽車の絵がついている。汽鑵車《きかんしゃ》の煙突は非常に長い。根もとより上になる程太くなって、煙を吐いているところは根もとの三倍ぐらいある。汽鑵車の坊主は恐ろしく大きくて、その坊主と炭水車との間に、洋服を著《き》て、縁のある帽子をかぶった人間が一人、屋根も窓もなんにもないところに、むき出しになって片手をあげて何かしている。炭水車の後はすぐ客車で、細長い窓が一車に十ばかり列《なら》んでいる。線路が山裾を廻っているので、客車の四輛目から後は見えない。片側の小さな山の工合と、後の雲の上にのぞいている富士山を見ると、東京から行って、安倍川だったか大井川だったかを渡ったすぐの所の様に思われて仕様がない。線路は単線らしい様子である。

今見ると、そう云う汽車の姿が、形は人間でなくても、自分の子供の時のその儘の姿である様に思われる。この頃の子供が飛行機の絵に見入る様に、私共は煙突の長い汽車の絵を見てわくわくした。町外れの士族屋敷に、私の祖母のお友達がいて、そのお婆さんの家へ祖母につれられて行くと、塀の外の大根畑の向うを通る山陽線の汽車が見えた。遠くに汽笛の音が聞こえたり、地響が伝わったりすると、すぐに表に飛び出して行った。後から祖母があぶない、あぶないと云った。畠のこっちから見ていても、汽車が正面にかかると身体を後に引く様な気持になった。

友達が五六人集まると、一列に列んで、めいめい前の者の兵子《へこ》帯《おび》に両手をかけて引っ張り、一番前の者が汽罐車になって、ぴい、ぽっぽっぽっと云うと、列の者はみんな足ずりをして、しゃっ、しゃっ、しゃっ、と動き出した。私の家は造り酒屋だったので、仕込の前には桶屋が裏庭に来て仕事を始める。まだ底の嵌《は》めてない大きな酒樽がころがしてあると、汽罐車からその中にもぐり込んで、隧道を抜けた。きたない草《ぞう》履《り》のままで桶の内側を踏むから、桶屋や倉のおやじにひどく怒られた。

夜は家の中で暗い縁側にかくれて、障子の紙を外側から著物の袖《そで》でこする。しゅっ、しゅっ、しゅっと蒸気の音をさせ、脣《くちびる》を紙にあてて、ふわっ、ふわっと云うと、丁度汽車が出る時の様な音がすると思った。洋燈《ランプ》の明かるくともっている座敷の中に這入《はい》ってから、何か忙しくしている家の者を一人一人つかまえて、どうだ、汽車が通ったと思ったか、そうは思わなかったかと確かめて廻った。

私の郷里の岡山から山陽線を西に行くと、庭瀬、倉敷、玉島その次が鴨方と云う小駅である。その鴨方を出た上りの夜汽車の中で、陸軍大尉が兇賊に殺された事がある。「鴨方の大尉殺し」は芝居にまで仕組まれて、夜汽車は恐ろしいものであると云う事を私の子供の心に沁み込ませた。当時の山陽線は三田尻までであった。九州線に乗り継ぐには、徳山から海上二十里の連絡船に乗ったらしい。その事はよく知らなかったけれども、鉄道唱歌の第二集にそう書いてある。

二五節　出船入船たえまなき
　商業繁華の三田尻は
　山陽線路のおわりにて
　馬関に延ばす汽車のみち

二六節　少しくあとに立ちかえり
　徳山港を船出して
　二十里行けば豊前なる
　門司の港につきにけり

それから間もなくボギイ車が出来て、初めて山陽線を走る前から、大変な評判であった。しかしボギイ車などと云う言葉は聞かなかった様である。「今度百人乗りの汽車が出来るそうな」と大人達が不思議そうに話し合った。私は百人乗りと云うので、いきなり幅の広い、恐らく今までの汽車を三つも四つも合わせた様な車体を想像して、そう云う汽車がどうして線路を走るか、すぐにひっくり返りはしないかと心配した。

そう云えば客車の幅員が昔から見ると随分広くなった様である。数字についての説明はその道の人に聴かなければ解らないけれども、昔は汽車の窓から顔を出しても怪《け》我《が》はしなかった。客車が一つずつ遮断されていて、憚《はばか》りの装置はなかったから、やけの男は進行中に小便がしたくなると、側面の扉をあけて放尿した。単線のところでは別に差支《さしつかえ》はなさそうだが、早くから複線になっていた兵庫の近くで、複線の内側に窓から首を出していた乗客が、すれ違う列車のどこかの扉が一つ開いていた為に、それにぶつかって、首が千切れてなくなったと云う話を聞いた事がある。しかしそんな事は千に一つの事故に過ぎない。複線のところでも、外側に向かって顔を出していれば何でもなかったであろう。それからずっと後、私が岡山で高等学校を終って、初めて東京に出た当時は既に新橋神戸間を昼間のうちに走る所謂《いわゆる》最急行が出来ていたが、私はそれに乗って、東海道を殆んど初めから終りまで窓の外に首を出したままで上って来た。煙の中に混じって飛んで来る石炭の粉も、初めのうち一寸《ちょっと》目玉のくしゃくしゃするのを我慢すれば、後は何ともないものである。汽車の窓から手足や顔を出すと危険ですと云う車内の掲示は、極《ご》く近年の事である様に思う。あの掲示の出だした時分から、急に汽車の幅が広くなったり、又は電気機関車の為の鉄柱が窓から近いところに建つ様になったのであろうか。私が窓から首を出しっきりにして、無事に東海道を上った時、一番自分の目に近かったのは、疾走中の郵便車から投げ出して行く郵便物の袋を受ける為に、小さな通過駅の外れに立ててある細い柱であったが、それでも、いくら乗り出していても鼻の先をこすられる程の心配もなかった。夏の夜の下ノ関急行の三等客が、肱掛《ひじかけ》を枕にして寝たら足のやり場に困って、下駄を穿《は》いたまま窓の外に出して寝た。それを見ならった人があって、幾人もそう云う事をして寝ている儘、汽車が姫路についた。私は暑いので歩廊をぶらぶら歩いていたら、専務車掌が窓の外から一一《いちいち》外にのぞいている足を引っ張って、もしもしと云って起こしているのを見た事もある。

一等旅行の弁

一

私は汽車に乗るには、一等が一番好きである。しかし多くの場合金が足りないから二等で我慢し、又帰りの事を考えると、それでも怪しく思われる時は、三等に乗る。三等は一番馴染みが深いので、三等車の人混みの片隅に腰を下ろして、窓の外の景色を眺めていると、落ちついた気持がする。しかし車内がごたごたしていて、人が頻《しき》りに動くから、その方に気を取られると、むしゃくしゃして来る。長距離の汽車の三等車は必ず憚《はばか》りの臭いがする。部屋一ぱいにその臭いが流れて人が動く度《たび》にぷんとする。しかしそれも馴れて来ると、余り気にはならない。無暗《むやみ》に起《た》ったり坐ったり、食堂だか憚りだかへ行ったり帰ったりばかりしている相客も、時間が経つと次第に疲れておとなしくなる。草の葉のうなだれた様に、ぐったりして、方方で居睡りを始める様になると、もうそれ程うるさくもない。その内に自分も矢っ張りそんな気持になって、腰掛の尻は少少痛いが、一体にくつろいだ気持でぼんやりして来る。

三等も悪くないけれど、一等の方が人の数も少く、変な臭いはしないし、何となく威張っているからみんなお行儀がよくて見た目がうるさくない。銘銘威張りたいだけ威張らしておく方が、辺りが静かで好都合である。

中にはいい葉巻を燻ゆらせる相客もある。その香りが部屋じゅうに靉《たなび》いてこちらまでが快感を催す。亜米利加《アメリカ》の金持は、自分で葉巻を吸わずに、黒ん坊の美少年を傭って来て、自分の傍で葉巻を吸わせると云う話を読んだ事があるが、一等車の紳士を黒ん坊に見立てて、自分はその合い間合い間に朝日やバットを吹かしているのも悪くない。

同車の紳士達は、みんな一っぱしの顔をしているけれども、大概は無賃乗車か、或《あるい》は半額に近い官用割引で乗っている事は、私が昔にそう云う特典を蒙《こうむ》った覚えがあるので、他人の事情も解るのである。それにはそれで理由のある事としても、今現に出札口で莫大な乗車賃を払って切符を買ったばかりのこちらにも、この車内だけの話としては、それ等の紳士に負けずに威張る起ち場があると思われる。少しそちらへ寄って下さいと云っても構わないと云う気持がある。

それで朝日をふかりふかり吹かしながら、部屋の隅の花台の上で揺れている鉢植えの花を眺めていると、一緒に連れて乗った息子がそこいらを歩き廻って、寒いのに展望台に出たり這入《はい》ったりしていると思ったら、通路の真中に置いてあった痰壺を蹴飛ばして、ひっくり返した。

二

少し落ちついていろと云うと、私の隣りの椅子に腰を掛けて、煙草を吹かし出したが、まだ吸い馴れないので、煙の形が面白いと見えて、口から吐く煙を輪にしたり、丸にしたり、色色やっている内に、棒にしたら、どこいらまで届くかと考えたのかも知れないが、広い通路を隔てた向うの窓際の椅子にいる二人の淑女の顔に、真正面から煙を吹きつけた。

私が気がついたので、そう云う不行儀な事をしてはいかんと云ったから、止めたけれど、暫らくすると、二人の淑女が車掌に何か云っていると思ったら、間もなくその椅子を離れて、どこかへ行ってしまった。

後で廊下を通った時に、展望室のその次のその次にある小さな部屋に二人が這入っているのを見て、失礼したと思った。その淑女達は勿論無賃乗車や官用割引のお客ではないであろう。愉快であるべき旅中に一寸《ちょっと》した不快を与えた事も申し訳がない。

しかし三等車の座席で、膝を突き合わした前の相客の顔に煙を吹き掛けても、その人はどこへも行きはしない。行こうとしても行く所がない。又こちらも直ぐその場で、どうも済みませんでしたと、あやまる事も出来る。そう云う事を考えると、三等は三等、一等は一等で色色面白い事がある。

昔私が陸軍砲工学校の教官をしていた当時、下ノ関急行の三等に乗って出かけたが、長い時間なのですっかり疲れて、汽車が姫路の駅に停車した時、歩廊に出て身体を伸ばした。それから、ぶらぶら汽車の窓に沿ってそこいらを行ったり来たり、歩き廻っていると、二等車から陸軍中尉が三四人出て来て、私に挨拶した。

「どうも教官殿の様だと思いました」

「どちらへお出かけですか」

「お一人ですか」

ロロにそう云って私を取り巻いた。みんな私の出ている教室の学生であった。

私はすっかり閉口して、早くその仲間から逃れたいと思った。何故困ったかと云うに、私は三等に乗っている。しかし、自分の勝手で三等に乗ったのであったら、相手の思わくなぞどうだって構わない筈であるが、その時はそう行かないわけがあったので、何しろ早くこの場を外すに限ると考えた。

何か駅売りの買物でもする様な顔をして、

「それじゃ、失敬」とか何とかあやふやな事を云って、私はついつい向うの方へ行った。

遥か遠くの方へ離れてから、後を振り返って見て、若い将校達が二等車に這入った事を確かめた後も、私はまだその辺りを用ありげに歩き廻って、いよいよ発車の間際《まぎわ》になってから、するりと三等車に這入った。自分の席にほっと落ちついて、中尉達が何と思ったろうと考え込んだ。

三

その当時の官用割引は五割であって、その上、汽車賃が今の様に三等一円ならば二等は二円、一等は三円と云うのでなく、二等は三等の五割増で一円五十銭であったから、それに官用の割引を受けると七十五銭になり、大きな顔をして二等に乗っても、料金はぎゅうぎゅう詰めの三等のお客よりずっと安かったのである。

だから私が普通の三等客であったなら、偶然途中の駅の歩廊で、二等に乗っている中尉に会ったところで、向うが割引で乗っている事が解っているのだから、汽車は三等でもこちらの方が高いぞと云うつもりで威張っていられるのだが、私もまたその割引を受けていたのでは、二等に乗ってさえ三等より安くなる賃金を、更にもう一つ下の三等で負けてもらっているのだから、私の払った乗車賃は人間の運賃とは云われない様である。そうして教官が汽車に乗る以上、割引證を使っているに違いない事は、向うでもちゃんと承知していると思わなければならない。おまけに、なおいけない事は、その時は私はどこかへ出張の途中であって、三等なんかにもぐり込まないでもいいだけの旅費を頂戴していた。その棒先をはねて、郵便貯金をする様な心得違いをしたわけでは決してないが、何かかにか、色色困る事がこんがらがった挙げ句に、旅費として貰ったお金をそのまま旅費に使う事が出来なかったのである。本来なら、そう云う割引がついているのだから、好きな一等に乗って行ってもいい筈のところを、三等ですませようとしたら、運悪く学生の中尉に会って、うろたえる様な巡り合わせになった。

その時は閉口したけれど、その外に三等に乗って困ったと云う事は一度もない。又そんな事のある筈もないので、お金の都合の悪い者は三等に乗る様に出来ているのである。その代り二等の切符が買えれば二等に乗ってもよく、又そうすべきであって、二等に乗ろうと思えば乗れる人が三等に乗って、三等にしか乗れない人の席をふさぐのは不徳義である。同様に一等に乗るお金の工面がついたら、と私は考えるのだが、そう云うお金を工面して一等に乗ると云うのは可笑《おか》しいかも知れない、しかし私はそうなのであって、それで一等に乗れる時は遠慮なく乗ればいいと考えている。

外の事では随分いい加減な事をしている癖に、汽車に乗るとなると、三等でなければ贅沢であるとか、一等に乗るのは身分不相応であるなどと考える人が多いらしい。

又汽車に乗れば必ず二等であって、三等にも一等にも決して乗らないと云う人も少くない様である。そんな事は銘銘の勝手であって、どうだって構わない様なものだが、道中の面白味からいえば、二等で二十円の所を往復するとすれば四十円であり、その片道を三等にして、片道を一等にしても同じく四十円なのだから、そう云う事にして、往復ちがった趣を味うのも旅の楽しみの一つであろうと思う。

四

近県の親戚に不幸があった時、東京から会葬してくれた人人の帰りは、駅に出ているその家の接待役が二等切符を買って見送ったそうである。その時、東京で病院長をしている某氏は、「いやいらない、僕は三等だ」と云って、自分で赤切符を買って、すまして帰ったと云うので、矢っ張り某さんには、偉いところがあると云って後でみんなが感心したと云う話を聞いた。

私には何だかその人の心事が無邪気でない様に思われる。二等にでも一等にでも乗れる人が三等に割り込んで、わざと車内を混雑させる無遠慮は別としても、そう云う人が三等に乗るのは、多くの場合その事が自慢であったり見栄であったりする。また腹の底では、一等や二等の客は、威張っているとか、澄ましているとかして、いやだと思う反面に、自分が三等客の間に伍するのは、どこかに水戸黄門の様な気持がひそんでいて、わざと無雑作に、或《あるい》は身分を落として、庶民と席を共にすると云う自尊が無意識の裡《うち》に働いていないとは限らない。そう云う気持で見下げられる相客は迷惑な話であるが、そんな人に限って自分は一段下の所に来ていると云う気安さから、隣りの席に愛想よく挨拶したり、色色取りとめもない話を持ち掛けたりして、それでます ます内心の満足を買うのであると云う風に私は邪推する。

金がなければ三等に乗る。それは恥でもなければ自慢でもなく当り前の事である。二等に乗る金があったら、二等に乗る。それも当然の話であって、また同時に三等の狭い席をあけると云う点で徳義でもある。更に一等に乗る金があったら、躊躇する事なく一等車に乗る事にするとよろしい。一等車は三等よりも二等よりも綺麗で乗り心地がいい。同車の紳士達に遠慮する必要のない事は前に述べた通りである。一等に乗るのを虚勢を張る様に考えるのは、考える人の心事がけちなのである。おれは三等が好きだと云うのは変態であって、一等が好きであると云った方が穏健である。ただお金の点だけで、それが中中実現しにくい。私などは最近の旅行に息子を連れて一等旅行をしようと企て、その旅費を工面する為に、出発前から心身が過労して、向うに著《つ》いてからも体の工合が悪かった。帰って来ると風邪をひいて、暫らく寝込んだが、それは一等車が衛生上悪いのであるとは決して考えていない。

鉄道館漫記

西洋風のベッドに脚がついているのは、大昔の人間が樹の枝に上がって眠った習慣が残っているのであると云う事を読んだ事があるが、その気持が代代伝わっているとすれば、西洋人は床の上に転がって寝るのは不安に思われるかも知れない。

生まれたばかりの赤ん坊が、身体のどこにもまだ力と云うものは備わっていないのに、ただ手の平を握り締める力だけは生まれ落ちた時から強くて、小さな指を開かせようとするとなおの事かたく握ってしまう。その握り方の弱いのや、掌を開いたままにしている赤ん坊はしんが弱いのだと云う様な事も聞いたが、何故そんなに赤ん坊が手を握り締めるかと云うのは、大昔に樹の枝から落っこちない為であると云う事もどこかで教わった覚えがある。

西洋人の赤ん坊をいじくって見た事はないので、生まれ立てにどんな風に握っているか知らないが、私の子供達については、みんな実験して知っているから、我我の祖先も、樹の枝の上でお産をしたかも知れないと云う事は考えられる。

しかしお産は大昔でも大切な事であったに違いないから枝に登ったかも知れないが、毎晩寝るだけの事なら、私共の祖先は一一《いちいち》その面倒をしなくても、地面に眠って安心していられたのであろう。その為に私共は脚のついたベッドの上に上がらなくても、畳の上の布団の中で手足を伸ばして楽しい夢を見る事が出来る。

ところがたまに旅に出て洋風のホテルに泊まる事があると、脚のついたベッドの上に上がって寝なければならない。一段高い所に身体を横たえるのはそれ程気にもならないが、そう云う所のベッドは大概ばね仕掛けになっていて、一寸《ちょっと》片足乗っけても、すぐに全体が底からぐらぐらと揺れる。そのスプリングの工合を好む人が多いから、そう云う装置も出来ているに違いないが、それで布団を沢山積み重ねた様な錯覚を起こさせる為ではないかと考えて見ると、随分人を馬鹿にした思い附きだと云う気がする。馴れない私などは、片膝突いた拍子にぐらぐらするので、あわてて両手で支えると、又その重みで揺れ返して来るから、すっかりベッドの上に上がってしまう迄に随分気をつかう。

そうしてやっと横になっても、普通の布団と違って、どことなくじっくりしないから、身体の向きを変えようと思って寝返りをすると、又下からゆらゆらと揺れて来る。スプリングの深いベッドは樹の枝が風に揺れている気分を現わしたものであろうかと云う気がする。うつらうつらしかけた時に、一寸身体を動かした為に、ぐらぐらすると、今何処に寝ているかを忘れて、脳貧血を起こした様な気がして、あわてて手を出して何かに摑《つか》まろうと思う。だから矢っ張り赤ん坊の時から、握力だけは備わっている筈だとも思われる。

歳末の仕事の都合で、東京駅の鉄道ホテルに泊まり込み、ゆらゆらするベッドの上に半月ばかり寝たので草臥《くたび》れた。初めはそんなに長くいるつもりではなかったから、多少揺れるのは我慢する覚悟で行ったが、半月もいる事が前から解っていたら、ベッドのばねを取り外して貰うか、その上に張板の様な物でも渡して貰えばよかったと後からそう思った。

初めの内の幾晩かは、ぐらぐらするのが癇にさわって、ろくに眠れなかったが、まだ昼間も仕事をする気になっていなかったので夜通しふらふらした気持で起きていても平気であった。ただ明け方近くなって、眠くなりかけると、じきにカーテンの隙間から朝日が射し込むので閉口した。ボイにその事を話すと、カーテンの向う側に、防空演習の時使った真黒なブラインドがたくし上げてある筈だから、それをお使いなさいと教えてくれた。

防空演習のブラインドを逆用して、外の光が内へ洩れない様に隙間をふさいだ上でベッドに上がって寝たら、初めの内は矢張り枝が風に吹かれている気持で中中寝つかれなかったが、いつの間にかそんな事も余り気にならなくなって、目がさめたら、おひる前の十一時であった。しかし部屋の中は全く夜の景色で、枕許《まくらもと》の電燈がぼんやり点っている外には何の光も射していない。ブラインドのお蔭で太陽もこの部屋だけは見落としたであろうと考えて、そろそろベッドを下りた。

眠られない夜に一番気になるのは、午前四時の初発電車の響であって、その音を聞くと、時計を見ないでも、もう四時かなと思う。初発が四時に出ると云う事は前から聞いていたが、日の短かい年末の午前四時はまだ真夜中の様な気がするのに、電車は毎朝四時になると、一分の間違いもなく、ボワと云う警笛を鳴らして、がたんがたん走り出す。ベッドから降りて、カーテンを開け、ブラインドを上げて覗いて見たが、二三度そうして見たけれど、人の乗っているところは一度も見えなかった。ただ明かるい窓を列《つら》ねて、大概三台続きで、空っぽの電車がよそよそしくどこかへ走って行った。うつらうつら眠っていて、その音を夢うつつの間に聞く時も、明かるい空っぽの窓がちらちらと目の前を通り過ぎる様な気がした。

終車の方は、汽車の発著は十二時前に終わり、電車だけが一時頃まで来るようであった。その時刻を過ぎると、窓の外が急に静まり返り、反対側の廊下の真下に見える乗車口の足音も聞こえなくなる。丁度その時分に、憚《はばか》りに行くので廊下に出て、下を見たら、人影のない乗車口のだだっ広いホールに、大きな鞄《かばん》を肩にかけた郵便屋が現われて、出口の方へ歩いて行くのが非常にはっきり見えた。帰りにもう一度廊下から下のホールを覗いて見たが、もう乗車口の出入口の大きな扉はすっかり閉まっていた。だから東京駅の扉が閉まっているのは夜半の一時頃から三時間ばかりの間だけらしい。四時少し前になると、からころと下駄の音がホールの天井に響いて来る事もある。その内に私の仕事も段段に進んで、自然労《つか》れるから眠る時のぐらぐらもそれ程気にならなくなった。或る晩、翌朝早く起きるつもりで九時頃からベッドに上がると、すぐにぐっすり寝入った。目がさめたら五時だったので、丁度よかったと思って、ベッドから降りて一服した。ブラインドを下ろした窓の外にはもう電車の音がひっきりなしに続いている。煙草をくわえた儘廊下に出て見ると、下のホールには暁の燈火があかあかと点って、大勢の人が出たり這入《はい》ったりしている。憚りに行こうと思って人の部屋の前を通ると、中から高い笑声が聞こえたので、随分早くたつ人もあるのだなと思った。そう云えばボイもう起きて、そこいらを歩いている。

それから私の部屋に帰って、もう一服煙草に火をつけて、何の気もなく時計を見ると、十一時半を少し過ぎているので、不思議な気持がした。寝ぼけたかと気がついたから、いろいろ前後の事を考えて見たが、多分十一時二十五分の時に、長針だけを見て、五時と勘違いをしたのであろう。しかしそうは思っても、一たんもう朝だと思い込んだ気持が中中もとへ戻らないので、面倒だから、又その儘朝でも夜でもいいつもりで寝てしまった。

私の仕事と云うのは新年号の雑誌の創作であって、その中に、広瀬中佐の銅像の陰から狼が沢山出て来たり、裸馬が人の家の座敷に上がったりする様な事を考えていたので、少し気持が曖昧《あいまい》になっていた所為《せい》かも知れないが、その続きの夜明け近くに、下の乗車口のホールで、獅子か虎かが一声うわうっと吼えて、その後が広い天井にわあんと響き渡った。驚いて耳を澄ましていると、また同じ様な声が聞こえたが、大分気持がはっきりして来て、獅子や虎ではなく暁の出征を送る見送人の萬歳の声が、辺りが寒いので短かく響いたのであろうと思った。そう思っている内に又三声目が物凄い反響を伴なって聞こえた。その後が急に森閑として、見送りなら足音が聞こえそうなものだが、変だなと思っていると、そう云えばそんな声を聞いたのかどうかも解らない様な気がし出したので、又目をつぶって枝の様に揺れる寝床の上で寝返りをした。

荒手の空

八月末の残暑のきびしかった日のひる前、三ノ宮から下ノ関へ行く為に下り急行に乗った。上郡《かみごおり》駅を過ぎると次第に山が窓に迫って来た。二週間許《ばか》り前に盤谷《バンコク》から初めて日本へ来たと云う西洋人が私の筋向いにいて、須磨明石では頻《しき》りに海を褒《ほ》めたが、今度は山の姿を褒め出した。

三石《みついし》の隧道では硝子《ガラス》窓を閉めに起つのが面倒だったからほっておいたら、黒煙が舞い込んで、額や頸の汗が一どきによごれた様であった。

ぱっと窓が明かるくなるともう岡山が見える様な気がした。この前に岡山を通ってから十六七年たった様に思われる。岡山の土を踏んだのはそれよりまだ何年か前である。帰る折はなくても故郷の空を忘れた事はない。子供の時に遊んだ辺りの景色をしょっちゅう夢に見る。私の乗っている汽車は初秋の真昼の日がぱちぱちする様な明かりの中に砂塵を捲き上げて、今その古い景色の中へ走り込もうとしている。

瀬戸を通ってから私は起ち上がって今まで脱いでいた上衣を著《き》た。だれにも会うつもりはないが、駅のプラットフォームに降りて見ようと思って肌を入れたばかりである。西洋人が何か云いたそうな顔をして私を見た。私のハイマートだよと云おうとしたけれど、その言葉が感傷的に思われたので止めた。

展望室は反射が強いのでだれもいない。私は一番後の扉を開けひろげてその枠につかまり、小さな丘を廻った後の線路が何処までも真直ぐに続くのを眺めていた。足許《あしもと》がぐらぐらとしたと思ったら構内に入るカーヴで、砂煙の中に西大寺駅が飛び去った。最初に大砂場の山の鼻が目についた。瓶井《にかい》の塔が私の思った通りの所にあった。六高が何故見えないのだろうと探している目の近くに、しんばく辺の畑に建ち列んだ家がちらちらした。古京の児島屋の煙突はきっと見えると思っていたが、それも見えなかった。非常な勢いで汽車が走っているので、何か間に合わぬと云う様な気持がしてわくわくした。

旭川の鉄橋にかかったら荒手の大銀杏《おおいちょう》を見ようと思った。明治四十何年にハーレー彗星が現われた時、夕方になると彗星の頭が大銀杏の樹冠に飛び掛かる様に思われた。子供の時から見馴れた樹の姿にその頃の夜毎《ごと》の無気味な景色がこびりついて、岡山の事を思い出すといつもその銀杏の樹が目の前に浮かんだ。日ざしが強い為に遠くの方は霞んだ様に見える。私は一心に残暑の空を探したが、忽《たちま》ち汽車は鉄橋を越して、私の眼底にはなんにも残らなかった。

小列車

臺南州《たいなん》の蕃仔田駅《ばんしでん》で降りて、蕃仔田線に乗り換えた。蕃仔田線は明治製糖会社の社線である。細い線路の上を小さな汽車が走る。汽罐車《きかんしゃ》の汽笛は羅宇屋《ラウや》の笛よりも甲高い。操車の都合で汽罐車が逆についている列車もある。その様子は手軽に見えないので、却《かえ》って物物しい。東海道線や山陽線の大きな岐線で時時そう云う列車を見受ける。私が乗ったのは機動車であって汽罐車がついていない。駅の係の人が、私の為に籐椅子を入れてくれた。中の方は一ぱいだったのでその椅子を運転台の直ぐうしろに置いたから、腰を掛けると向うの景色が展望車を逆にくっつけた様によく見える。しかし夕方であったので遠くの方は暗かった。細い線路の両側に砂糖黍《さとうきび》が生えている。それがどこ迄も続いて、先の方は暗くなりかかっているから、遠近法の絵とは反対に、向うへ行く程砂糖黍の畑が大きくなっている。一番遠くの方は空の薄闇と大地の薄闇を砂糖黍が自分の脊丈でつないでいる様であった。

私の乗っている機動車が走り出した。そう見えただけでなく、向うへ行く程暗くなった。薄明りの中に立っている沿線の砂糖黍は、二三日前初めて台湾に上陸して以来見馴れた椰子《やし》の樹ほども大きく思われる。それは私の乗っている車が小さいからであって、小さいと云っても乗合自動車よりはずっと大きいのであるが、鉄道線路の上を走っていると云う物物しさから、つい小さいと思い込んでしまった。

途中にいくつも小駅があって、中には片っぺらだけの駅もあった様だが、そう云うのはすべて幹線の急行列車がする様に無停車で通過した。一寸《ちょっと》の間にすっかり暗くなった行く手に、きらきらと明かりが塊《かた》まっていると思ったら、本社前駅に著《つ》いた。

小さい小さいと思っている車から降りたら、自分の身体が馬鹿に大きく思われた。尤《もっと》も大分疲れていたので少少持ちあつかっていた所為《せい》もある。本社前駅はれっきとした鉄道停車場であって、改札口がある。駅長さんも駅員もいる。みんな普通の人で汽車の様に小さくないのが不思議に思われた。

駅前の並樹路を行って蔴荳《まとう》の倶楽部《クラブ》に泊まった。寝る前に守宮《やもり》の鳴くのを聞いたが、河鹿《かじか》に似た声であってちっとも無気味ではない。夜明けにも鳴いていた様である。朝起きると、倶楽部から少し離れた辺りに線路のカーヴがあると見えて、汽車が通る度《たび》に汽笛を鳴らすのが聞こえた。又何輛もつないで行くらしい堂堂たる地響が伝わったりした。初めに云った汽罐車のうしろ前についた列車や、そうでない普通の颯爽たる編成などはそれから二三日倶楽部に泊まった間に、時時出歩いたから見たのである。

本社駅前を発車した列車が、大分行ったと思う頃、ぴっぴっぴっと非常汽笛が聞こえた事もある。道ばたの水牛が聞いたら、ちくちくする様な感じだろうと思った。或《あるい》は水牛が線路に出て進行の邪魔をしたのかも知れない。昔昔、江見水蔭《えみすいいん》の汽車の話の本を読んだら、印度では汽車が象にぶつかる事があると書いてあった。蕃仔田の小列車も汽罐車で水牛を押して見ると、多少それに似た感じが出るかも知れない。いくら小さいと云っても汽罐車の先が水牛の横腹に刺さって抜けないと云う様な事はあるまい。

温気《うんき》で物皆の大きくなる臺灣にありながら、ぴいぴい列車は今までのところちっとも育たなかった様である。蕃仔田線の外に明治製糖の社線は方方にあるらしい。又外の会社にも社線がある様である。私は蕃仔田線しか知らないが、きっとみんな小さいだろうと想像する。抑《そもそ》も砂糖の乗る汽車なのであって、人間は砂糖に関係ある者に限り乗る事が出来る。又その関係に関係ある者が時たま乗せて貰う。私なぞが小さい小さいと面白がっていると、砂糖がにがい顔をするかも知れない。

通過列車

郷里の備前岡山に岡山駅がある。山陽線の上りは次が西大寺駅である。私の生家から岡山駅には一里、西大寺駅は二里位であった。西大寺駅は田圃《たんぼ》の中にある。生家は町外れに近かったから、西大寺駅へ行くには田圃道ばかりを通る。二里の間に所所大きな松の木がかぶさって、その下に村がある。野路ではあるが国道筋なので道は広く凸凹も少い。私は中学の上年級の当時から高等学校に這入《はい》った後までも度度《たびたび》その道を自転車に乗って西大寺駅まで出掛けた。汽車の時間表を調べて、尤も時間表は大体暗記しているから第何列車が何時何分に通過すると云う位はいつでも知っていたのであるが、目当ての汽車を見る為に自転車を走らせる。

西大寺駅はもと長岡駅と云った。いつ名前が変わったか年代は判然覚えていない。長岡の時も西大寺になってからも小さな淋しい駅であって、その頃は陸橋もなかった。線路は単線が構内に這入ってから上り下りの二本に別かれているだけである。大分後になって上りの歩廊の向う側にもう一本上り線がついた。それで汽車が這入って来てからでも本屋《ほんおく》の下りの歩廊と上りの島との間の二本の線路を踏んで上りの汽車に乗れる様になった。しかし線路に降りて、その高さから這入って来る汽車の正面を見るのは余りいい気持ではない。

自転車に乗って二里の野道を走らせながら胸に描く楽しみは西大寺駅に停まらずに通過する大きな汽車が地響を駅の建物に反響させて驀然《ばくぜん》と目の前を過ぎる光景である。小さな駅だから上り下り一本宛《ずつ》の急行はもとより、遠距離に行く直通列車にも停まらないのがある。そう云う汽車の通過時刻を見計らって行くのである。

乗りつけた自転車を待合室の入口に置いて改札の柵につかまり時計を見くらべて時刻を待つ。大概そう云う時には待合室にだれもいない。辺りがしんとして、ただ駅員の部屋の中から時時かちかちと云う電信の音が聞こえるばかりである。遠くから轟轟《ごうごう》と云う物音が風の響きの様に伝わって来る。響きが段段に近づいて、近づくと共に非常な勢いで大きくなる。改札の前の線路がかたんかたんと鳴り出す。つかまっている改札の柵がびりびりと振動し身体が揺られる様な気持のする目の前を大きな機関車が一瞬の間に通り過ぎる。その後に沢山の窓がちらちらと横走りに走る。呼吸を詰める間もなく行ってしまって目の前がぱっと明かるくなり、線路がまたかたんかたんと鳴る。ほっとして改札を離れ自転車に乗って帰って来る。野路を走る途途《みちみち》、今目の前に見た壮大な光景を何度も心の裡《うち》に繰り返してたんのうする。又来て見ようと思う。

大変な勢いで通過すると思っていたが単線であったから通過駅でタブレットの受け渡しをする。そんなに速く走り抜けたわけでもなさそうである。後になって外の駅でもっともっと速い通過列車を幾度も見たのでそう思うのであるが、当時はそんな事は知らない、私の若い時の壮美感は外から見た急行列車の姿に託していた様である。その気持は五十歳を過ぎた今でもまだ微かに残っているらしい。二三年前臺湾から帰って神戸に上陸し明石で一泊した。翌《あ》くる日の午頃《ひる》また神戸へ出る為に明石駅へ這入ろうとする目の前がさっと暗くなって下リの下ノ関急行が通過した。昔の西大寺駅とちがい駅が大きいから反響も強い。途方もない大きなキルクの栓を抜いた様に、さっと行ってしまった後の豪爽な気持にふと少年時代の血汐が漲り返った様に思われた。

昼の通過よりも夜の通過の方が一層物物しい。私は西大寺駅と萬富駅とで見た事がある。萬富駅は西大寺駅から東へ二つ目の駅であるが私の子供の頃にはなかった。大分後になってから出来た新らしい駅である。夜の通過列車を自転車に乗って見に行ったわけではない。特に萬富駅は何里も隔たっているからそんな所までわざわざ出掛ける筈はない。萬富駅を出てから、曲がった鉄橋のかかっている吉井川の堤を伝って山裾に入り奥の方へ行った所に三谷の金剛様と云うお寺がある。祖母に連れられて何度もおまいりした事があるから、その時もきっと夕方遅くなって汽車に乗り遅れたのであろう。一つ乗り外すと二三時間は待たなければならない。夜になるともっと間があったに違いない。その間に通過列車が通る。時刻が迫ると歩廊の両端に松明を焚いた。真暗な辺りに煙の尾を引いた焔が揺れて、磨き立てた様な線路の筋に赤い光が流れる。その外にもう一つ、若い駅員が松明を手にかかげて、タブレットを持った駅長か助役の傍に起《た》っている。そこへ暗闇の中から恐ろしい響きを立てて大きな汽車が這入って来る。松明の火影で受け渡しをするのであるが、それから何年か後、まだ電燈のつかぬ前に萬富駅では駅長であったか助役であったか、その際に誤って引き込まれ線路に落ちて殉職した人がある。

その頃新橋行の上り急行は午後七時二十二分に岡山駅を発車した。日の永い時はまだ西空に明かりが残っている。夕焼の雲を映した備中平野の水田の中を当時の第六列車が轟轟と進んで来る。まだ福山駅に停まらなかった時分の事であるから尾ノ道以東、尾ノ道にも停まったかどうか私は覚えていないが、若《も》し停まらなかったとすれば糸崎以東無停車で走り続けて来た急行列車である。岡山駅の上り歩廊の西端に櫓《やぐら》を組んで半鐘が釣るしてあった。上りの急行が夕靄《ゆうもや》の掛かった構内に近づいて来るとその半鐘が鳴り出す。当時の駅長の趣向であったか、外の駅でもやった事か私は知らないけれど、その時分ただ一本の急行列車が構内一帯に鳴り響く鐘の音につれて堂堂と歩廊に迫って来る光景は、田舎の駅を風のかたまりの如く走り抜ける大きな汽車と共に私の英雄崇拝の対象であった。

三十何年昔の第五第六列車の片割れが今日の夜十一時に東京駅を出る第七列車下ノ関急行ではないかと私は思っている。編成や列車番号の事などただの見当のうろ覚えであるからどこがどう間違っているか解らないが、若《も》しそうだとすればなつかしい。私の大学生の当時その汽車は午後三時五十分に東京駅を立った。

初乗り

明治四十三年六月十二日山陽線の岐線宇野鉄道が開通した。当時は宇野鉄道と云い宇野線とは呼ばなかった様である。そう云えば山陽線も山陽鉄道の名がまだ残っていたかも知れない。今から三十何年昔の話で私は高等学校の三年生であった。

当日の朝早く、たしか五時頃であったと思う、岡山駅へ出かけて宇野行の切符を買った。私の昔教えた学生に私に之繞《しんにゅう》を掛けた様な汽車好きがいて、新線の開通があると出来る限り出掛けて行き最先に発行番号一番の切符を買って来ると云うのがある。私はただ乗りさえすればいいので切符の番号などは念頭になかった。

駅の入口には大きな国旗が出ていた様に思う。或《あるい》は辺りに紅提燈《ちょうちん》がぶら下がっていたかも知れない。それより十年位前に私設の中国鉄道が開通した時は大変な騒ぎで手踊りが出たり山車《だし》を曳《ひ》き廻したりした。山車には大きな賽《さい》ころと釜《かま》の様なお椀と張り子の鼠と、も一つ何だったか今思い出せないが、それを一緒に飾り立てて、鼠がちゅう、何だったかが鉄、お椀がわんで賽ころがさい、わんざいで萬歳をきかした。中鉄萬歳の飾り物が町じゅうを鳴り物入りで廻ったのを子供心に覚えている。宇野鉄道の開通にはそんな騒ぎはなかった。

開通第一番の列車がどの歩廊から発車したかは覚えていない。尤《もっと》も思い出して見ても昔の岡山駅の模様なんかは読者に興味はないだろう。汽車は下リ線の方向に走り出したが忽《たちま》ちがちゃがちゃと云う滑りの悪い転轍の音につれて、きらきら光っている山陽本線の下リ線が右の方へ離れて行った。紡績の裏の板屏《いたべい》とすれすれに走り、ごみごみした町外れの家並を勝手に切りそいだ所を進んで行った。人の家の庭先を通っても台所口を削った様な所を走っても、月日が経っていると汽車の窓から眺めて変な気持がしない。草が生え苔《こけ》がおおい煤《すす》をかぶって、もとからそうであった様な景色である。開通したばかりの新らしい線路の両側は、削り取られた後に継ぎ足した板がそこだけ白かったり、荒土が崩れ掛かった儘に乾いていたり、目に見る物がむけむけとしていて、汽車がさもさも無理な道を通っている様な気持がする。

掘立小屋の様な片屋根の小さな駅があったがそこにも丁寧に停車し、又汽笛を鳴らして発車した。間もなく田圃《たんぼ》の中に出て爽やかな朝風の中で段段速力を増して行った。

備前平野のその辺りは藺田《いだ》の多い所であるが稲の水田もある。しかしまだ田植え前なので耕しかけた畦《うね》の間に牛がぼんやり起っている。私共の汽車が走って行くと、線路の近くにいる牛はさっと耳を後に引き顔をこちらに向けて身構えする様であったが、忽ち身を飜《ひるがえ》して向うの方へ走り出す。田も畔《あぜ》も滅茶滅茶に馳けて自分の家の方へ逃げて行く様である。少し離れた所にいた牛も、煙を吐いて地響きを立てて来る汽車を眺めていたに違いないが、仲間の一匹が逃げ出したのを見て急に心配になったものと思われる。窓から見渡す広広とした田圃のあっちこっちにいた牛がみんな一生懸命に馳け出した。

汽車を見て牛が逃げ出すのを自分の乗っている汽車から眺めるのは初めてであった。開通第一番の汽車であるとしてもその前に何度も試運転の汽車が通ったに違いない。その度《たび》に驚いて逃げ出し、いまだにまだ物騒でじっとしていられないのであろう。

そこいらにいる牛を追い散らして一番列車が堂堂と進んで行った。暫らくすると鉄橋があった。たしか藤戸の近くであったと思う。橋は相当に長く轟轟《ごうごう》と云う音が辺りに響き渡った。それから児島半島に這入《はい》って、半島を横に突き抜ける隧道があった。

世界第一の小国であったルクセンブルク大公国の王様は、御自分の領内に何でも一通りは揃っている様にする為、隧道にしなくていい所に隧道を掘らして汽車を通したと云う話を聞いた事があるが、宇野鉄道は短かい間に隧道もあり鉄橋もあって初乗りの乗客に一通りの旅行をした様な満足を与えた。

宇野駅に著《つ》いたら海がきらきら光っていた。桟橋はあったが聯絡船《れんらくせん》がいた様な記憶はない。汽車を降りて何をすると云うあてもないので、すぐに又引返して、恐らく乗って行った汽車にまた乗って帰って来た事と思うけれど、帰り途の事は不思議に何も覚えていない。

夜汽車

十一月半ば過ぎに岡山へ行って来た。その日に電報を受けて思い立ったのであるから忙しい。夜十一時の下ノ関急行に乗るつもりで夕方東京駅へ切符や寝台券を買いに行った。窓口では腹で十一時と考えているのを二十三時の急行と云って見た。成程それで通じる。しかしそんな時刻を云うのは生まれて初めてだから、はたで何人か知った人が聞いてやしなかったかと云う気がした。

下ノ関急行と思ったのも間違いで、鹿児島急行であった。四五日前からそうなった事は新聞で承知した筈である。帰りの汽車の時刻を確かめたいと思ったが、旅行案内は売り切れだと云った。案内所へ廻って第八列車の岡山発の時刻を教えてくれと頼んだら、四時四十五分ですと云った。私のうろ覚えもそうなのであるからそれで納得したが、外へ出てから歩きながら思い出して見ると、午後四時四十五分は向うの云い方では十六時四十五分でなければいけない。それとも夜明けの発車かと聞き返してもよかったなどと意地の悪い事を考えた。一たん家に帰ってから買って来た切符や、寝台券を取り出して見た。寝台の指定が第三列車の第何号車第何番となっている。私の今晩乗る汽車は第七列車だと思っていたが、いつの間にか列車番号が変わったのであろう。鹿児島行になってから違ったのかも知れない。その同じ編成の汽車の上りに乗って帰って来るつもりであるから、さっき案内所で第八列車の岡山発の時刻を尋ねたが、本当は第四列車と云わなければ通じなかった筈である。そこを係は呑み込んで四時十五分と教えてくれた。揚げ足取りをする資格なんか私の方になかったのである。

晩飯をすましてから出掛けた。用件の都合でフロックコートである。しかし外套《がいとう》を著《き》るので人には見えないから大丈夫である。改札を通って切符や急行券をポケットにしまい込み、一番向うの端の発車歩廊へ歩いて行った。日外《いつぞや》新聞で新らしい歩廊が出来たと云う記事を読んだが、成る程そこ迄行く地下道が少し遠くなっている。そうして歩廊へ出る角を曲がったら階段の下に又改札の柵がある。驚いて外套や上衣の釦《ボタン》を外し、しまい込んだ切符と急行券を取り出した。友人の撿挍が額《ひたい》に怪我をしているから、どうしましたと尋ねたところが、開いている障子を、知らないから自分で開けるつもりで引いて行ったらその障子にぶつかった。自分でわざわざ締めた所を通り抜けようとしたのですと云った。開いている障子をもう一度開ければ障子が消えて無くなる筈だがと撿挍が云い足した。私は幸いに目が見えるので二度目の改札を無事に通ったが、若《も》し目が見えなかったら、その途端に駅の外へ出てしまったと勘違いしたかも知れない。

給仕に案内せられて私の番号の寝台に行って見ると向かい合った寝台にはもう知らない人が寝巻姿で坐っている。挨拶して外套を脱いで一服した。物騒な牧師が乗って来たと思ったかも知れない。それから靴を脱いだ。私の靴はキッドの深護謨《ふかゴム》である。枢密顧問官か知らと思ったかも知れないと考えた。

寝て見たけれど中中寝つかれない。枕許《まくらもと》の小窓がびりびり鳴り続ける。丹那を越して沼津で機関車を換える迄鳴り通した。隧道の前後はカーヴや勾配が多いので頻《しき》りに制動を掛けるのであろう。その震動が小窓の硝子《ガラス》に伝わり枕に響いて、顔の上の低い天井に反響する。

よく眠れないから朝は早く起きて身支度をした。喫煙室に出て窓の外の景色を眺めた。藪陰や小山の山裾に柿がなっている。赤い色が寒そうである。私の横でトランクの中を片附けていた若い人が話しかけた。この汽車で鹿児島まで行くのだと云った。今夜もう一晩汽車で寝て明日の朝七時頃に著《つ》くと云う話である。続けて二晩汽車に寝るのは大変ですねと云ったが、考えて見ると私も午後の二時少し前に岡山に著き、すぐに夕方の四時四十五分の上りで帰るから今夜もまた寝台に寝るのである。その汽車が東京に著くのは朝の七時十分であって、丁度その時分にはこの汽車がどん詰まりの鹿児島まで行き著いている。不思議な工合だと思いかけたが、寝が足りないからそんな気がしたので、考えて見れば不思議な事はない。

寝台車

汽車の寝台に寝るのは有り難くない。滅多に旅行する事もないが、たまに出掛けるには成る可《なべ》く都合をつけて昼間だけ汽車に乗り夜は泊まる事にする。汽車が好きなので一日窓の外を眺めていても退屈する事はない。折角の道中を夜寝た間に通ってしまうのは惜しいと云う気持もある。

一日じゅう汽車に揺られていたいと云う我儘は別として、寝台がきらいだなどと云っては申し訳がない。人から不心得を責められる迄もなく、自分の若い時の事を思い出しても勿体ない。学生時分の帰省に汽車がこんだ事はこの頃と同じ様であって、通路にらくに起っている事も出来なかった。浜松で一車増結してくれた事が何度もある。そっちの方へ馳けて行って乗り移っても腰が掛けられるとは限らない。腰を掛けてもすぐ前の相客の膝がつかえて足を伸ばす事は出来ない。時時その場に起ち上がって膝小僧に血を通わせる。そう云う姿勢の儘で一晩車中に過ごす。郷里の岡山まで急行で凡《およ》そ十九時間かかった。午後四時少し前に出た汽車が著《つ》くのは翌日の午前十時三十五分である。夏休みの帰省の時、途中の停車駅でプラットフォームへ降りて見ると、方方の窓から人の足がにょきにょき覗いている。中には下駄を穿《は》いた儘のもある。車掌がそれを外から押し込んでいる。よく怪我をしなかったものだと思う。座席があんまり窮屈で疲れた足の持って行き場所がないからそう云う事になるのである。

眠いよりも暑いよりも足のやり場所がないのが一番つらかった。何の慾も云わないからただ平らな所で足を伸ばしたい。そうして寝た儘で伸びがして見たい。三等にも寝台があるといいなあと思った。

ずっと後になって、東京駅の永楽町寄りの高架線の下に鉄道博物館が出来た。中に三等寝台の設備が本当の大きさで組立ててあった。実際に使われ出したのはそれからまだ何年も後の事であるが、鉄道博物館の見本を見ただけではこんな結構な物が本当に実現するだろうかと思った。

三等寝台の寿命は短かかったが二等寝台の昔もそう古くはなさそうである。私の思い出す汽車に二等寝台がついた当初は大変な人気であった。下段三円五十銭上段二円五十銭、その外にダブルベッドがあって四円五十銭であった。ダブルベッドの事を比《ひ》翼床《よくどこ》と云ったのは世間の命名でなく、事によると鉄道の方でそう云う宣伝をしたのかも知れない。間もなく若い女が帯を締めずに通ったとか、洗面所から長襦袢《ながじゅばん》の芸妓が出て来たとか云う様な事になって非難が起こり比翼床はおやめになった。しかしその設備は残っているので一人用の大床と云う名義で使わした。料金は矢張り四円五十銭であった。

まだ珍らしかった当時大雨《おおあめ》の晩に二円五十銭の上段に寝ていると、走っている時は解らなかったが夜半に美濃の大垣に停車して辺りが静かになったら、顔からすぐの所でざあざあと雨の音がした。野宿をしている様な気持がした事を覚えている。

夏の旅行に東北線の上段へ上がって、無理な姿勢で膝を曲げたら、その日の午後神田の吊《つる》し店《みせ》で買ったばかりの新らしいズボンの縫い目が離れてしまった。実は縫い目でなく糊づけだったらしいのである。仕方がないから寝巻に持って来た浴衣に帯皮を締め、赤皮の編上靴を穿き、パナマ帽をかぶって北海道へ渡った事があるが、この件は私の旧稿にあるからこれで止める。

一等寝台は廊下があって部屋になっていてこんな結構な事はないと思ったけれど、広い方のコンパアトでそこへ知らない人が這入《はい》って来ると余り有り難くない。昔はそんな事はなかった様である。知らない同志なら寧《むし》ろ二等寝台の大部屋の方が気がらくである。臺湾の縦貫線の一等寝台には上段がなくて蚊帳《かや》が釣ってあったが、いつでもそうなのか、どうだか知らない。

汽車の寝台が寝苦しいとか騒騒しいとか云っては罰が当たる。私の一番困るのは人の寝ている内に汽車が走ってこちらの用事のある所へ行ってしまう事である。

洋燈と毛布

大きな、平べったい湯婆《ゆたんぽ》に南京袋のきれの様な物を被《かぶ》せて腰掛の下の足許《あしもと》に置いてくれる。足を乗っけると、ほかほかと温かい。南側の窓が薄暗くなって、汽車がどこかの駅に著《つ》く。乗り降りする人人の足音が途絶えても、いつ迄も汽車は停まっているから、辺りが次第にしんかんとして来る。屋根の上を人の歩く音がする。天井に円い穴があいて、そこから大きな心《しん》が下に向いた洋燈《ランプ》を差し込んだ。そうしてみしみしと云う屋根の足音が遠ざかって行く。

身の廻りが天井の洋燈の光で少し明かるくなった。しかし窓の外の歩廊にもまだ薄明かりが残っている。洋燈を運ぶ手車が窓の下を通る。棚になっていて、棚の板に洋燈を差し込む円い穴が幾つもあいている。燈《ひ》のついた洋燈がまだ二つ三つ残っている。その内に遠くの方で車掌の笛が鳴って、機関車の汽笛が応じて思い出した様に汽車が動き出す。段段遠くなって行く車輪の音が騒がしくなる程淋しい気持がする。しかしもう明かりがついているのだから汽車が山裾に這入《はい》って窓の外が日が暮れても大丈夫である。子供の時に父や祖母に連れられてどこかへ行く途中、汽車の中で夜になると早く降りたいと思った。

電燈がともる様になったのはいつ頃からか知らないが、明治四十一年の夏、暑中休暇に東須磨へ行っていた時分、向うを通る山陽線の汽車が機関車の後に蓄電車と書いた箱の貨車の様な車をつないでいたのを思い出す。電池を沢山積んで行って電燈をともしたのだろうと思う。それから後に今の様な仕掛けになった様である。走って行く車輪の動力で電気を起こす。だからいつ迄も停まっていると電気が消えてしまう。せいぜい六時間位しか持たないとだれかに教わった。どこやらでは夜中に吹雪の為に立ち往生して、到頭真暗になってしまったと云う話も聞いた様である。

それから又二三年後にはそんな事も昔話の様になった。大分夜が更けて満員の三等でみんな居睡りを始める。居睡り客の割合を見るのか、それともきまった時間があるのか知らないが、いい加減の時に専務車掌が来てどこか捻《ひね》ると車室内の明かりが薄暗くなる。それでぐらぐらしているこちらは一層眠くなる。冬は車掌が柱の寒暖計を見てそれから通路の床にしゃがみ込み、円い穴の蓋をあけて煖房の調節をする。窓硝子《まどガラス》は温気《うんき》と人いきれとですっかり曇って、幾すじも雫《しずく》が走っている。通過駅の燈の明かりがそのぬれた筋に赤く映ってちらちらと流れ去る。足許の湯婆で温まり天井の洋燈のほのおを頼りにした子供の頃の夜汽車を思い出す。

汽車に乗る時は必ず毛布を持ち込んだ。赤毛布でなく、もっとハイカラな小型の敷物である。寒いからと云うわけではない、夏でも携帯した。夏には夏向きの洒落《しやれ》たのがあった。昔は二等車以上は座席が窓に沿って縦に長く伸びていたから、そこへ毛布を敷いて自分の場所を少しでも広く取ろうと云う料簡《りようけん》であったかも知れない。そう古い話ではなく今の特別急行が出来てからでも暫らくの間はみんなが毛布を持ち込んだ。特別急行の初めの頃は、二等車の事しか知らないが窓に沿った長い座席の背中の所に座席番号の数字の札が嵌《は》め込んであって、それが四つ列《なら》んだ所に肱掛けが出ている。つまり四人席ずつで一区切りになっていたのだが、そこへ広広と毛布を敷いて澄ましている。後から指定番号の客がやって来ると、しぶしぶ自分の毛布の領分を狭めて違った見当を眺めている。そう云う光景をしょっちゅう見た。

座席の模様が変わった所為《せい》か、人人の気持が違って来たのか知らないが、いつの間にか毛布は流行らなくなって成る可《なべ》く身軽にするのが洒落た様に思われ出した。私もいい加減お調子乗りであったから、ふだん著《ぎ》の紺絣《こんがすり》に朴歯《ほおば》の下駄を穿《は》き、夏帽に竹のステッキ一本持ったきりで特別急行に乗り込んだ。当時は今の「富士」が一二等の編成で朝の九時に東京駅を立った。初夏の夕方のまだ明かるい内に京都に著き、塔ノ段にいる友人の家の近くの横町をからころ歩いていたら、その細君に出くわしておやどちらへ、と丸で近所の者に会った様な挨拶を受けた。今東京から来たのです。お宅へ行くところですと云って相手を驚かして得意になった。

乗り遅れ

大正十二年の大地震まで五年間、横須賀の海軍機関学校へ通った。勤務は毎週一日であって金曜日の朝七時の汽車で東京駅を立つ。普通の汽車が一時間四十二三分かかった。七時の汽車もそうであって、横須賀駅に著《つ》くと学校の近くにある宿俥《やどぐるま》が迎えに来ている。それで馳けつけて九時の授業に間に合う。

もう少し速い汽車は一時間三十何分かで著いた。五六分の違いであるけれども短かい区間の事だから、それだけでも乗っていて速い事が解る。行く時はいつもきまった七時の汽車であるが、帰りには色色違った時刻の汽車に乗る事もある。しかしどの汽車に乗っても機関車は大概八八五〇型であった。その頃の横須賀線はその型の機関車にきまっていたのではないかと思う。八八五〇は外国の型であって、十二台あると云う事を後になって人から教わった。急行列車にも使った様であるが、汽笛の音色《ねいろ》が外の急行の機関車の様に物物しくない。細く高く綺麗な音であった。調子笛で合わして見ればよかったと今思う。ぼんやりした記憶だからどの位の高さと云う事は云われないが、当時はその音色に聞き覚えが出来て、どこか外へ行く時すれ違う汽車の汽笛がその音であったり駅の近くでその声を聞いたりすると、すぐに八八五〇型がいると思った。

横須賀へ通う様になった初めの内はまだ支線にも一等車があった。昔風のつなぎ方で真中に一等車を置きその前後が二等車、両端に三等車があった。間もなく一等車がなくなったと思うと、コンパアトのある新式の二等車がつないであったり、一等車の白い帯を青く塗り換えただけのゆったりした二等車が普通の二等車と隣り合わせになっていたりした。

何年か先には横須賀線が電車になると云う話もあった。そうなれば便利だと云って人人は楽しみにしていたが、私は今の儘の方がいいと思った。どこの所為《せい》か知らないけれど汽車と電車では乗って走り出した時の気持が違う。電車の揺れ方は固くて物音も荒らい。電車が出来るとしても汽車と併用するのであったら自分は汽車で通う事にしようと考えた。

その頃私は小石川の目白台にいたので朝七時に東京駅を出る汽車に間に合うには一時間位前に家を出なければならない。市内電車は乗り換えや何かで遅れる事があると困るから、いつも近所の宿俥で行った。冬はまだ暗い内に出掛ける。幌の中は手許《てもと》も見えない程真暗である。小さな仰願寺《こうがんじ》蠟燭《ろうそく》を持ち込んで火をともし、膝の上を明かるくして楽しんだ事もある。音羽《おとわ》の通から江戸川橋を渡って川縁を通り、九段下から牛ヶ淵に出る頃にそろそろ夜が明ける。それからお濠端《ほりばた》に掛かると明かるくなったばかりの柳の枯れ葉が幌の上に降って来る音を聞く事もあった。

晩夏の雨の朝、いつもの車夫の俥《くるま》で出かけて行くと、夜来の大降りで江戸川橋の岸に水がのっている。大曲から先の方は通れないだろうと云うので道を変えて築土の丘に上がり、牛込見附下の牛込駅に出て、院線であったか省線になっていたかは忘れたけれど、電車に乗って東京駅へ行く事にした。牛込駅で切符を買おうとしたが、何処かに不通の箇所があって横須賀まで行かれないと云った。仕方がないからその人力車で引返した。一寸《ちよつと》の間に水嵩が増して深い所は車夫の膝頭の上まで水に漬かった。

そう云う時は止むを得ないけれど、その外は五年の間大体学校の授業に間に合った様である。尤も遅刻した事がないわけではない。向うを遅刻すると云うのはこちらを立つ時汽車に乗り遅れるからである。最初に遅刻した時は改札は通っていたのであるが、私が乗る前に汽車が動き出した。いい工合にすぐ後から出る電車があったのでそれに乗り込んだ。山ノ手線であったか桜木町行であったか覚えていないけれど、頸が千切れる程汽車の線路をのぞいてわくわくしながら品川駅まで行ったら到頭さっきの汽車に追いついた。私の電車が著いた時はまだその汽車は向うの歩廊に停まっていた。

しかし乗り換えようとして陸橋を渡る間に汽車が動き出したので、結局同じ汽車に二度乗り遅れた事になった。次の汽車までには約三十分の間があり、それで行ったのでは間に合わない。駅長室へ行ってお願い申した。横須賀駅に電話を掛け、横須賀駅から又学校へ電話を掛ける様に頼んだのである。それが通じたつもりで次の汽車で行って見ると、学校ではなんにも知らないと云った。何処で行き違いになったのか、或《あるい》は抑《そもそ》も頼んだ事が無理だったのかそれは解らない。

その外にも二三度は乗り遅れた。一体七時の汽車に乗るには七時にその歩廊に著いたのでは間に合わぬ様である。駅の時計の長針はかちっかちっと大きく動くのでそう云う恨みが残る。あわてて改札を通り歩廊に出る階段を昇る。階段の途中から歩廊の時計が見えた。まだ何秒か前である。よかったと思って馳け上がった拍子に汽車が動き出した。怪《け》しからん話だと思って時計を見直すと丁度七時になっている。針が跳ぶ様に行くからいけない。又鉄道で七時の発車と云うのは、七時になったら汽車が出ると云うのではない。七時になると同時に汽車が動くのである。その時はもう私が乗ることは出来ない。右の事を私はべそを掻きそうな気持で経験した。

戻り道

臺湾へもう一度行き度《た》くて夢に見る様である。四年前の曾遊《そうゆう》は病気の為に思い出そうとしても摑《つか》まえ所のない気持がする。著《つ》いた何日目かに台南《たいなん》の近くの蔴荳《まとう》に落ちつき、一晩寝て目をさましたら持病が起こっていた。病気と云っても熱が出たりおなかを下げたりするのではなく、結滞の為に胸の中が苦しいのである。寝ていなければいけないわけではない。寧《むし》ろ寝れば却《かえ》って苦しくなる。あたり前の顔をして起きているけれど胸の中が休まる時なく変な風に混乱して苦しい。じっとしていると息が詰まりそうである。それであちらこちらの見物に案内せられる儘について行った。珍らしい所に起っても胸の中は滅茶苦茶になっている。それで記憶がぼんやりして赤嵌楼もゼーランジャも並樹の木麻黄も路ばたの黒い山羊もみんな霧のかたまりの様に曖昧である。佳里農場の防風林が海の様な砂糖黍の畑の中に遠くなったり近くなったりする。一ところにとめて思い出そうとしても動いて止まない。四年の間に記憶が薄れたのでなく、何もかも初めからぼやけた儘なのである。

　到頭なおらないなりに帰る事になった。十一月半ばの朝風の中を蕪荳から新営まで明治製糖の自動車で疾駆《しっく》した。会社の秘書の甘木君が同車して見送ってくれる。さわやかな風を切っている筈なのだが、道の凸凹で車がゆれる度《たび》に胸の中がますます苦しくなってそちらに気をとられる。どんな所を通ったか丸で覚えていない。屋根の低い新営の駅の前に車が停まって外に出たらほっとした。

　暫らく休んでから改札を通り屋根のない歩廊に立った。通り雨が顔にかかった様な気もするし、それは別の時の事を間違えている様でもある。右手の線路ののびた先から急行列車が来た。近づくにつれてその姿が非常に大きくなり機関車の前面が倉ほどもある様に思われた。疲れているのか苦しい所為《せい》か得体の知れない悲哀の為か目先が霞んで霞の中に段段がある。

　黒い汽車が顔の前をすれすれに通って停まった。中はすいている。すいているのではない。だれもいない。私一人だけである。窓から見送りの甘木君に挨拶した。動き出してその窓をしめるのが苦しい。後でボイにしめて貰った。

　汽車の揺れ加減は申し分ない。遠い景色を見る気はしなかったが、窓に近く飛んで行く壁の色や小川に浮いた水草の花が火花の様にぱっぱっと眼の裏で消えた。廻転椅子に落ちついている内にお午《ひる》近くなったら大分気分もよくなった様である。

どこかの駅から一人二人お客が乗って来て車内が少し賑やかになった。半分ばかり来た時停まった駅で詰襟の役人が一人乗った。身体も顔も大きく大分えらそうである。窓の外に見送りの制服が五六人起立《きりつ》している。車内の役人がそちらに向かって会釈《えしやく》する為に腰を掛けた儘窓枠に手をかけた。その時指の腹が埃でざらざらしたのであろう。こわい顔になって後を振り向いたら丁度そこに車掌が起っている。窓縁の指の跡を指して、これは何だと云った。

忽《たちま》ちボイが雑巾《ぞうきん》を持って来て窓枠を拭いた。そうしておいてさっきの車掌が頻《しき》りにあやまっている。ついでに私の所の窓縁も綺麗に拭いてくれたのでいい心持になった。威張るのも私はきらいではない。ただ余りこわい顔をしたので汽車が動き出して相手がいなくなった後、その役人は廻転椅子を廻しながら同車の客の前で顔の持って行き場所に少し当惑した様であった。

川底から硯の石が出ると聞いていた川の鉄橋を渡り、隧道をいくつも出たり這入《はい》ったりする所へ来たが、ボイが一一窓の開けたてをしてくれた。線路が曲線になって窓から先頭の機関車が見える事がある。煙を吐いて向うへ曲がって又見えなくなる。汽車全体がううんと伸びをしている様な気持である。胸の中が段段らくになって、この儘なおるのではないかと思う。

その時分

一

明治四十三年の秋、笈《おい》を負うて東京に出て来た。汽車が著《つ》いたのは汽笛一声の新橋駅である。線路がそこでお仕舞になって、真直ぐに突き当たる所は人の歩く歩廊である。私の田舎の停車場にはそう云う所はなかったから、それ丈《だけ》でも珍らしかった。

東海道の途中も今とは大分違った所があって、逢坂山や御殿場線の事は別にしても、大きな鉄橋はまだ単線しか通っていないのもあり、東海道本線に横浜駅はなく平沼駅と云うのが横浜であった。当時の横浜駅は支線の行き詰りであって、今の桜木町駅に当たるのであろう。終点駅だから右の新橋と同じ風に汽車が改札口へぶつかる様に這《は》入《い》って行く。その横浜に立ち寄ってまだ先へ行く汽車もあったらしく、そう云うのに乗っていたら、横浜駅で列車の尻に機関車をつけてそっちの方から引っ張ったから、今まで向うを向いた見当が逆になって、自分の身体のしんが撚じれた気持がした事がある。

平沼駅はそれから後まだ何度も学期末や夏冬の休みに帰省したり又出て来たりする時馴染みになったが、その内に今あすこに工事をしているのが新らしい横浜駅だと云うのを汽車の窓から眺める様になった。もういよいよこの駅もお仕舞だと云う間際《まぎわ》に通った覚えがあるけれど何年何月の事であったかは記憶にない。

横浜駅の出来かけているのを下りの車窓の左側に見た様な気がする。それで平沼駅は今の横浜駅の西外れの辺りにあったのではないかと思う。

先代の小さんの名声が高くなって大学生の中にも贔屓《ひいき》が沢山出来た。多少場違いではないかと思われる本郷の若竹亭で何度も独演会を催した。或る時小さんはその高座から鮨詰めの大学生や先生達に向かってこんな事を云った。大工や左官が一人前になるのは並み大抵の事ではないが、学問もまた容易でない。七つの歳から学校に上がり大学生になる迄には大変な辛抱である。自分も幼少の頃から学問に志したが勉強が過ぎて十四の歳に神経衰弱になった。

こちらは一生懸命に聴いているし、向うは真面目である。尤も小さんはいつも真面目であって役で笑う以外に高座の笑顔を見た事はない。本当に神経衰弱になったのだろうと思ったが少し可笑しくもある。一緒に勉強した平沼は横浜で大成して今の停車《ていしゃ》場《ば》の土地を寄附した。それであすこに平沼駅と云う名前が残っていると教えてくれた。

小さんの話のゆかりで平沼駅の名前は未だに忘れられない。汽笛一声の新橋駅から何度乗り降りをしたか判然しないがその内に三菱ヶ原の中央停車場の輪郭が段段はっきりして来た。出来上がって東京駅になってからよりも、その前の鉄骨があれ丈の広い間口の空にさされ立っている時の方が壮大であった様な気がする。

東京駅が出来上がってから暫らくの間は駅の前は本当の広場であって、市内電車も通さなかったし道の区切りも何もなかった。自動車が氾濫する前の話だからそれでよかったのであろう。駅の人力車の外に降車口の外れに貸馬車の溜りがあった。そんな古い話ではないと思っていたが更めて思い出して見ると隔世の感がする。

二

その時分の事を思い出して前稿から書き留めているけれど私の記憶は曖昧《あいまい》であるから記録と思われては困る。汽車も線路も隧道も自分の懐古の抒情に過ぎない。

伊太利《イタリー》のダヌンチオが日本でももてはやされた当時で私も人並みに「死の勝利」の独逸《ドイツ》訳をノートの鞄《かばん》に入れて歩いたりした。ダヌンチオの詩に飛行機の降下の感覚を詠んだのがあるそうで、その頃動き始めた山ノ手線の大きな電車が転轍を渡る時の気分がその詩に似ていると云う事を私の友達が云い出した。ダヌンチオの原詩を読んだわけではないが、大体どんな気持かためして見ようと云うのでその友人と二人で用もないのに上野駅まで出かけて院線電車に乗り込んだ。動き出すと同時にもうわくわくする様であったが鶯谷の辺りの転轍で電車の車輪がきゅうきゅうと鳴って少し車体が傾いたなりに走った時、これだと思って知りもしない詩の境地に悟入した気持になった。

又別の時今度は何か用事があって暗くなってから山ノ手線の電車に乗り巣鴨駅で降りた。巣鴨に気違病院のあった時分の事で頭の変なのを今の「松沢行き」と同じ意味で「巣鴨行き」と呼んだその巣鴨の駅である。私の今降りた電車が間もなく発車する。この頃の様に何台もつないであるのではなくたった一台きりである。その前部の出入口の辺りに起っていた駅長だか助役だかが片手にカンテラをさげて二足三足後部の方に向かって歩いて止まった。そこでカンテラを振り廻す様に動かしている。丁度電車から降りて電車の横腹を歩いていた私の目の前でそんな事をするから、どうしたのだろうと思って後を振り向いたら、後部の出入口の所には車掌が起っていて矢っ張りカンテラをさげてそれを少し持ち上げ、ゆるく廻す様な手振りで向うのカンテラに合図をしている。お互に発車の信号を交わしているらしい。山ノ手線の新らしい電車は甲武線のよりは大きかったにしろ一台の長さは知れたもので、それにカンテラが両方から歩み寄っているから間はせいぜい二三間である。らくに話の出来る所でわざと押しだまり、知らん顔をしてカンテラで挨拶をしている。それで双方納得して車掌が乗り込んで電車が暗い方へ走って行った。改札を出ながら巣鴨の駅長さんは少しおかしいのではなかろうかと考えた。

新宿駅の構内は締まりもなくだだっ広い広っぱの様で、幾つも幾つも歩廊があって何だか平べったい気持がした。同じ目の先に歩廊が並行して列《なら》んでいるだけでなく、中野の方向に向かって電車が動き出すと、一寸《ちょっと》走ったかと思う間にすぐまた停まって駅夫が駅名を呼ぶ。何と云ったか覚えていないが、青梅街道と云った様な気もする。一つの駅の構内に二つの停車場があると云うのが不思議であった。

大正何年であったか宙では思い出せないけれど帝国劇場へ原信子の帰朝独唱会を聴きに行った。九時頃に終わって外に出て見ると西の空一面に大きな火の手が挙がってそれをうつしたお濠《ほり》の水が真赤になっている。すぐその足で見に行った。二千軒ばかり焼けた新宿の大火事であって、四谷見附の辺りからは空に映った火の手でなく、じかに大きな燄《ほのお》の柱が見えた。風に押されて燄が傾き、その尾が千駄ヶ谷の森の上に流れて火の子を雨の様に降らした。

その大火事があってから新宿の界隈は少し綺麗になり、段段に今の様な繁華な街になったが、それ迄は駅の前通は馬糞だらけで風が吹けば飛ぶし、雨が降ったら道の泥と馬糞がこったくね返して歩けやしない。四谷の方に出る往来の両側は女郎屋ばかりで昔の宿場の趣きがその儘残っていた。その奥にある馬糞の中の新宿駅から今日の新宿駅を同じ場所に想像する事は六ずかしい。

三

今の中央線電車を甲武線と云った当時、小さな電車の後に普通の汽車の単車を一つつないだのが外濠の縁を走っていたのを思い出す。外濠の線路の水際には牛込見附の牛込駅から四谷駅まで桜の並樹が続いて、花時には萬朶《ばんだ》の影が水にうつり、走り過ぎる汽車や電車の風で花びらが散って車窓に舞い込んだ。後になってあの辺りが今の様な複複線になる時、その桜並樹をみんな伐り倒した。片づける迄伐った桜を線路の傍に積み上げてあるのを見て、鉄道の人は没風流だと恨めしく思った。桜ばかりでなく四谷見附寄りのお濠も埋め立てて、見附の右左に老松の影を涵《ひた》していた水の景色は跡方もない。

大正五年から何年かの間、陸軍士官学校の教官になって当時市ヶ谷本村町の高台に在った学校へ通った。学校の庭からもお濠端《ほりばた》の甲武線の一部分は見えるし、又その行き帰りにお濠を隔てて向うを走る汽車や電車を眺める機会も多かった。市ヶ谷見附から四谷見附へ出る間の麴町の丘がお濠の方へ突き出ている所に小さな隧道があった。隧道の上には老松が枝を張り横腹はお濠の波に洗われている物物しい景色であったが、少し長い汽車が通ると頭と尻尾は隧道の外に食み出《はだ》した。その隧道の入口の頭の上の煉瓦の壁が額になって大きな字が浮彫にしてあった。何と書いてあったか思い出せない。昔の絵葉書を見ればすぐ解るだろう。知っている人もあるに違いないが私はどうも判然しない。「千里之門」ではなかったかとも思うけれど確かではない。

甲武線電車の終点は松住町であった。土手の中途半端な所に仮小屋の様な駅があって、足場の悪い土手の段段を上がったり降りたりした覚えがある。間もなく烏森と萬世橋とに赤煉瓦の立派な停車場が出来上がった。それが今の駅であるけれど出来立てはもっと綺麗であって、歳月の為によごれた計りとは思えない。この頃の萬世橋駅は煉瓦の肌に皺が寄っている様な気がする。

桜を伐り濠を埋めた時に、四谷の隧道もなくなってしまった。線路を拡げる為に横腹を削り天井を剝いだのである。お濠端の風景を毀《こわ》したと考えたいけれど、その辺りにはお濠もなくなったのだから感慨の持って行き所がない。

甲武線にはもともと電車と汽車と両方走っていたが、山ノ手線にも汽車が走って院線電車の加勢をした事を思い出す。単車をつないだ短かい列車で、渋谷急行と云った様な微《かす》かな記憶がある。或《あるい》は品川まで行ったか、そこ迄は通じていなかったか、それは覚えていない。道の下にあった低い目白駅の歩廊からその汽車に乗って、汽笛一声の趣きを味わった様な気がする。汽車の夢を取り違えているのではなかろうと思う。

先年の急行列車

鉄道の雑誌に寄稿するのに汽車の事を云うのはよそうと考えていたが、どうも好きな話なので筆を辷《すべ》らせる。

当時の一二等特別急行よりは晩の七時半に東京を出る神戸行一二等普通急行の方が優等車であると云う感じがした。まだ若い時の事でもあり、又私は昔から不如意でそう云う汽車に乗るのは当り前の事ではなかったが、大体汽車が好きで用事があるから汽車に乗ると云うのでなく、汽車に乗る為に用事を拵《こしら》えたり、時にはなんにも用事はなくてもただ汽車に乗る為に出掛けたりした。

夏初めの晩にそう云う料簡で神戸行の一二等急行に乗った。自分の座席に落ちついて、その儘汽車が走り出したのでは物足りない。一たん掛けた席から又起ち上がり、車外に出てどんな恰好の機関車が引っ張るのか見て来る。機関車の所から、見送りの人人で混雑している歩廊を伝って幾台もつながった列車の横腹を見ながら最後尾まで行って来ないと気が済まない。晩の一二等急行は東京から出る時の前の方が二等車で真中に食堂車があってそれから後が一等車である。一等車が何台も続いているのが珍らしく、横腹の白い線と青い線とが歩廊の電燈の光を受けて夕闇の中に伸びているのも壮麗な気持である。

汽車が動き出してから車内の美しい電燈の下で窓の外を流れる無数の町の燈火を眺めながら一服する。晩の一二等急行は新橋に停まらなかった。三ノ宮には停めるのに何故新橋に停めないかと地元の人から当局に文句が出たと云う新聞記事を読んだ事がある。烏森駅が新橋を僭称したのが今の新橋駅であって、汽笛一声の新橋と甚《はなは》だまぎらわしい。何を云うかと私などは考えた。

少し行ってから食堂車へ出掛ける事にした。当時の食堂車は東松軒みかど等の請負が多かった様だが神戸行の一二等急行は東京の精養軒であった。一体に食堂車の西洋料理はまずいと云うのが通り相場であって、そう云う風に感じなければいけない様であったけれど私は因果と汽車の食堂の料理が好きで汽車に乗る楽しみの一つにしていた。尤も何年かたつ内にいつの間にかこちらの気持がひねくれたと見えて、汽車に乗って食堂車で何か食べるのはお行儀の悪い外道の様な事を考え出したがそれはずっと後の事である。山陽線のどこかで汽車が停まった時乗り込んで来た上方弁の紳士が入口から車内を見渡して、「こりゃ一ぱいや。食堂へいこ」とみんなに聞こえる様に云い放った。御馳走を食べるのを満座に自慢したのであって、食堂の料理はまずいと云う派ではない。

初夏の夕闇を走っている一二等急行はまだ寝台車の窓を下していないから明かるい燈火のかたまりの様になって六郷川の鉄橋へ近づいている。そんな事を乗っていて中から想像する。その時分に真中の食堂車へ出かけた。食堂車の燈りはほかの車室とは工合が違う。どうなっているのか知らないけれども、そんなに明かるくない様でいて非常に明かるい。

色色の急行の食堂車の中で精養軒のサーヴィスを特別に贔屓《ひいき》するわけではないが、その晩はどの食卓にも全部小さな花氷が据えてあった。氷の大きさは高さが五六寸か、せいぜい菊判の本ぐらいでその中に鮮やかな色の花や青い葉が這入《はい》っている。自分の食卓に著《つ》く前につい辺りを見廻してその心遣《こころづか》いに感嘆した。

その時分よりまだずっと前の私が郷里の中学にいた当時、山陽線にお座敷列車と云うのがあった様である。旅行案内の広告で見たのであって本当はどんな物だか知らない。多分一等車か或《あるい》は特別貸切のサーヴィスだったのであろうと思う。それから大分後になって一二等特別急行が出来た。特別急行はそれまでの神戸止りの最急行が下ノ関まで延びたので初めは随分宣伝に力を入れた様である。郷里の駅の待合室に貼り出したポスターに、今度走る特別急行には列車長が居り又医師も乗っている。走るのは非常に速いけれどその為に動揺すると云う事はない。食堂車で紅茶を召し上がってもお茶が茶椀の縁からこぼれる様な事はないと書いてあったのを覚えている。一二等特別急行の外に三等ばかりの特別急行も出来て同じく下ノ関まで走った。その外にずっと前から神戸止りの三等急行もあって三等客の為に別箇の権威を保持した。三等急行の食堂は和食である。葡萄酒も麦酒もあるけれど食卓の工合が正宗の一献《いっこん》に調和する様であった。

東京駅の夕方から宵の口は何本も続けて急行が出たから大阪神戸辺り迄の旅行ならどれかに乗り遅れても大概次ぎので間に合った。神戸行の一二等急行の三十分後に三等急行が出て、それから九時に出る郵便急行と呼ばれた二三等急行もあった。郵便車を三つも四つもつないでいたからそう云うのである。二三等急行の食堂車は和食洋食お好み次第で従って一番だらしがなかった。

その頃は、一等車の事は知らないが二等車に乗って汽車が動き出すとボイが待っていた様に皮のスリッパを持って来て洋服のお客の前に揃える。靴を脱いでおくつろぎなさいと云うのである。穿《は》きかえないでぼんやりしているときっと又やって来て催促する。是非ともそうさせなければボイの本分が立たぬと云う風であった。脱いだ靴は寝台車ならボイが持って行って明日の朝迄に磨いて来る。普通の客車では持って行かなかった様である。その時分に東北本線の一等車には乗った事があるが朴歯《ほおば》の下駄を穿いているのに矢っ張りボイがスリッパを持って来た。下駄にスリッパをあてがったのは一等だからそうしたのかも知れない。

神戸行の三等急行に乗って好い心持に揺られていると、横浜から乗って来た客がボイを呼び止めて大きな声でスリッパを持って来いと命じた。ボイがこの列車ではスリッパは出さないと云うと、それは困ったな、ついこの前の一二等急行に乗り遅れたものだからと云った。三等急行に乗って天ヶ下はみんな三等と思っているところへこんな客が混じり込んでは三等急行の清潔な趣《おもむき》を汚してしまう。今の列車内の流儀で行けば窓から摘み出しても構わない。

特別急行に富士さくらと云う名前をつけたり、一二等の富士に三等車をつなげて見たり、三等急行のさくらに二等車をくっつけたりし出してから特別急行の風情はなくなってしまった。特に三等急行に二等車をつなぐ趣向は下品である。近い将来に特別急行の復活するのを念願しているがその節はすっきりした編成にして戴きたいものと思う。

列車食堂

ついこないだ、所用があって、と云いたい所だが、用事はなかったけれど、大阪へ行って来た。用事のない者は汽車に乗せないとは云わない様だから、忙しい人にまぎれて、澄まして乗って行った。用事はなくても、お金を分別して、支度をして出かけたのだから、どう云うわけで行く気になったかと云う事を考えつめる事は出来る。それを強いて云えば、暫らく振りで、汽車ぽっぽに乗りに行ったのである。

そう云うわけで、車中もひまで退屈だから、頻《しき》りに食堂車へ出入した。汽車に揺れて腹がへったわけではなく、お酒や麦酒が飲みたいからなので、だからきまった食堂の時間を避けて食堂車のお邪魔をした。

私などにはよく解らない事だが、どうも線路が昔程よくないのではないかと思う。乗って行ったのは第三列車「はと」で、帰りも同じく第四の「はと」で帰ったが、いくら早く走っていると云っても、揺れ方が少しひどい様に思った。自分の車室から食堂車へ行くのに、聯結《れんけつ》のデッキを渡るのがこわい様であった。食堂車から帰って来る時は、一層揺れ方がひどく、足許《あしもと》があぶなかったが、それは線路の所為《せい》でなく、お酒に酔ったからなので、国有鉄道の知った事ではない。

定食は食べなかったけれど、メニュウで見ると、ソップを出さないらしい。食堂車の給仕は女の子なので、昔の食堂ボイの様に年季も這入って居らず、ソップの這入ったお皿を手際よく運ぶのが無理なのかも知れないが、結局は震動がひど過ぎるので、たとい茶椀で出したとしても、きっと縁からこぼれると思って、ソップは見合わせたのではないかと邪推した。食堂車を邪推したのでなく、線路の持ち主の国有鉄道を邪推した。

初めて特別急行と云うものが出来て、一、二等編成の「富士」が走り出したのは、何年頃の事であったか、年代の記憶ははっきりしないけれど、当時の宣伝ポスタアに紅茶を注いだ紅茶茶椀の絵がかいてあって、特別急行は非常に速いけれど、揺れないからお茶も茶椀の縁をこぼれないと云う説明がついていた。

特別急行「富士」には医務室があって列車医が乗っているから、進行中に気分が悪くなった人は申し出てくれとか、列車長と云うのもいると云う宣伝であった。列車長と云うのは後で考えると、専務車掌の事だった様に思われる。腕に列車長と書いたきれを巻いたのは後まで続いた様だが、列車医の方はじきに姿を消したのではないかと思う。尤も私がその御厄介になった事もなく、何しろ部外の素人のうろ覚えだから余りあてにはならない。

「富士」は特別急行と云っても、それからずっと後に出来た超特急「つばめ」程速くはなかった。だから「富士」の食堂の紅茶がこぼれなくても当り前かも知れないが、昔の「つばめ」は今の「つばめ」や「はと」と同じ速さで走ったけれど、食堂車ではソップを出した。矢っ張り線路の所為ではないかと云う気がする。

以前の事ばかりよく云っては、戦争があった事を忘れている様で相済まぬが、今度乗って見て、「はと」の食堂は何となくむさくるしい。まだそう日も経っていない筈なのに、窓の縁などがひどく荒れている。昔「富士」の食堂車であんまり窓硝子《まどガラス》がきれいに磨いてあるので、食卓のシュウクリイムを食べそこねた婦人が、あわてて、窓が開いているかと勘違いして、外へ投げようとしたら、拭き込んだ硝子にぴしゃっと掛かって、クリイムがだらだら流れたのを見た事がある。

「富士」の食堂車は「みかど」の経営で、「みかど」の東京の店は萬世橋駅の中にあった。萬世橋駅は新橋駅と同じ様式で建ったのだが、新橋駅の食堂は東洋軒であった。その時分の新橋駅も萬世橋駅も大正十二年の大地震で崩れて焼けて、無くなったから今の景色とは丸で話が違う。

一二等特別急行「富士」より大分遅れて三等ばかりの三等特別急行「桜」が走り出

したが、「桜」が出来るよりずっと前から、晩の八時に東京を出る神戸行三等急行があった。列車の横腹にきれいな赤い筋が一本、初めの車から最後までずっと通ってて、車の中も三等らしくさっぱりして、清潔であった。その三等急行の食堂車は東松軒であったかと思う。両側の窓際に端から端まで通った板が張ってあって、手前の縁は一寸《ちょっと》高くしてあったから、お酒や汁がひっくり返ってもお客の膝にはこぼれて来ない。靠《もた》れのない丸い木の腰掛けがその前に列《なら》んでいるが、つくり附けだから動かす事は出来ない。四角いお膳でサアヴィスし、朝食の味噌汁の実は年がら年じゅう蜆《しじみ》であった。純日本料理の立て前で、しかしお惣菜としてのカツレツやコロッケは註文する事が出来た。

晩の九時に東京を出る二三等の神戸行郵便急行は、郵便車を三輛か四輛かつないでいたのでそう云うのだが、食堂は和洋折衷《せっちゅう》と云うよりは和洋混淆《こんこう》の混肴で、一番きたならしかった。

晩の七時の神戸行一二等急行の食堂は精養軒の西洋料理であった。夏の晩に乗ったら、食堂車のテエブル全部に、余り大きくない、菊判の字引を立てた位の大きさの花氷が一つずつ飾ってあった。純白のテエブルクロオスと、その上に列べた銀色の食器の光と、小さな花氷とが相映じてきれいだなと思った。

今の「つばめ」と「はと」はどちらも日本食堂会社の食堂である。日本食堂会社だから日食と云うそうだが、日食ではいけないと云うのではないけれど、せめて「つばめ」と「はと」は請負を別にして、趣向を変えて見たらどうだろうと思う。列車の仕立てが東京と大阪とに別かれているそうだから、食堂車を別別にするくらい何でもなさそうに思われる。日食もあり月食もありと云う方がいいに違いない。

関門

七月忘日鹿児島本線の八代《やつしろ》駅から第三四列車に乗り、博多で増結したコムパアトに移った。夕方六時で夏時間の窓の外は明かるいけれど、私は車中ひどくお行儀がよく、なんにも食べていないので空腹である。この列車には半車の食堂がついている。動き出したら早速《さっそく》食堂車へ行き、先《ま》ず一献《いっこん》を試ようと思う。同行の孟浪《もうろう》も腹がへった様な長い顔をしている。

係りの老ボイが、ベッドはどうしようかと尋ねた。僕達はこれから食堂車へ出掛けて、少少お酒を飲もうと思う。意地がきたないので、後で帰って来てから、きっと又麦酒を飲みたくなるに違いない。その時までここはこの儘の方がいいのだが、構わないかと聞くと、それは一向構いません。私は広島まで起きて居りますから、いつでもそう仰しゃって下さればベッドの用意をいたしますと云った。広島は夜中の一時頃で、今から六七時間先の事である。いくらお酒の尻が長くても、それ迄飲んでいようなぞと云う所存はない。それで安心して何車か先の食堂車へ出掛けた。

いい工合に二人席の食卓があいていたので、落ちついて、窓の外の景色を見ながら孟浪と献酬を始めた。お酒の註文はすらすらと運んで、何の抵抗もなかったが、料理の方はうまく行かない。勿論汽車の中で、六ずかしい御馳走を誂えたりなぞしないが、そこに出してある献立表の中の物を、何を頼んでも出来ないと云った。別の紙片に、今日の特別料理と云うメニュウが出ている。その中のならいいだろうと思って註文すると、もうみんな出切って、ないと云う。じき後で解った事だが、出切ったのでなく、しまい込んでしまったのである。

仕方がないから、それでは兎《と》に角《かく》チイズと麵麭《パン》を持って来てくれ。その内に後は何にするかを考えると云ったら、チイズはもうありません。麵麭もありませんけれど、定食についた麵麭ならありますと云った。

その、定食についた麵麭で結構だと云うと、定食の麵麭を定食から離してお出しするわけに行かない。定食を召し上がれば麵麭をお持ちすると云った。

ひどく小六ずかしいけれど、一杯飲んで御機嫌のいい所だから、腹は立たない。何しろなんにもないので、酒の肴《さかな》に麵麭でも千切りたいから、麵麭が貰いたい為にそちらの条件に屈服する事にする。走っている汽車の中の事だから、我慢が肝心である。だから食べたいと思った物が食べられなくても我慢する。しかし食べたいと思わなかった物を食べる我慢は骨が折れる。定食の献立に出ている御馳走は食べたくない物ばかりである。昔、活動写真の活弁が、「憐れむ可《べ》しメリイは一片の麵麭の為に囹圄《れいぎょ》の人となりました」と云ったが、今憐れむ可き私と孟浪は、一片の麵麭の為に食いたくない定食を食べる羽目になった。

料理はそれで何とか突っついて我慢するけれど、お酒を飲んでいる所へ、定食の順序だと云うので、デザアトや珈琲を突きつけられては困る。給仕の女の子を相手に、それでは定食を出してもいいが、お菓子や珈琲はこちらでそう云うまで持って来ない事と云う協定が成立した。それはしかし、こちらでそう云ったら持って来ると云う事になるのは、勿論である。

そうしておいしくお酒を戴いた。走って行く窓の外が段段暮れて来る。子午線が明石を通っているそうで、だから西へこの位来ると余っ程日暮れは遅い筈だが、それでももう向うの玄界灘の見当の空に暮色が流れ始めた。

だからもう余程の時間お酒を飲んでいる。しかしまだ止める気はない。註文すればいくらでも持って来る。料理の方は決してそう行かない。それはもうこちらで諦めているから、強いて頼みもしないけれど、料理場に続いたパントリの中が私の席から見えるのだが、そこには出来上がった料理がまだ幾つも列《なら》べてある。それを出せと云えばすぐに持って来るのだろう。それ以外の註文に応じて新らしく調理する事はしないと云うそちらの方針らしいから、無理は云わない。遠慮するのでなく、云っても取り上げないからそれ迄の話である。

その内に、辺りがざわざわし出した。外に二三お客様のいる卓子があったが、女の子の給仕がお構いなくそこいらを片づけ始めた。気が弱いのか、丁度済んだ所だったのか知らないが、そちらのお客はみんな、そそくさと引き上げてしまった。

私共の所にも遠慮なくやって来て、食卓の上を片づけ出した。大分長くなっているので、綺麗にしてくれるのは難有《ありがた》い。しかし私も孟浪も気が弱くはないから、その為に腰が浮くと云う事はない。お酒は今がうまい盛りである。御機嫌が好いから、癇《かん》にさわると云う事もない。女の子に何事だいと尋ねた。門司と広島の管理局の境目だから、交替するのだと云った。

だから、食堂は開けていても、お酒の外は何のサアヴィスもしてくれなかったのである。旅馴れないので、局境《きょくざかい》ニテ猥《みだ》リニ註文スヘカラスと云う様な加減が解らなかった。それだったら、今までの勘定を一先ず仕切ってやろうかと云うと、どちらでも結構ですけれど、そうして戴ければ難有いと云うので、払った。しかしまだお仕舞ではないんだよと云うと、それはどうか、御ゆっくりと云う挨拶で、それから又飲み直した。

いつの間にか、今迄のでない別の女の子が幾人も食卓のまわりに起《た》っている。今迄のもいるから、そこいらじゅう女の子だらけで、彼女等は動くし、こちらは大分酔って目がちらちらするし、汽車だって幾らかは揺れるから、女の子のいる空間と、女の子のいない空間とのけじめが解らなくなった。

その中の手が一本私共の食卓の上を横切って、お銚子の横で揺れていた生花を無造作に引き抜いた。花を取り去るとは酒興の妨げである。無遠慮な事をすると思う暇もなく、別の手が又食卓の上を横切って、今迄のよりもっと綺麗で生きのいい花をさした。門司局の花を抜いて広島局の花に代えたのだと云う事が納得出来た。

その内に一人の女の子が食卓の傍に来て何か云った。丁度孟浪と話し込んでいた所で、お酒の上の話しなぞたわいもないに違いないが、しかし人が話し掛けている話しの腰を折られるのは不愉快である。女の子は構わずに、はっきり云った。テエブル掛けを取らして下さい。

取ってどうするのだ。

掛け代えます。

今度は御機嫌が斜になった。お酒の途中で左様な失礼な傍若無人なごと、ごみの様な女の子に云っても仕様がない。

駄目だよ、と一言云ったら、びっくりしてあっちへ行ってしまった。

門司を出てから、つまり広島管理局のサアヴィスになってから、女の子を呼んで云った。定食のデザアトがまだ出ていないんだよ。持ってお出で。

さあ、と云ってもじもじして、仲間と耳打ちを始めた。

そんな事、引きつぎがなかったんですけれど。

引きつぎがなくても、その分はお金はさっき払ったんだよ。だから持ってくればいいんだ。

女の子がレジスタアの方へ行き、暫らくしてから戻って来て云った。じゃ、お持ちします。すぐでよろしいんですか。

そうか、それならいい。持って来なくていいよ。食べたくないから、あれはもういらない。

それからもう少しいて、神輿《みこし》をあげる事にした。この位にして、コムパアトへ帰ってから麦酒を少し飲む事にしよう。つまり席を変えて梯子《はしご》をしようと云うので、孟浪はもともと梯子の達人である。しかし進行中の列車の中の梯子酒は未経験に属するに違いない。

帰ってからボイに取って来てくれる様に頼み、序《ついで》にチイズもそう云ったら持って来た。広島局になってから、パントリの形勢が一変している事が想像出来る。

それで熟《つらつ》ら考えて見るに、鉄道ではいつぞやの機構改正とかで、沢山の管理局をお作りになったが、小さく分けてどうするのだろうと思っていた所が、少し解った様である。忙しい用事で汽車に乗っている人の中にまぎれ込んだ碌《ろく》でもないおやじが、食堂車なぞへ出掛けて勝手な真似をしようとしても、管理局の局境《きょくざかい》に掛かると、そうは行かない。いつ迄も愚図愚図していれば、テエブル掛けでも引っ剝がされそうになると云うのは、いい懲らしめであり、我儘おやじに対する好個の精神的訓練である。

れるへ

一

小夜《さよ》更けて
雪はちらちら武庫嵐《むこあらし》

さのさ節は支那から渡来した清楽の九連環が俗謡風になったのだそうである。明治三十年前後からはやり出して、私の子供の時分、大人が歌っていたのを、今でもいくつか覚えている。

文明の
開化の御代は便利なものよ
汽車にも乗らずに自転車で
アラ郵便出さずにネ電話掛け
お話し中とは

気に掛かるサノサ

さのさ節の別体なのだろうと思う、同じ節でレール節と云うのがあった。

汽車が著《つ》く
車掌が戸を開け芸妓が降りる
それに見とれて間《あわい》おっこちる
れるへ
おやおや大変だ
後の始末はだれがする
駅長、助役

四行目のれるへと云うのは、レールへと云う事に違いない。汽車に見とれて、線路へおっこちては困るけれど、成《な》る可《べ》く落ちない様に気をつけて、少しく汽車の話がしたい。話と云うのはしかし、何も筋道があるわけではなく、だれだってそうに違いないが、子供の時から汽車が好きで好きで、それから長じて、次に年を取ったが、汽車を崇拝する気持は子供の時から少しも変らない。外の事では随分分別がつき、利口になっている様であるが、汽車と云うものを対象に置く限り、私は余り育っていない。いい歳をして、どうかと思われるか知れないけれど、ただその好きな汽車の話がしたい。何でもいいので、ただ汽車でさえあればいいと云う、そう云う話をする。

戦争が始まる二三年前の秋、一寸《ちよつと》臺湾へ行った帰りに、郵船富士丸で神戸に著《つ》いてから、すぐ帰って来ないで明石へ引き返した。海辺の宿屋へ行くつもりで、駅の前でうろうろしていると、東の方から豪壮な地響きが伝わって来た。明石に停車しない列車の響きだと云う事が、その音の近づいて来る勢いで解った。

当時はまだ輸送力増強の為に旅客列車の数をへらすと云う様な事を云い出さない前だから、急行列車は随分沢山あったが、明石駅に停まるのは、その中のほんの一二本に過ぎなかった。明石は大きな駅ではあるけれど、もともと通過駅の相をそなえていた。もともと云うのは私が昔の学生時分の帰省の往復にそう思ったと云うだけの話で、町は次第に発展して市になり、大きな駅だから停車する急行列車があっても、おかしくはない。

しかし今私が駅の前の広場で、足の裏に受けた地響きは、ここへ停まる汽車の律動ではない。鳴動を伴なって刻んで来るタクトがちっとも緩くならない。

あわてて本屋の中に這入《はい》ろうと思ったが、中は待合客が一ぱいで、改札の内側に起った人垣の為に、線路の方がよく見えないらしい。それで中の改札から眺める事は諦めて、本屋の横の柵の所へ馳け寄り、身体を乗り出して、汽車の来る方を見ようとする鼻の先へ、恐ろしく大きな物が、風を裂く音を立てて近づいて、行き過ぎた。後へ聯結《れんけつ》した客車の窓は、ちらちらとなぞ見えず、薄明かるい一本の棒になって、しゅうっと行ってしまった。そうして地響きが遠ざかった。昨夜十時過ぎに東京を立った下ノ関急行、当時の十三列車だったと思う。下ノ関急行は昔から胴体が長い。だから通った後の砂塵の中の穴も長い。そんな事はないだろう。明石の駅が引っ繰り返る様だったと考えて、行ってしまった汽車の姿と音を後から崇拝した。

二

今年の夏になる前頃の新聞に、国有鉄道が幹線の列車に冷房装置をすると云う発表をした記事が載って、新聞からも、又投書でも、随分口ぎたなく非難された様である。そんな事をするゆとりがあるなら、こわれ掛かった駅の設備を修繕しろと云う様な議論であった。人が怪我をしたり死んだりする方がいいか、涼しい方がいいかと云う風に詰め寄って冷房を悪く云った。

どっちがいいか私は解らないが、怪我もせず、死にもせず、涼しいに越した事はない。暑いのを我慢して、人の無事を祈るのも悪くない。しかし暑さは暑し、怪我は怪我と云う事もありそうで、どっちかでなければならないと云うわけもないから、ぼろ駅はぼろ駅、冷房は冷房でいい事にしよう。

すでに去年の夏からやっている冷房を、なぜ今年になって事新らしく発表しなければならなかったのか、その事情は知らないが、更めて自慢するつもりで云ったら敲《たた》かれたと云うのだったら面白い。そうでなく、悪く云われるのを承知の上で、人が悪く云う程、事はひろまる、つまり宣伝になると云うつもりだったのなら頭がいい。

去年の夏、鹿児島へ行くので東京駅発の三七列車で立った。一等寝台車のコムパアトに寝たが、その晩は冷房がしてあったのか、どうか気がつかなかった。二重窓が閉め切ってあったから、そうかもしれないし、二重窓はいつでも閉めるからそうではなかったかも知れないし、よく解らない。つまり余り暑くなかったからなので、どうでもよかったから覚えていない。ひとりでに涼しいのだったら、その為にだれも怪我をする心配もない。

翌《あ》くる日の午過《ひるす》ぎ、尾ノ道でその汽車を乗り捨てて海岸線を通り、広島に泊まった翌日一日遅れて東京を立った同じ三七列車に乗って博多へ向かった。一日の事で、それともずっと西へ来た所為《せい》か、その日は随分暑かった。しかし冷房がきいている。うっかりして窓を開けたら、同車の紳士からたしなめられた。

何日か後、鹿児島からの帰りの三四列車で博多から増結するコムパアトに這入《はい》ったら、走り出してから間もなく冷房が利いて来た。隣りの二等寝台車の廊下も涼しかった。しかしそれから先は涼しくない。冷房が通してないのである。一つの編成の列車の中で、涼しい所と涼しくない所とがあるのは、よくないだろう。よくないから、涼しい所をなくしてしまえと云うのは、云う人の気持が萎縮している。よくないから、涼涼しくない所がない様に、早くみんな冷房にしろとどなった方が適切である。そうでなければ、おれは負けてもいいけれど、お前には勝たせたくないと云う将棋の様な事になる。

時は変改す

一

駅長驚クコト勿レ時ハ変改ス
一栄一落コレ春秋

玄関にお客が来たと云う。

国有鉄道の中村君から、お願いの筋があって伺いたいと云う打ち合わせはあった。私の文集の編纂本を出したいと云う話があって、その件を中村君が扱ってくれていた時なので、きっとその話だろうと思っていたが、玄関の土間の応接所に顔を出す前に、家内が取り次いだ模様では、或《あるい》はそうではないかも知れない。

中村さんの外にお二人、つまり三人だから、腰掛けが足りないから、お勝手のを一つ出しておいたと云った。

さて、威容をととのえて、面接に出ようと思う。

私は朝から晩まで腹を立てているわけではないが、だれかが来たと云うと、途端に気分が重くなる。

金貸しばかりに応対した惰性《だせい》だろうなぞと、すぐにそう云う事を考えたりする人を私は好まない。そんな事はそんな事として、一つの事にしつこいのは好きではない。

だれかが来れば、濃淡に拘らず、何か用事を持っている。私の最も好むところの、なんにも用事のない賓客は、そう云う来方はしない。

どうせ何か云って来たのだから、それに違いないから、何は兎《と》もあれ、ことわってしまえと云う事を先《ま》ず考える。

えらそうな顔をして玄関に出て見たら、中村君の外に、二人、その内の一人は恐ろしく大きな紳士で、細長い半間ばかりの土間の余地に、警察署にある様な小さな木の腰掛けを列《なら》べ、三人目白押しになって、仲よく肩摩《けんま》しながら、御順にお詰めを願っている。

中村君が紹介を兼ねて挨拶した。

何です、と私は苦《にが》り切って威勢をつける為に煙草を手に取ったら、未見の二君は東京鉄道管理局の者だと云う。おかしいなと思いかけた私に向かって、

「実は鉄道八十周年でして」

それは私はよく知っている。お目出度《めでた》い行事だと思っているから、切り出されても

腹は立たない。

「式は十月十四日ですが、幾日《いくか》も続けてお祝いを致しますので、十五日に一日だけ東京駅の駅長になって戴けませんでしょうか」

何でもかでもことわってしまえと云う気持が、どこかへずれて、一日だけなんて、随分遠慮したものだなと思い出した。

私が最初に大きな声をして笑い出したので、面接に出る前に引き締めた顔の筋なぞ、ずたずたに切れてしまった。順ノ宮様の御婚儀の時、御披露によばれて、彼の女が顔面神経のちっとも引っ釣らない、花が咲いた様な顔をして笑うのを見て、お可愛いなと思った。じじいの私が、東京駅の名誉駅長になれと云われて、順ノ宮様の様な顔をして笑ったと云ったら、気分の悪くなる諸君が多いに違いないが、笑顔《えがお》に引っ釣りがないと云う点では、貴賤その軌を一にする。

もう承知しましたとか、引き受けるとか、そんな返事は必要でなくなった。当日は制服制帽を著《つ》けてくれと云う。もともと私は詰め襟は好きである。黒の詰め襟にフロックコートの縫《ぬ》い釦《ボタン》をつけて、山高帽子をかぶって歩いたら、芥川龍之介君が、こわいよと云って心配した。今度のは駅長の制服だから、金や赤がついていて派手だろう。尤も私が著《き》ればその方が却《かえ》って無気味かも知れない。こちらから進んで帽子のサイズと身長を教えた。後で当日の予定やその前の準備の心づもりを印刷した紙をくれたのを見ると、帽子のサイズその他は先方からこちらへ伺って置く可《べ》き項目の中に這《は》入《い》っている。つまり私が突然よろこんで、興奮し、先走ったと云う事を自認した。少しく落ちつかなければいけない。

「どう云う事をするのです」

「当日は八時半に御出勤を願って」

それは駄目だと、言下にことわった。朝の八時半なぞと云う時間は、私の時計にない。

それでは、何時頃なら御都合がいいかと聞くから、いくら早くてもお午《ひる》過ぎにして貰いたい。その代り夜にかかるのは構わないから、晩の九時発博多行三十七列車で、新婚の池田さんと順ノ宮様が岡山へお立ちになるのを、駅長として見送ってもいいと云ったが、そう云うこちらの思いつきには、余り乗って来ない。晩にはもう用はないと云う気配である。あまりいつ迄も駅にいられては、却って迷惑すると云う風にも見える。

先方が云うには、一番大事な行事として、お午の十二時三十分に立つ特別急行列車「はと」を名誉駅長の相図で発車させて戴きたいのです。

「僕が発車させるのですか」

「お願い申します」

私は汽車はどれでも好きだが、その中でも特に好きなのは、大阪行の「はと」つまり第三列車の特別急行と、今夜順ノ宮様がお立ちになる博多行の第三十七列車と、それから鹿児島行の「霧島」は、下りの発は時間が悪いが、東京へ帰って来る時の上りの第三十四列車に馴染みが深い。この三本の中で一番すきな第三列車の発車を私にやれと云う。むずむずせざるを得ない。

そうすると、勿論十二時半より前に行っていなければならない。しかしただその発車に間に合う様に来られたのでは困るそうで、それ迄に構内の巡視をし、各係長の昨日一日の報告を聞き、駅長としての訓示をしてくれと云う話である。

「訓示は、どうかな」と私が二の足を蹈んだ。

どうせ初めから、八十周年の祝賀行事なので、こちらも相手も面白くて目出度ければいい事は解っているが、訓示となると、そうした浮いた気持と、お祝いでも冗談でもなく本気に執務している駅の職員の立ち場との間のつながりが、私にはつけにくい様に思われる。

その事を話して、訓示だけはよそうと云う事にした。先方もそれならそれで結構ですと云う。大体打ち合わせは済んだ様である。

しかしまだ出勤時間がきまっていない。押し問答の末、已《すで》に形勢は私の申し分が通りそうではない。譲歩に譲歩を重ねて、十時半と云う事にした。

「止むを得ないと思うから、そう云う事にお約束するけれども、今はそう思っていても、当日の朝起きられなかったら、それ迄です。それではそちらもお困りだろうし、私も無責任の様で面白くない。前の晩から出掛けて、駅の階上のステーションホテルへ泊まりましょうか」と云ったら、諸君大いによろこんで、是非そう云う事にしてくれと云う。

しかし又考えて見るに、寝つけない所に寝て、翌朝あっさり起きられるか、どうか疑わしい。矢張り何でも馴らさなければ、事はうまく行かない。祝賀の行事が始まる五六日前からステーションホテルへ這い込み、毎晩寝て、毎朝起きる順序を繰り返していれば大丈夫かも知れない。それがいいに違いないけれど、そう云う事をすれば、先方も迷惑であり、私だって迷惑である。だれが金を払うか知らないが、私は払いたくない。鉄道の方で引き受けて、払ったお金が余り高かった為に、運賃値上げの原因なぞになっては、人人に合わせる顔がない。まあよしておきましょう。

しかし、一晩だけの事なら構わない。

「それではステーションホテルの部屋を取っておきましょうか」と云う。

「待って下さい。或はそう云う事にして、前の晩から出掛けるかも知れないが、きめるのは、もっと先になってからでいいでしょう」

ところが、ステーションホテルの事は私から切り出したのだが、先方には別の考えがあって、その話しをもとへ戻す。「お泊まりになるかどうかは別として、十二時半の発車から後は、夕方の晩餐会が始まる迄、もう外に予定行事は何も御座いませんので、ステーションホテルでその間お休み願ってもいいかと思うのです」

私の頭の中で、まだ纏《まと》まりのついていない、ぼんやりした事の中へ、右の話しがぴかぴかと光りを投じた。

十二時半の「はと」の発車から、夕方まで何の用事もないと云う事。それから当日の名誉職員は、東京駅だけでなく、上野にも、新宿にも、その他の主要駅でも依嘱だか任命だかするそうだが、話しを散らかさない為に、東京駅だけの事にするとして、名誉駅長の外に、名誉機関士、名誉車掌がいる。彼等は熱海まで乗車勤務してすぐに引き返し、四時過ぎには帰って来ると云う事。他駅の名誉職員も大体その時分までに東京駅へ集まって、五時頃から晩餐会が始まる予定だそうである。

然《しか》らば私も、四時過ぎまでに東京駅へ帰っていればいい。

「或《あるい》は御都合で、ステーションホテルにお休みになる時間を、一たんお宅へお帰りになって、夕方又お迎えに上がる事にしてもよろしいのですが」

「いや、まあその話しはいいです」と私は胡麻化《ごまか》した。

それでは、そう云う事に、と云うわけで、打合わせが済んだ。最後に当日の朝、御出勤と同時に、東鉄の管理局長から、名誉駅長の辞令をお渡しする、と云った。

それは当然の事であろう。しかし、抑《そもそ》も名誉駅長は普通の駅長よりはえらい。私は法政大学航空研究会の名誉会長である。成ってくれと云って来たから、そうなのだろうと思う。推戴式も何もしないから、どうだか解らないが、そこが名誉会長である。ただそう思っていれば、或は思わせられていれば、いつ迄でもそうである。会長よりえらいとか、駅長よりえらいとか、そんな事はどうでもいいが、一日だけと云うのは、おかしい。辞令を貰ったら、一日だけでは止めませんよと云っておいた。

「そうだ君、解任の辞令も用意しておかなければいけないね」と話し合って、みんなで帰って行った。

二

現国有鉄道総裁長崎惣之助氏は、就任の時に、サアヴィス絶対主義だと云った。だから駅では、どこでもみんなそう思っている。

「絶対にしない」と云う云い方は正しい。「絶対にする」と云うのは、おかしい。語法の誤りである。しかし近来は滅茶滅茶になっている。

高山樗牛《ちょぎゅう》が、吾人ハ須《スベカ》ラク現代ヲ超越セザル可《べ》カラズと云ったのは、語法が間違っている。吾人は、須《スベカ》ラク超越ス可シでなければいけないと云う事を、昔学校で教わった。それでも吾人は、間違った儘を頭に刻み込んで、今でも覚えている。

絶対にサアヴィスしないと云うのではないだろう。語法は間違っていても、「絶対にする」と云っているに違いない。或はこっちの解釈が間違っているかも知れない。「サアヴィスと云うものが絶対である。外の事はどうでもいい」と云う趣旨かも知れない。

戦争になった当初だったか、或はその直前だったか忘れたが、運輸省の鉄道総局長官長崎惣之助氏は、記者会見の新聞記者に向かって、こう云った。

泰西の強国、と云う言葉は使わなかったかも知れないが、独逸《ドイツ》を例に取った話である。

「独逸では、すでにサアヴィスなぞと云う事を考えていない。今日、鉄道に向かって、人人がサアヴィスを求めるのは心得違いである。鉄道は旅客にサアヴィスをす可《べ》きではない」

右の言は、計画輸送の当時にあって、もっともな点もあったと思われる。しかし、尤もであっても、なくても、汽車好きの私なぞには実に気に食わなかった。肝に銘じて、恨みに思った。だから今でも覚えている。同時に、そう云う憎い事を云った長崎惣之助と云う人の名前を覚え込んでしまった。

その同じ人が、そう云う事を云った舌の根も乾かぬ内に、と云うのではない。その間に歳月が流れて、風が吹いて、舌の根はかさかさに乾いているだろう。

ただ、サアヴィスと云う一事に就《つ》いて思い合わせると、人の世の変転と云う事をつくづく考える。

だから、

駅長驚クコトナカレ、時ハ変改ス。

これに関聯《かんれん》して「一栄一落」の註釈は省略する。

時の変改でサアヴィスの件を片づけて、さて考えて見ると、どうも一言云ってもよさそうである。さっきは訓示をことわったが、当日駅の職員に所見を云って聞かせようと思い立った。

訓示の腹案が出来たので、翌《あ》くる日国鉄の中村君に電話をかけた。

訓示を与える事にしたから、東鉄のこないだ来た係の両君に伝えておいて下さい。

それは、早速《さっそく》伝えますが、よろこぶでしょう、と彼が云った。

しかし彼等は、私が何を云おうとしているかは知らない。又決して事前に知らしてはいけない。

二三日後に、矢張り鉄道八十周年に関聯した会があって出掛けた時、同席者は直接国鉄にも東鉄にも関係ない顔振れだったから、その席上で訓示の腹案を話した。

それでいい事を教わった。当日は新聞記者が来て、草稿を写させろと云うに違いないから、予《あらかじ》め謄写版に刷って、何通か用意して行かれた方がいいでしょう。

だから翌日私は腹案を紙に書いた。これを刷らせるには、国鉄の私の知った課へ頼めば一番簡単である。しかし、国鉄はその筋である。機密が漏洩する恐れがないとは云えない。若《し》かず、丸で関係のない法政大学を煩《わずら》わすには、と考えて頼んだ。じきにカアボン複写の訓示が何枚も出来て来た。

三

第三列車「はと」は、私の一番好きな汽車である。不思議な御縁で名誉駅長を拝命し、そのみずみずしい発車を私が相図する事になった。汽車好きの私としては、誠に本懐の至りであるが、そうして初めに、一寸《ちよつと》微かに動き、見る見る速くなって、あのいきな編成の最後の展望車が、歩廊の縁《ふち》をすっ、すっと辷《すべ》る様に遠のいて行くのを、歩廊の端に靴の爪先を揃えて、便便《べんべん》と見送っていられるものだろうか。名誉駅長であろうと、八十周年であろうと、そんな、みじめな思いをする事を私は好まない。

発車の瞬間に、展望車のデッキに乗り込んで、行ってしまおう、と決心した。動き出した列車に乗ってはいけない。いけないと云われる迄もなく、私なぞが下手な真似をすれば、あぶない。しかしあぶないのは列車の中腹であって、展望車は最後部についているから、その後部のデッキにつかまるなら、大した事はない。しくじって辷《すべ》ってころんでも人に笑われる位の事で済むだろう。あぶない事をしてはいけないし、するつもりもないが、まだ発車しない前から事が洩れては困る。だからその大切な瞬間を捕えなければならない。

黙って汽車に乗って、一等車に陣取る事がいいか、悪いか。それはもう八十年掛けて考えて見てもいい。打合わせに来た諸君の話しでは、名誉駅長の私はその発車の後、三四時間の間、何の用事もない。駅長室にいて人の話し相手になったり、ステーションホテルで休んだり、一たん家へ帰って来たり、そんな事は丸で意味がない。その暇な時間で熱海へ行って来よう。勿論熱海に用事はなく、興味もないが、「はと」に乗って行くと云う事がうれしい。行けば帰って来なければならない。帰りも汽車である。四時過ぎに東京へ著くと云う話だから、長崎発の三十六列車、二三等編成の急行だろう。往きよりは汽車の格が下がるけれど、何しろ汽車に乗るのはうれしい。

それで十五日と云う日が、一層楽しく、待ち遠しくなった。しかし駅長がその職場を放棄し、臨機に職権を拡張して、勝手な乗車勤務をすると云う事は、穏やかでないから、秘密を要する。訓示も差しさわりがあるから、秘密を要する。人に秘密で内所の事がある程、何でも面白い。

そうしてその日を待っている内に、面白くない事が始まった。二十何年来の持病が出て来たのである。神経性の結滞であって、心配はないと云う事になっているけれど、苦しい事は苦しい。もともと私は無病息災なぞと云う事を考えた事はない。一病息災で結構であって、どうも無病より一病の方が、長持ちがするらしい。菩薩がいろんな姿で現われる様に私の一病も示現の形は幾通りもある。その一つが結滞であって、たまに出て来ても、間もなく通り過ぎるのだが、今度は停滞して、一向に去らない。段段にひどくなる様で、十五日が心配になって来た。いくら楽しみにしていても、病気では仕方がない。しかし仕方がないで済むのは私の話であって、先方ではそうは行かないだろう。もし出られなかった時の事を考えておかなければならない、と云う事を考え出した。

国鉄の平山君に相談し、甘木先生の所へ頼みに行って貰った。幸いにして承知して貰えるなら、東鉄としても東京駅としても、私が引き受けた以上によろこぶだろうと思った。

お願いの趣旨は、「そう云うわけなのですが、運悪く持病が出て、或《あるい》は当日出られないかも知れない。誠に申し訳ないお願いですけれど、場合によっては私の代りに、引き受けて戴けないでしょうか」と云うのであって、勿論私が東鉄に代ってそんな交渉をする筋はないが、予《あらかじ》め内意を伺ったのである。

平山君が帰って来て、いい工合にお目に掛かれたが、先生は今度の催しを丸で御存知ないのです。一通り説明しましたけれど、自分は人に頼まれてそんなお芝居をするのはいやだと云われました。

云われて見れば御尤《ごもっと》も。返す言葉も無かりけりで、私こそ汽車を目の中に入れて走らせても痛くない程汽車が好きだから、よろこんで引き受けた様なものの、だれでも、そうだと云うわけはない。私だって汽車の事でなく、何か外の催しでそんな事を云って来たら、矢張りことわったに違いない。甘木さんがことわったからと云うので、又だれか外の人を物色するなぞと云う事はよした方がよかろうと考えた。

しかしそうなれば、矢張り私が約束通り出て行かなければならない。こんなに胸の中が苦しくて、一日の行事が勤まるだろうかと案じられる。仮りにその場の病苦は我慢するとしても、抑《そもそ》も当日出掛けて行くと云う勇気があるか、それが疑わしい。

連日来て戴いている主治医の博士に相談した。

博士曰く、毎日拝見していて、中中なおせないけれど、心配な症候は出ていない。発作はお苦しいでしょうけれども、大丈夫だから、いらっしゃい。私がついて行って上げますから。

それで勇気百倍して、敢然その職に膺《あた》る決心をした。

しかし、ひどくなると矢張り苦しい。苦しいけれど、当日が楽しみである。どうせ、そうして出掛けるからには、あらかじめ考えた事は全部実行したい。その中に、特別急行列車発車の瞬間に於ける駅長脱出の件がある。私はそうして乗り込むとしても、主治医の博士と一緒に行動するわけには行かない。しかし熱海往復の間も是非傍にいて戴きたい。それには前以って切符を買っておかなければならないので、少しく事が面倒になって来た。

東鉄のその係に、当日主治医の同行を願わなければならない事情を話せば、どうにかなるか知れないけれど、そうすると、その前提として、私が発車させた計りの汽車に乗ろうとしている事を打ち明ける事になる。飛んでもない話で、事は秘密を要する。だから博士は普通の乗客として乗らなければならない。その為には切符がいる。

そこで秘密の一端を、少くとも国鉄の平山君迄は洩らさなければならない羽目になった。厳に口どめをした上で、事の由を話し、当日の切符を買ってくれる様に頼んだ。

随分苦心した様で、満員売切れだと云われたのを更に調べて貰って、熱海駅から乗車するお客の席がある事が解った。だからその一席だけ東京熱海間は空いている。それを博士の席として買う事が出来ましたと話した。展望車には座席番号のない長椅子もあるが、切符を買って乗るとなると、そう云う風に六ずかしくなる。

それで切符もととのった。

当日の前晩、制服制帽を届けて来た。一寸《ちよつと》身に合わして著《き》て見たが、丸で気違い沙汰である。

しかし止むを得ない。

加減が悪くなったので、前の晩から出掛けてステーションホテルに泊まる事はよした。

四

当日の朝、先著《せんちゃく》の主治医が待っているところへ、迎えの車が来た。私ももう支度が出来ている。

支度をしかけて、あわてたのは、昨日身に合わして見た時に気がつかなかった事がある。ずぼんにずぼん釣りを掛ける釦《ボタン》がついていない。

こう云う事にも、時は変改する。今時《いまどき》ずぼん釣りなぞする者は滅多にいないのだろう。いれば已《すで》にじじいの域に達した年配の紳士ばかりだろうと思う。しかし私なぞは、中学生の時からずぼん釣りをしている。私だけの話でなく、だれでもみんなずぼん釣りをしていた。だから、私がじじいになったからずぼん釣りをしているのでなく、ずぼん釣りをした少年が、年が経って、その儘じじいになった。それで今でも矢っ張りずぼん釣りをしないと工合が悪い。バンドだけでは、ずり落ちる。

中学生の時から、ずぼん釣りをしたと云うのは、洋服を著《き》たからである。しかし小学校の時はそうでない。話しが脇道《わきみち》へ外《そ》れるのは、よくない癖だと思うけれど、すでにこれで第四回に達した燕燕訓の仕来《しきた》りだから、御勘弁を願いたい。

洋服と云うのは、つまり制服であって、暁星の子供なぞ小学校から制服を著ているが、私の小学校は、尋常小学校では前垂れを掛けて行った。高等小学校になってから、袴を穿《は》く事になり、その恰好で木銃をかついで、兵式体操をした。行軍の時はランドセルを背負い、みんなのは縁に巻いた毛布が赤いが、押後《おうご》に出る幹部のは青く、小隊長のは黒い。黒いランドセルの小隊長は、袴の上から腰に指揮刀をぶら下げ、白い手套をはめた。その出で立ちで隊伍をととのえ、歩武堂堂と招魂社へ参拝に行く時なぞ、威風四隣を払うの概があった。歩調に合わして、歌を歌う。

銃と名誉をにないつつ
かえる都の春景色
柳桜もうららかに
喇叭《ラッパ》の声の勇しき

「銃と名誉をにないつつ」銃は解っているが名誉と云うものを知らなかった。「銃とメーヨーにないつつ」と云うのだから、どちらも担っているのだから、メーヨーと云うのは、背中に背負っているあれだろうと思った。高等小学に上がる前、道ばたでその行進を見て、そう思い込み、随分後まで、背嚢《はいのう》、ランドセルをメーヨーと云う物だときめていた。

脇道ついでに、その筋でもう少し先まで行きたい。

鉄道唱歌の第三節。

窓より近く品川の
台場も見えて波白く
海のあなたに薄霞む
山は上総か房州か

三行目の「薄霞む」は「うすがすむ」だから、臼《うす》が住むのだろう。猿蟹合戦の鴨居《かもい》の上から、猿の背中へ落ちて来る石臼が、海の向うに見えるあの山の中に住んでいると云う事を歌ったものだろうと云う一説を、昔、子供の文章雑誌「赤い鳥」を出していた鈴木三重吉さんから教わった。

もう元へ戻る。天神様道真公も知らなかった「時の変改」で、東鉄から届けて来た駅長の制服のずぼんには、ずぼん釣りの釦《ボタン》がついていない。その儘では腰のまわりがずれそうで、不安で、職務の遂行に差し支える。大急ぎで、家内にいろいろ寄せ集めの釦《ボタン》を縫いつけて貰った。

金筋の制帽もかぶった。

さて出掛けよう。

一足玄関を出ると、迎えに来た二三君がすぐに写真を取った。それが皮切りでその日の内に、何十枚写真を取られたか解らない。ただの写真だけでなく、活動写真もある。祖母は写真を写すと寿命が薄くなると云って嫌ったが、今日は鉄道のおつき合いで、どの位私の寿命が薄くなったか、量り知る事が出来ない。

私の家の門内に自動車は這入れない。往来に出て、待っている車に近づく時、辺りを見廻して用心した。近くに犬がいたら吠えるだろう。気が立っていたら噛みつくかも知れない。

五

東京駅に著いて、本物の駅長や助役に迎えられた。

駅長室に這入って行くと、新聞記者が大勢いる。

私に辞令を渡す手筈の東鉄局長がまだ来ていない。

それを待つ間に、インタアヴィウをすると云う。

「駅長に就任されて、どう云う事をやろうと思いますか」

「部下を粛清する」

別の記者が聞いた。「駅長はどう云う方針で職務を遂行されますか」

「身命を賭してやる」

冗談ではない。出掛ける前からのどさくさと、今朝がいつもより大変早いから、恐ろしく寝不足で、連日の結滞が一層ひどい。胸の中が面白くない。

今度は、燐寸箱《マッチばこ》の大きい位な四角い物を持って、後についた紐を伸ばして引っ張って、私の口の傍へ持って来た。

それは何だと云うと、録音ニュウスのインタアヴィウだと云う。私は今までラジオはみんなことわって、一度も応じた事はないが、ニュウスとして取ろうと云うの迄ことわる筋はないだろう。それで観念した。

「よく云われる事ですが、東海道線や山陽線の様な幹線の列車は、設備もよくサアヴィスも行き届いている。然るに一たび田舎の岐線などとなると、それは丸でひどいものです。同じ国鉄でありながら、こんな不公平な事ってないでしょう。そう云うのが一般の輿論《よろん》です。これに就いて駅長さんはどう思いますか」

「表通《おもてどおり》が立派で、裏道はそう行かない。当り前の事でしょう」

「それでは駅長さんは、今の儘でいいと云われるのですか」

「いいにも、悪いにも、そんな事を論じたって仕様がない。都会の家は立派で、田舎の百姓家はひなびている。銀座の道は晩になっても明かるいが、田舎の道は暗い。普通の話であって、表筋を走る汽車が立派であり、田舎へ行くとむさくるしかったり、ひなびたり、いいも悪いもないじゃありませんか」

感心したのか、愛想を尽かしたのか、四角い物を持って、向うへ行ってしまった。

東鉄の局長が来た。写真を取る諸君に都合のいい位置について、卒業證書の様な大きな辞令を受けた。写真を取るのは本職の新聞関係だけではない。素人やもぐりや、いろんなのがいるらしい。だから余っ程私の寿命はすりへった。

さて、それで公然と名誉駅長になった。

駅長室の駅長卓の前側に、駅の主任と云うのか係長と云うのか、大体その見当の主だった職員が二列三列に列んだのは、私の訓示を聴く為である。

椅子から起《た》ち上がり、駅長卓のこちら側から、諸君の敬礼を受けた。

訓示

命ニ依リ。本職。本日著任ス。

部下ノ諸職員ハ。鉄道精神ノ本義ニ徹シ。眼中貨物旅客無ク。一意ソノ本分ヲ尽クシ。以ッテ規律ニ服スルヲ要ス。

規律ノ為ニハ。千噸《トン》ノ貨物ヲ雨ザラシニシ。百人ノ旅客ヲ轢殺スルモ差閊《サシツカ》エナイ。本駅ニ於ケル貨物トハ厄介荷物ノ集積デアリ。旅客ハ一所ニ落チツイテイラレナイ馬鹿ノ群衆デアル。

職員ガコノ事ヲ弁《ワキマ》エズ。鉄道精神ヲ逸脱シテ。サアヴィスニ走リ。ソノ枝葉末節ニ拘泥シ。コレヲコレ勤メテ以ッテ足レリトスル如キアラバ。鉄道八十年ノ歴史ハ。倏忽《シュクコツ》ニシテ。鉄路ノ錆ト化スルデアロウ。

抑モサアヴィスノ事タル。已ニ泰西ノ強国ニアリテハ。カクノ如キヲ顧ル者ナク。

人民ナル旅客ガコレヲ期待スルハ。分ヲ知ラザルノ甚ダシイモノデアル。愚図愚図申スヤカラハ。汽車ニ乗セテヤラナクテモヨロシイ。

コノ理想ヲ実現セシムル為。本職ハ身ヲ挺《ヌキン》デテソノ職ニ膺《アタ》ラントス。

部下ノ諸職員ニシテ。勤務不勉励ナル者アラバ。秋霜烈日。寸毫モ仮借スル所ナク。直ニ処断スル。

諸子ハ駅長ノ意図スル所ニ従イ。粉骨砕身。苟《イヤシク》モ規律ニ戻ル如キ事ガアッテハナラン。

駅長ノ指示ニ背《ソム》ク者ハ。八十年ノ功績アリトモ。明日馘首《カクシュ》スル。

鉄道八十年十月十五日

東京駅名誉駅長　従五位　内田栄造

従五位は本当である。昔官立学校の先生をしていたから貰ったが、別に使い途はない。ただこう云う時の為にしまっておいた。

訓示の最後の「明日馘首」するは、「即日馘首」の誤りではない。明日になれば、私は駅長室にいない。

六

本物の駅長、主席助役等とぐるぐる歩き廻り、つまり構内を巡察してホームに上がり、今発車しようとしている米原行列車の窓際に起った。だれかがそこに起ってくれと云ったからそうした。時計を出して時間を見ていろと云う。時計はさっき来た時、駅長や車掌なぞがだれでも持っている、無闇に長い鎖のついた懐中時計を貸してくれたから、それをずぼんのポケットに入れて持っている。ポケットから引き出して、時間を見た。今度はその指図をする男が、開いている窓から中の乗客を指し、あの人と何か話してくれと云う。何を話すのだと聞くと、何でもいいけれど、例えば汽車にお乗りになって、車内の設備はどうだとか、どこへ行くかとか、そんな事でいいのですと云う。

知らない人に口を利くのもいやだし、何しろ面倒臭くなったから、勝手に歩き出したら、あきらめたらしい。例の口の傍に持って来る四角い物を持っていた様であった。一つ気に掛かる事がある。その事に早く気がついて、よかったと思う。展望車の窓は大きい。中から外がよく眺められる様になっているのだが、停車してじっとしていれば、外からも中がよく見える。

主治医の博士は私と一緒に来て、今まで一緒に駅長室にいたから、又駅の主な人には御紹介もしたから、人人は顔を知っている。私の友人も面白がって大勢来ている。その中には博士と顔見知りなのも、もっと懇意なのもいる。

「はと」の発車前、私が相図をする為に歩廊に起っている時、私の主治医が展望車の中にいるのを人が見つけたら随分おかしい。

博士は普通の乗客として、切符にパンチを受けて乗車するのだから、ほっておけば自然にそう云う順序でそう云う結果になる。つまり人に見つかる。展望車の窓は大きい。中にいる人の数は少い。どうしても露見する。

切符を買った因縁で、平山君に相談した。

「発車の瞬間、僕が乗車する迄は、博士を隠しておかなければいけないのだ」

「何とかなりましょう」

「大丈夫かね」

「大丈夫です。僕は要領がいいですから」

ほんとかねと云おうとしたが、怒るといけないからよして、その一言は結滞する胸の中へしまい込んだ。

だから私が駅長や助役と歩き廻った仕舞の時分には、博士は一緒ではなかった。しかしそんな事にはだれも気がつかない。博士の姿が見えなくなったから、名誉駅長は脱出するのではないかと云う明察神の如き推理をする名探偵は、東鉄や東京駅にはいないだろう。

もとの皇族通路だった地下道の絨氈《じゅうたん》を蹈んで行き、八重洲口にも出て、いやになる程、方方を視察した。

それから、いよいよ第三列車が発車する十番線の五番ホームへ上がって行った。もう列車は這入っている。舞踊の西崎緑さんが名誉機関士として、機関車に乗り込んでいるから、そこへ行こうと云うので行って見た。女の癖に機関士の服装をして、変な工合だと思いかけたが、戦争の時には女車掌がいたから、おかしく思うのを止めた。握手しろと云うから握手した。又時計を見てくれと云うから見た。一一《いちいち》写真を取る為で、うるさくて仕様がない。その場を離れて、後部の方へ歩いて行った。

並んで歩いている本物の駅長に尋ねた。

「駅長さんは、ふだん、どの辺の位置でこの列車の発車を相図なさるのですか」

「大概真中あたりで見送っています」

それでは困る。私には都合が悪い。

「僕はもっと後部にいようと思うのです」

「結構です。それでは展望車のあたりへ行きましょう」

ぞろぞろ大勢ついて来る。みんな写真機を持っている。中には見馴れない恰好の道具もある。小さなフライパンか胡麻焙《ごまほう》じの様で柄がついている。活動写真だろうと思う。玄人の仕事の関係は仕方がないとして、そうでない素人がどうしてあんなに写真ないが取りたいか、よく解らないが、興味があって見た物を、その場だけで消えさせないで、再現させると云うつもりなのだろう。絵を描くには手間が掛かり、下手では出来ない。写真ならどこかを押すか引っ張るかすれば済む。そうでもないか知れないが、絵よりは手っ取り早い。それで思うに、そう云う情景を絵でなく文章で再現したい、しかし書き綴るのは面倒であり、下手ではうまく行かない。写真の様にカチカチとどこかで音をさせると、その時の事が文章になって残り、後で現像すれば名文が出来上がると云う機械はまだ売っていないのだろうか。

展望車の前を通る時、広い窓から車内を見たが、博士の姿はない。もうとっくに乗っている筈である。要領のいい平山君が、要領よく事を運んでくれたのだろう。

七

展望車の後部のデッキに近く起って、私は頻《しき》りに懐中時計を見た。駅長の真似をしているのではない。写真に取られる為でもない。本気に針の進むのを気にした。黙って行ってしまうわけには行かない。みんなが私を取り巻き、私と一緒にいるのだから、その中を脱出するには、一言何とか挨拶を残さなければならないだろう。しかし人と二こと三こと口を利く間にも時間は過ぎる。それを計算に入れて、余り早くからそう云った為に邪魔が這入らぬ様、遅過ぎて話している内に汽車が出てしまわぬ様、中中六ずかしい。

云い出すのは、だれにしようかと思う。直接の責任のある本物の駅長に、そう云う無茶な話を持ち掛けるのは不穏当である。主席助役もいるけれど、立ち場は駅長と同じである。今日の催しに就き最初の交渉に来た東鉄の中島君がそこにいる。

発車前二分になった。

中島君は、私の起った所から離れていると云う程の事はないが、間に人が五六人いる。相図をして傍へ来て貰った。

「中島さん、僕はこの汽車が大好きなのです。今もう直ぐ動き出すでしょう。動いて行ってしまうのを見ているのは私はいやだから」

辺りががやがやして、後の方から人を押しのけて前に出て来る者があったりして、私の云う事がよく聞き取れないらしい。

「僕は便便としてこの列車の発車を見ているのはいやだから、乗って行きますよ」

やっと呑み込めて、後へ振り向き、駅長その他の人がいるかたまりに向かって、大きな声で、名誉駅長がこの汽車に乗って行ってしまうと云うのですと告げた。

発車のベルはもう鳴っている。

わいわい云っている人人の声を後にして、私は展望車のデッキに上がった。発車にはまだ二三十秒ある。しかし動き出した列車に、ひらりと乗る様な芸当はよした方がいいだろうと思って居直り、発車寸前に乗車したのである。

群衆と云う程の事もないが、大分大勢いる。そちらへ向かって、中島君が、名誉駅長は職場を放擲《ほうてき》して行くと云うのです。皆さんどう思いますかと云った。

後の方から、賛成、賛成と云う声がした。しかしそれは私のさくらではない。

デッキから駅長の方を向き直り、挙手して挨拶した。「熱海駅の施設を視察してまいります」

もう汽車は動き出している。

駅長が傍の者に、「おい熱海へ聯絡《れんらく》しておかないといけないよ」と云った声が聞こえた。

動き出したデッキから、皆さんに敬礼して車内へ這入った。大分離れたのに、わいわい云ってる声や、手をたたく音がまだ聞こえた。

私が這入って行くと同時に、向うの廊下から、老ボイの案内で博士が這入って来た。

「どこにいらっしゃいました」

「ボイさんの部屋に隠れてました」

「それはそれは。どうも相済まん事でした」

発車十分前に平山君の誘導で乗車し、平山君が一等車のボイに話してくれて、ボイ室を借りたのだそうである。ボイ室と云うのは、公衆電話のボクスよりまだ狭い。

今日は少し暖か過ぎる位の陽気だったのに、ボイ室の窓がホーム側についているから開ける事も出来ず、むしむしして額が汗ばんだそうである。

新橋と云う駅は、もともと無かったかと思う程に簡単に通過し、ホームの暗い品川も暗い陰を踏んだ様に通り過ぎ、次第に非常に速くなって、横浜に著《つ》いた。横浜の今日の名誉駅長は今日出海《こんひでみ》さんである。今さんにはまだ会った事がないから、顔は知らないが、こんな恰好をしていれば解る筈だと思って、デッキに出て見たけれど、いない。

一分停車だからすぐに発車し、丁度列車の全長だけ走った所で、だからもう大分速くなった時に、停車した時の機関車がいたと思われる見当の歩廊に、人影がかたまっていた。デッキに一緒に出ていた松井翠声名誉車掌が、いましたよ、いましたよ。矢っ張り西崎緑機関士を構いに、そっちの方へ行ったんですねと云った。

辻堂、茅ヶ崎あたりからの直線線路で本格の特別急行らしい速さになり、結滞でもつれた胸の中が真直ぐになる思いがした。

国府津を過ぎ、酒匂川《さかわ》鉄橋を渡ってから、又非常な速さになり、線路の両側の物が、何もかも皆、棒になって列ぶ様である。デッキに出ていて鉄柱につかまった手が離せない。時雨《しぐれ》雲から、雨がはらはら降って来た。少し濡れるけれど、構わずに起っていた。余り速いので、この列車が雲をよび、雨をよんでいるのだと云う気がする。

その勢いで鴨宮《かものみや》の駅を通過した。ホームに出た駅長が、歩廊の端に靴の爪先を揃えて見送っている。駅長にもまばらな雨が降り掛かっている。デッキに起って、横なぐりの雨に叩かれながら、遠のいて行く駅長の姿を見ている内に、「あ、しまった」と思った。私はこの列車を発車させるのを忘れて、乗って来た。

——燕燕訓ノ四——

九州のゆかり

一　立春の御慶

読者諸彦《しょげん》に立春の御慶を申し上げる。

私は永年東京に住みついているが、備前岡山の生れで、郷里は九州から余り遠くない。今だったら山陽線の特別急行「かもめ」で、岡山から門司まで六時間しか掛からないが、しかし昔はそう云うわけには行かなかった。九州が遠くはないと云うその距離は昔も今も変らないけれど、道中が大変だった様で、明治三十三年に初版が出た「汽笛一声」の鉄道唱歌の第二集山陽九州篇の二五節に、

出船入船たえまなき
商業繁華の三田尻は
山陽線路のおわりにて
馬関に延ばす汽車のみち

とある。馬関即ち下ノ関まではまだ開通していなかったので、山陽線の全通、下ノ関駅の開業は鉄道唱歌上梓の翌年、明治三十四年五月であった。

だから九州に渡るには、同二六節

少しくあとに立ちかえり
徳山港を船出して
二十里ゆけば豊前《ぶぜん》なる
門司の港につきにけり

昔の船で海上二十里も波に揺られるのは大変である。

私は中学を終り、高等学校を出るまで岡山で育ったが、宮島へ行ったのが西の方の一番遠い旅行で、それから先は丸で知らなかった。東京へ出てからは、ますます九州が遠くなり、知らない所に馴染みはないから九州と云う国は熊襲《くまそ》の棲《す》まがいする所だぐらいに考えていた。

その儘で私の暦の何十年が経過した。九州へ行く折もなく、行きたいとも思わず、日本の中にそんな所があってもなくても私に関係はない様であった。

ずっと後になって、昭和十四年の秋、案内してくれる人があって、一週間ばかり臺湾へ出掛けた。神戸から郵船大和丸に乗り翌日門司に碇泊した。

臺湾と云う遠方まで、何の用事もなくただ遊びに行くのだから、のんきな旅行で申し分はないが、一つ気に掛かる事がある。東京の家のその月の家賃がまだ払ってない。六ずかしい大家なので、是非払わなければならない。大家が六ずかしいのは、私の方に信用がなかった所為《せい》もあるので、只今臺湾旅行中だから帰ってからなぞと云う言い分は通らない。

それに備えて、私は家を出る前から心づもりを立てて来た。途中で原稿を書き、早ければ神戸のホテルから、遅くとも門司の港からその原稿を東京に送る。家人がその稿料を受取って家賃にあてると云う段取りである。もし門司までに処理出来なかったら、後は船が基隆《キールン》までどこにも停まらないから、もう間に合わない。

その原稿が一枚も書けないなりで門司へ来てしまった。すでに萬事休するので、私を臺湾へ案内する東道のあるじに頼んで家賃のお金を借りた。それを為替に組んで東京へ郵送しなければならない。

碇泊中の本船からランチで門司に上陸した。私はこの時、生まれて初めて九州の土に私の足を印したのである。

人に道を聞いて港に近い郵便局に行き送金の手続をした。窓口の備えつけの筆で名前や金額を書き入れたが、筆の軸がずるずるに濡れていて、その墨が手について、始末がつかない。船に帰ってからやっと洗い落とした。

九州の筆の軸はみんなずるずる濡れている様な気持になって、臺湾へ立った。

二　門司港の夜風

それが私の九州に接触する最初の縁となって、一両年後、又門司の同じ側の海岸にしゃがむ機会があった。

私はその時分日本郵船の嘱託をしていたので、新造の八幡丸が長崎の造船所で進水した後、主な港港に寄って横浜へ帰って来る途中の披露航海に便乗する為に、下ノ関まで出かけて行った。

八幡丸は戦争で海の底に沈んでしまったから、今更云い出しても仕方がないが、本当に惜しい事をしたと思う。少し前に進水した新田丸と共に、いずれも一萬七千噸《トン》の豪華船で、続いて後から進水する予定だったもう一隻の春日丸と共に、三隻の姉妹船になる筈であった。新田丸の頭文字がN、八幡丸がY、春日丸がKで、日本郵船のNYKに纏《まと》まる様になっていた。初めの計画では欧州航路にあてるつもりだったので、炎熱の印度洋や紅海を通るから船室に冷房装置を施した。客船の冷房装置は日本では新田丸や八幡丸が初めてだったのである。

三ばい目の春日丸は客船の装いを整えない内に徴発されてしまったが、八幡丸と新田丸はすっかり出来上がっていたので、どちらも新造のそのいきな姿が目の底に残っている。新田丸は絢爛《けんらん》、八幡丸は瀟洒《しょうしゃ》と云った趣で、八幡丸の図書室の壁に懸かっていた菅公の詩の聯《れん》の銀字を思い出す。

その八幡丸へ門司から乗る為に、私は東京を立って行った。神戸まで船で来て、神戸から汽車に乗った。岡山を過ぎ、広島宮島を過ぎ、それから先はその時が生まれて初めての旅程であった。戦火で焼かれる前の下ノ関駅に著《つ》き、ホーム伝いで山陽ホテルの一室に落ちついた。

すでに統制が八釜しい時勢だったので、お酒や麦酒に不自由した。それに備えて私は東京から下ノ関まで麦酒を半打《ダース》持って来たが、道中大変な荷物だったと云う程の事もない。神戸までは船室の片隅に置き、神戸からは汽車の網棚に載せて来たので、乗り降りに赤帽を煩《わずら》わしただけの事である。

下ノ関に著いたのは宵の口であったが、山陽ホテルのバアはもう閉まっていたし、又やっていたとしてもこちらが欲しいだけ飲ましてくれないのは解っている。だからその方はあっさり諦めて、ホテルの一室でバスに這入《はい》っている間にボイが冷やしてくれた持参の麦酒を飲んで寝た。

夏の暑い時だったので、ベッドの天井から蚊帳《かや》を釣ってくれた。円錐形に垂れた円い蚊帳の中に寝たのは生まれて初めてである。翌朝目がさめて見ると、窓の向うの、川の様になった青い海波の上に、八幡丸の真白い巨体が夢の塊りの様に浮かんでいた。

小倉に在勤している昔の学生の少し偉くなったのがホテルへ訪ねて来て、夕方は壇ノ浦で御馳走してくれた。夜になってから、彼は小倉へ帰り、私は八幡丸に乗り込む為に、暗い海の上を門司へ渡った。八幡丸のランチは門司側にしか往復しなかった。海に近い道を彼と一緒にいい加減に歩いて、岸壁に出た。ランチを待つ間、そこいらにしゃがんでいると、暗い風が吹いて来て、足許《あしもと》で波の砕ける音がした。夜だから八幡丸の船体の白い色は見えないが、巨大な燈火のかたまりが水に浮いて、流れる波に明かりを散らしていた。

だから門司港の海辺には、郵便局の時と八幡丸の時と、二度のゆかりが出来た。

三　博多の柳

九州と云う所は門司港のその二度の縁故があったきりで、私には丸で風馬牛《ふうばぎゅう》であったのが、近年急に馴染みが深くなり、もう十遍ぐらい関門隧道《ずいどう》をくぐった。

何の用が出来たかと云うに、用事があった事は一度もない。どこへ行ったかと云えば、それは方方、いろんな所へ行ったが、行こうと思ったところへ行っただけで、なぜそこへ行こうと思ったかと云う事になると、別段意味があったわけではない。名も知らない所へ行こうと思い立つ筈はないので、長崎にしろ鹿児島にしろ、もとから名前は知っているから、つい出掛けて見ただけの話である。

それで、この五年程の間に、鹿児島本線、長崎本線、日豊本線はもとより、豊肥線、肥薩線も廻って来た。熊本の先の八代《やつしろ》の宿のお庭がすっかり気に入って、すでに五六遍訪ねて行った。久大線と筑豊線はまだ知らないけれど、その内、折を見て、通って見ようと思う。

書き出しに云った昔の話の岡山から出掛けるのでなく、東京にいて東京から出掛けるのだから、九州は遠い。飛行機は、私は丸で縁がないわけでもないが、この頃は乗りたいと思わないから、いつでも汽車で行く。急行でも関門隧道をくぐる迄に、大体二十時間は掛かる。それから先、鹿児島へ行ったり、長崎へ行ったり、宮崎へ行ったりするのは大変な道のりで、従って時間が掛かり、日が暮れたり夜が明けたりする。だから方方の宿屋へ泊まる事になる。

私が九州で寝た始まりは博多が皮切りであって、その時は前の晩に広島で泊まり、丁度来合わせた颱風《たいふう》をすり抜ける様な加減で博多に著いた。

初めて博多駅に降りて見ると大きな駅で、ホームの屋根裏に大小いろんな提燈が吊るしてあるのが珍らしかった。ホームの屋根裏から提燈をぶら下げた駅は外にないとは云い切れないが、博多の様な大駅は乗降客の雑沓する中に、しんと静まり返るのが本当の姿だろうと思う。博多駅の提燈はその最初の一回だけでなく、後で何度も見た。土地柄の好みなのか、駅の人の勘違いか、それは私には解らない。

初めての土地に下車して、ブリッジを渡り改札を出た。今晩泊まる宿は東京から紹介されている。そこへ行くつもりで駅の案内所の窓口に起《た》ち、道順を聞いたって丸で知らない所だから意味はないが、近いか遠いか位は知りたい。タクシーの取締りもそこに起っているから頼もうとすると、私は道連れと二人なのだが私共が東京で聞いて来た様な所はないと云う。宿屋の名前も調べてくれたが、そんな宿屋は見当たらない。電話帳にも載っていないと云う事になった。

道連れがいるからいい様なものの、誠に心細い事になった。どうすればいいかと云うに、わからない宿屋へ行く事は出来ない。解らないと云うのは何かの行き違いであって、先方では待っているのであったら大変わるいけれども、止むを得ないなら即ち止むを得ないからそっちは諦める。

名前を聞いた事のある宿屋を思い出し、部屋を取らせる様に照会して貰ったが、ふさがっていると云う返事で、あっさりことわられた。

萬事休するから、どこでもいいと思う外はなくなった。案内所へ一任し、呼んでくれた蜜柑《みかん》箱の様な小さなタクシーに道連れと二人で押し合って乗った。

どぶ川の両岸に幽霊が整列した様な暗い柳が生えている前の宿屋へ案内された。

四　桜島

博多の宿で夜が明けて朝になったが、御馳走を食べて寝ただけで、今日になっても博多の今日と云う日に何の意味もない。訪ねて来る者もなく訪ねてゆく所もなく、名所見物はもともと好きではないから、どこへ出掛ける気にもならない。ただ一晩、博多と云う初めての所へ泊まって見ただけの話である。

昨夜一晩じゅう壁一重の隣室から、大きな声で独りごとを云い続ける泊り客の声が聞こえて来たが、声柄がはっきりしていたから独りごとだろうと思うけれど、或《あるい》は寝言だったかも知れない。

こちらもうつらうつらしている耳の底に残った寝言だか独りごとだかを博多土産にして、昨夜降りたばかりの博多駅から又汽車に乗った。鹿児島と云う所へ行って見ようと思う。

一昨日の晩、広島で心配した颱風はもうどこかへ行ってしまったらしい。好いお天気で車窓の右左に田植えを済ましたばかりの筑紫平野がひらけ、その中を汽車は調子に乗った様に走って行った。どこまで行っても、行けば行く程知らない所ばかりであって、九州と云うものを初めてこの目で見た。ただ、山の形が東北地方の様にぎすぎすしていない。子供の時から見馴れた備前あたりの山の姿と似ているので、知らない所を通りながら、何となく気がらくである。肥沃らしい田の面を眺めながら、大分昔に東北地方が飢饉だった時、九州は福福で、百姓が背広を著《き》て耕作していると云う話を聞いたのを思い出した。

名前ばかり聞いていた肥後の熊本を過ぎ、もっと行くと水俣《みなまた》のあたりから田圃《たんぼ》の道ばたに野生の棕櫚《しゅろ》が立っているのが珍らしかった。南国へ来たと思った。

そうして日の長い夏の、おまけに日暮れの遅い九州のまだ明かるい夕方に鹿児島に著いた。

鹿児島には博多と違って私共を迎えてくれる人がいる筈で、宿もすでにきめてあると云う。だから昨夜の様な行き違いはないだろう。安心してホームに降り立ち、向うを見ると間近かに綺麗な山がある。初めての所なので、その山と私共が起っている駅との間に海がある事を知らなかったから、それが桜島だとは気がつかなかった。

道連れの比良君と手荷物を持ち分けて改札口の方へ歩きながら心配になったのは、私共を待ってくれている人が迎えに来るのは打合わせ済みだが、先方は私共の顔を知らず、私共も先方に会った事がない。どうしてお互が認識出来るかと云う事である。

会社の旗をたてているだろう、と比良君が云う。そうかも知れないけれど、我我はその会社の社章を知らないじゃないか。

鹿児島でそんなに旗を立てる事もないでしょうから、旗を持っていたらそうだと思えばいいと彼が云った。

改札口へ近づくと、向うにだれかの出迎えらしい一団がいる。その中に棒の先へ馬糞紙《ばふんし》に白い紙をはったのを挟んで差し上げている紳士がある。紙の表に私の名前が麗《れい》麗《れい》と大きく書いてあるのを見て、安心すると同時に、照れ臭くて辺りを見廻す様な気になった。

山の上の大きな宿屋に案内された。見晴らしのいい座敷の縁側から、まだ夕明かりの残っている空の下に、更《あらた》めて桜島の山容を眺めた。夕日を受けて山の色が七色に変わると云う話はその翌《あ》くる日の夕方教わった。

五　赤女ヶ池の松浜軒

鹿児島の山の上の宿に二晩泊まって東京へ帰る事にした。東京へ帰るには鹿児島仕立ての東京行の急行に乗れば一番簡単である。しかし東京を立つ前に、鹿児島まで行ったら、帰りは是非球磨《くま》川の沿岸を走る肥薩線に乗って来いとすすめられて来たので、別に帰りを急ぐわけでもないから、そうしようと思う。

鹿児島駅から肥薩線の三等車に乗り、時間の関係でそう云う事になったのかもしれないが、鹿児島に買い出しに来た魚屋ばかりが乗っている中に混ざり込んで、臭いのと、膝を突き合わしている相手の身体の方方が濡れているのとで閉口した。

その内に魚屋は魚の荷を持って段段に降りて行き、車内ががらくになり静かになって、景色のいい所へ出た。山を越して、ルウプ線になった大畑《おこば》を過ぎ、人吉《ひとよし》を出てから球磨川に沿って走り出した。宝石を溶かしたような水の色に見とれていると、中流の小舟に突っ起っている男が、釣り竿を上げたと思ったら、一どきに魚が二匹釣れていた。

私は感心して、余っ程上手なのだと思った。その時の旅行記を書いた折は気がつかなかったが、後になって考えて見ると、友釣りと云うのではないかと思う。釣りの事を丸で知らないから、そんな頓馬な事に感心する。そうだとすれば二匹の中の一匹は釣ったのではない。私は子供の時一人で水車尻の暗い川へ釣りに行って、糸を垂れているといると引っ張るから上げたら、三寸ぐらいの腹の赤い魚が掛かっていたのでびっくりして、釣り竿ごと砂地の上に投げ捨てたまま、家へ逃げ帰った事がある。釣りに関しては、自分に出来ないだけでなく、人が釣っているのを見る資格もなさそうである。

汽車が球磨川の沿岸を離れてから間もなく、午後のまだ早い内に八代へ著《つ》いた。東京へ帰る汽車の時間の都合をよくする為、今晩は八代へ泊まるつもりである。今まで馴染みの薄い九州ではあったが、それでも博多だの鹿児島だのと云う地名は昔から知っている。今度来て泊まって見て、一先《ひとま》ず曾遊《そうゆう》の地と云う事になり、記憶の中に加えて九州のゆかりとしたが、八代と云う土地はもともと丸で知らなかった。どんな所かと考えて見た事もない。どんな所だって構わない。一晩泊まって明日の午後の上りの急行に乗ればいいと云うつもりで八代駅に降りた。

それが病みつきで、その時以来もうすでに五六回この町を訪れている。駅から宿に行く道筋は町の幅が広く、先の方へ行くと家並みがまばらで、城址の森があり、お濠《ほり》があり、鴉《からす》が飛んでいて、昔のままの小さな城下らしい面影が残っている。八代は戦火を被《こうむ》らなかったのである。

宿は領主の下屋敷だったそうで、松浜軒と云い、そのお庭は蒼蒼として平澄、赤女ヶ池と云う古い名のお池を擁していつも微《かす》かな松韻をかなでている老松があり、いろんな小鳥が飛んで来て、半日眺めていても飽きない。それでつい誘われて、九州に渡る折があればいつも立ち寄る様になった。そのお庭の記述は私の他の文集に載せているからここには省略する。

ただ私は自分の文中に旅先の宿屋の名前等は一切記さないことにしているのに、敢えて八代の松浜軒の名を挙げたのは、そのお庭が熊本県指定の史跡名園になっているので、県の指定に賛同する意味から一般に紹介しても差し支ないと思うからである。

六　八代の黒田節

さきおととしの昭和二十八年から、山陽線の特別急行「かもめ」が関門隧道をくぐって博多まで走る様になった。

関門隧道が出来たので九州が近くなり、本州と陸続きになったのは難有《ありがた》い。あの間を一聯絡船《れんらくせん》に乗るのであったら、私なぞこんなに度度《たびたび》九州にお邪魔をしなかっただろうと思う。

関門隧道が開通したのは昭和十七年十一月で、初めの内は単線即ち今の下り線だけであったが、それでも本州をレールでつなぐに事を欠かない。戦前の特別急行「ふじ」は東京から長崎又は博多まで行っていたので、戦後の二十八年の「かもめ」が九州へ特別急行の走った最初だと云うわけではないが、看板は同じく特別急行でも、今の「かもめ」と戦前の「ふじ」では、速度その他いろんな点で丸で話しが違うし、戦前のおさらいをしても始まらないから「ふじ」の事には触れない事にする。

「かもめ」はその年の陽春三月十五日に、始発駅の京都から華華《はなばな》しく処女運転の発車をすると云うので、前前から大変な人気であって、汽車好きの私なぞ東京にいてもそわそわする様であった。

結局前日の晩東京を立って、当日の朝京都からその新らしい「かもめ」に乗り、夕方の七時十分博多に著《つ》いた。

博多は雨が降っていたが、駅頭は大変な騒ぎで、ホームに陣取った楽隊がぶかぶか囃《はや》し立て、雨空に花火が散り、爆竹《ばくちく》の音が続いて歌声や萬歳の声と縺《もつ》れ合い、ホームの屋根裏の大提燈も揺れていた事と思うけれど、下の騒ぎにまぎれてその時は気がつかなかった。

漸《ようや》く人波を分けて下車して、駅の雑沓から逃れ、駅から余り遠くない所にある洋風のホテルに落ちついた。これで博多の泊りは二度目である。段段九州に馴染みがついて来る様である。今夜の宿のホテルはあらかじめ取って置いて貰ったので、この前の時の様にうろうろする事もなかった。ホテルの窓から雨の中で色を変えたり明滅したりするネオンサインを眺めて、博多と云う町に旅情を託した。

翌くる日、雨の中を博多から急行三時間半の八代へ出掛けた。東京を立つ前に、博多へ行ったらもう一度八代へ寄って見ようと思って来たのである。大降りの八代に下車し、この前と同じ道の、見覚えた町の様子を眺めながら宿の松浜軒に著いた。

駅まで迎えに来た女中頭が自動車の中で云うには、この前の時のお座敷は幼稚園の父兄の懇親会で今晩はふさがっている。その代り二階のお座敷に手入れをして解放する事にしたから、そちらでおくつろぎ下さい。

解放するなどと変な事を云うと思ったが、もともと領主様のお下屋敷であり、況《いわ》んやその二階のお座敷は、先年の巡幸の折松浜軒が八代の行宮《あんぐう》となって、二階を御座所にあてたそうで、その後を閉め切っていたらしい。だから解放と云う言葉も不適切な使い方ではないかも知れない。

そこでくつろげと云われては恐縮だが、止むを得ないからくつろいだ。

薄ら寒い雨の中にお庭が暮れて、真暗になって何も見えない。出島になった所に森があり、吹上げには老松が聳《そび》えている。暗い中で風が吹けば、遠い潮騒の様な音がして旅愁を誘う。下の座敷の幼稚園の父兄懇親会は、先生を囲んで黒田節を歌い出した。

七　豊後竹田の砂ほこり

私は自分から考えて特に九州にお附き合いを願おうとしたわけではないが、何だか段段そう云う事になり「かもめ」の処女運転から百日許《ばか》りたった梅雨の最中《さなか》の六月下旬に、又九州へ出掛けた。門司の郵便局の軸の濡れた筆が最初のゆかりとなった当時から考えると、自分の気の向き方が不思議でもある。

今度は何を思いついたかと云うに、今迄の二度の九州訪問とは趣向を変えて、表通りの鹿児島本線の博多とか八代とか鹿児島とかでなく、阿蘇の山裾を通ると云う豊肥線に乗って山の中に入り、九州の胴中《どうなか》を横断して見ようと考えた。

立つ朝から東京でも毎日雨が降っていたが、汽車には屋根があるから、雨は構わない。車窓にかんかん日が照りつけるよりは却《かえ》っていい位に考えていたが、出先の九州で雷を載せた東支那海の低気圧にぶつかり、豪雨と大雷に追われて東京へ帰って来た。熊本や門司やその他各地に大変な災厄をもたらした二十八年の九州大水害に行き合わせたわけだが、そうなる前は勿論そんな事とは思わない。東京を立った汽車で、その儘八代まで行った。道中も行き著《つ》いた八代も雨であったが、一泊した翌くる日は梅雨晴れのいいお天気で、すがすがしい風がお庭に吹き渡り、赤女ヶ池に美しい漣波《さざなみ》を立てた。その日が九州豪雨の第一日と云う事になっているけれど八代では、少くとも午後私が立つ迄は、その様な気配はなかった。ただ前の晩、真暗な赤女ヶ池の縁の一隅に、ぎらぎらする指の腹ほどの物が青光りを放っていたのと、朝になってから綺麗に晴れた空を映しているお池の水面を、小さな蛇が何匹も游《およ》ぎ廻っていたりしたのが、すぐ後に襲い掛かった水災の前触れだったのではないかと云う気もする。

八代を立って熊本へ行き、一泊した。熊本に降りるのも、泊まるのも初めてである。こうして段段九州に馴染みを重ねると思いながら、初めて見る町の様子が、前にどこかで見た事がある様な気がしたりした。

宿に落ちついた夕方から雷が鳴り出した。翌くる日は覆盆の大雨で、午後宿を立って駅に行く途中、自動車を熊本城へ廻らしたが、ひどい繁《しぶ》吹きの為、車を降りる事は勿論、窓を開ける事も出来なかった。

水の中に浮いた様な熊本駅から豊肥線大分行の短かい編成の列車に乗った。その翌晩熊本の市中は、白川坪井川の氾濫で水浸しとなり、町中の深い所は人の胸のあたり迄、阿蘇のヨナを溶かした水が来たと云う。私の泊まった宿屋も床上まで浸水し、階下の泊り客は皆二階に移ったそうである。もう一晩ちがったら、熊本で足留めを食う所であった。

豊肥線は熊本大分間百四十八粁《キロ》、間に二十六の駅がある。全線雨であったが、その半ばを過ぎたあたりに豊後竹田の駅がある。ただ汽車で通っただけであるが、何年か過ぎた今でも、何かのきっかけでその駅の事を思い出す。

山雨の中を走って来た汽車がホームに停まった時、竹田の駅にも雨が降っているのに、なぜかホームの地面は乾いていて、向うの線路に降り灑《そそ》ぐ雨の脚をうしろにしてホームを掃いていた若い駅手の竹帚《たけぼうき》の先から、軽い砂埃が揚がった。豊後竹田は「荒城の月」の作曲家滝廉太郎の古里《ふるさと》だそうで、汽車が停まるとそのゆかりの旋律を放送する。それを聴きながら車窓から見た竹帚の先の砂塵が、今でも目の前を流れる様である。

八　九州大水害

豊肥線で薄暮の大分に著《つ》いた。その後で豊肥線は大雨出水の為に不通になったと聞いたが、あぶない瀬戸際を通り抜けたものだと思う。もし山の中で汽車が立ち往生したら、前に行かれないからと云うので後へ引き返す事も出来ない。引き返すとすれば熊本だが、熊本の水禍《すいか》は前述の通りである。

大分に著《つ》いてからすぐに自動車で別府に向かった。自動車が走り出したと思うと、雨に濡れた道に稲妻が流れ、海岸を伝って別府の町に入るまで、丸で稲妻の中を押し分けて行く様であった。自動車の中では、閉め切った狭い車室にエンジンの音が籠もって雷は聞こえなかったが、宿屋に落ちつくとひどい雷鳴がうしろの山に響き渡り、その内に山が割れた様な音がしたと思ったら、電気が消えてしまった。

別府に来たのも勿論初めてである。どんな所かと思ったが雨と雷ばかりで、何もわからなかった。二晩泊まったけれど、その間一度も温泉に這入らなかった。豪雨の為お湯に砂が流れ込んで濁ってしまって、到底這入れなかったのである。

別府から、もう真直ぐに東京へ帰ろうと思う。その途中の小倉に出る間の日豊本線が不通だと云う話であったが、私が立つ前に開通した。それで無事に通って小倉に著いたが、その後がすぐ又不通になったそうである。雨師が私だけを通してくれた様なものである。

小倉は大変な雨で、駅が滝の中に立っている様であった。すでに各地に被害が続出し、鉄道の幹線はずたずたに断たれ、遠賀川の決潰《けっかい》で博多へ行く事も出来ないと云う。鹿児島行の急行「きりしま」は門司から折り返しに東京行を仕立てると云う話なので、小倉から門司へ行った。

門司のその時の雨は小倉よりまだひどかった。駅の前の市電の乗り場に起っている人の足許は水の中に没し、広場は海の様になっていた。

東京大阪方面から来た汽車が、先へ行かれないので皆打ち切りになり途中で降ろされた乗客の為に駅で握り飯の焚《た》き出《だ》しをしていた。特別急行「かもめ」も博多まで行かれず、門司で打ち切って特別急行券の払戻しをしたり、駅の中は大変な騒ぎであった。博多の市長さんも「かもめ」で大阪から帰って来る途中、門司で降ろされ、自動車で行っても遠賀川が通れないと云うので、駅長の紹介で門司の市中の宿屋に泊まられた筈だが、その門司のお宿も無事ではなかったかも知れない。老市長はどうされたかと、その時の事を思い出す。

門司仕立ての折り返しの急行「きりしま」に乗って門司を離れたが、その後で門司は往来を岩が流れる様な大変な事になった。関門隧道を抜けて、もう大丈夫と思ったその後で関門隧道に水が這入って水浸しになった。山陽線に出て、もう何事もなかろうと思ったその後が、じきに不通になった。

兎《と》に角《かく》無事に東京へ帰っては来たが全くの一足違いで、あぶない瀬戸際で、丸で逃げて帰った様なものである。そもそも何しに九州へ出掛けたかと云うに、それはいつもの事ながら何の用事もあったわけではない。用事がなければどこへも行ってはいけないと云う事もないと思うけれど、行く先が平穏無事で、向うも暇な時ならいいが、家が流され人死にがあると云う様な場合に風来坊がうろうろするのは不都合である。あの節は九州に済まなかったと思っている。

九　長崎のどぶ泥

それから半年経たぬ内に、又九州へ出掛けた。今度は立った日から帰って来る迄の一週間、小雨の降った晩が一晩あったきりで毎日秋晴れが続き、車窓から眺める九州の山山の襞《ひだ》がはっきり目の底に残った。

行く先は長崎である。子供の時から一番遠い所、道中の長い所と思い込んでいる。長いものの例えに、天道様《てんとう》からふんどしが垂れ下がる。長崎からおこわが来ると云った。岡山の生家で祖母が長崎の按摩《あんま》の話をしていたのを思い出す。長崎の按摩は荒っぽくて、お客を足で蹴る。足でしこりを揉みほごし、その後に膏薬《こうやく》を貼ってくれる。

揉んで揉んで揉みやわらげて、

貼って八もん。

そう云って流して来ると云った。本当か、うそか知らない。足で蹴ると云うのは、九州の外の地方でそんな事をすると云う話を聞いた様な気もする。子供の時の話を私が覚え違えているかも知れないし、祖母の云った事も当てにならない。祖母は長崎はおろか、九州の土を踏んだ事もなかった。

貼って八もん、の八もんは八文であるが、八文では今の読者に読めないかも知れないと思って八もんと書いたが、八もんと書いても解りにくいだろう。一文は一厘《りん》、八文は八厘、厘は一銭二銭の銭位の下の単位である。乞食が一もんやって下さいと云った。子供が買い食いするのに二もんおくれと云った。門《かど》づけが門に起って、三もん頂戴と云った。そんな時分の話である。

その長崎へ東京から通しの汽車で出掛けた。前日の午後早く東京を立ち、車中で日が暮れて夜が明けて、明かるくなってから関門隧道を抜けて九州に出た。大水害の後の田に稲がみのっていた。

いくら汽車が好きでも、二十七八時間ぶっ続けに揺られて来ると少しくたんのうする。腰を掛けている腰が痛くなった。矢っ張り長崎の道中は長い。そうして長崎に著いた。鉄道唱歌第二集山陽九州篇の終りの所に、

千代に八千代の末かけて
栄行く御代は長崎の
港にぎわうもち船
夜は舷燈のうつくしさ

とある。由緒の古い長崎の町をタクシーで通り抜けた。丘を登ったり降りたり、起伏のある町らしい。

二泊したが、どこへも行って見る気はしない。名所案内の印刷物や写真は手許《てもと》に貰っているけれど、そう云う所を訪ねて廻るのが面倒な性分だから、宿屋の座敷にじっとしていようと思う。今度の戦争で受けた惨禍の跡など気の毒で見る気になれない。

同行の比良君が縁側の椅子に腰を掛けて、空を眺めながら退屈している。こんないいお天気だから、ぶらぶら出て見ないかと云う。散歩かね。そこいらを歩いて来まし

ょう。

それではと云う気になって、一緒に外へ出た。無闇に食べ物屋のある所を通り抜け、入江だか川だか、濁った水が淀んでいる所へ出たら、どぶ泥がぷんぷんにおって臭かった。古い町の古い歴史が溜まってにおうのかも知れない。橋の上に男の子がいて、はなを垂らしている。阿蘭陀《オランダ》船の時分からこんな子がいたのではないかと、何となく気になった。

お天気はいいが、少し風が吹いて砂埃が立ち、ぶらぶら歩くには面白くない。もう帰ろうよと私が云ったけれど、比良君は先に立って足を停めない。

十　「春雨」の宵の秋雨

通り路に木造の洋館の、構えは由緒ありげに見えるけれどその儘の姿で荒れ果てて、西洋の化け物屋敷かと思われる様なのがあって、何の気なしにその前に立ち停まったら、日本郵船の長崎支店の建物であった。

本篇の初めの所で記した通り、私は戦前の日本郵船にかかわりがあった。その当時の長崎支店は方方にある支店の中でも重要な方で、外洋航路の郵船の寄港もあったし、こちらの造船所で建造する新造船の扱いもあって、今見る様な昼間のお化けみたいな顔はしていられなかったのだろうと思う。ほんの短かい十何年の間の遷《うつ》り変《かわ》りでこんな姿になり、ひっそりした玄関が道ばたの砂風を浴びている。

こうして歩いて見てもつまらないから、もうよそう、と私が云うと、ついその先の橋を渡るとすぐに大浦の天主堂です。一寸《ちょっと》行って見ましょうと云う。彼は手に市街地図を持っている。宿を出る時からそのつもりだったのだろう。

橋を渡って坂道に掛かり、古いいわれがあると云う石畳を踏んで、その上にある石段を登り天主堂の前に出た。風に吹かれて一休みし、高い所から四辺の風光を眺めたが、丸で知らない所の景色と云うものは、よそよそしい。何年か後にもう一度ここを訪ねて、同じ所から同じ景色を眺めたのでなければ感慨は湧きにくい。

ついでに小便をした。共同便所はあまり綺麗ではない。もともときたない所なのだから、それは止むを得ないし、ことさら云いふらす程の事ではないが、人が大勢行く所だからもっと綺麗な方がいい。人が来るからきたなくなるのではあるが、来るにきまった所だから、そのつもりにしておいた方がいい。

一体どこかへ行くとそう云う所へ這入《はい》ると云うのは、こちらもお行儀が悪い。止むを得ないと云えば止むを得ないけれど、止むを得ても得なくても、そんな所は経験しない方がいい。この頃は大きな駅では大体綺麗になっている様だが、人が汽車に乗るとなると、なぜそこへ立ち寄るのかと思う程繁昌する。何かしようとするその区切りをつける時に、ついそんな気になるのかも知れない。今の様に録音と云う事が普通でなかった時分、音楽の放送でその座に坐っていると、時間になってさあそれではお願いしますと云われる拍子に、あわてて一寸《ちょっと》待って下さいと云って座を起つと云う人の話を聞いた事がある。

大浦天主堂で私は何も区切りをつけたわけではないが、それから石段を降り石畳を降りて、帰って来ようと思うと、丁度そこへ市電が来たから乗って見た。どこかでわざわざ乗り換えて、どこへ行ったかと云うに昨日降りたばかりの長崎駅へ来た。市電がその前で停まったから降りたのである。しかし人が大勢詰まっている待合室なぞ見てもちっとも面白くはない。駅前の広場を眺めて、靴磨きに靴を磨かせて、宿へ帰って来た。

晩は或る旗亭《きてい》でお酒を飲んだ。頼山陽《らいさんよう》のゆかりの家だと云う。又「春雨にしっぽり濡るる鶯の」と云う端唄《はうた》の発祥の家だとも云う。子供の時から聞き馴れた歌で、私共は初めに竹の横笛や竹紙を貼った明笛《みんてき》を吹き鳴らし、次に一音階半の筒になった吹風琴《すいふうきん》がはやり、それから今のアコーディオンのもっと簡単な手風琴《てふうきん》の全盛期になって、家庭に入り込んだだけでなく、生生薬館の薬売りが、オイチニ、オイチニと手風琴を鳴らして歩いた。私は高等小学の時、手風琴で「春雨」の節を弾いたのを思い出す。今その本場で「春雨」を聞いている障子の外に、急に秋雨が淅瀝《せきれき》と降って来た音がした。

十一　九州への道筋

長崎から東京へ帰って来る途中、折角《せっかく》九州の果てまで来たついでに、又八代へ寄って見る事にした。駅からの道筋は、もう度度《たびたび》通っているので両側の家にも店屋にも、道の曲がり角にも馴染みがある。

往来が何となく賑やかで、花火のぽんぽん鳴る音が、タクシーの中まで響いて来た。恵比須様のお祭りだそうで、山車《だし》が出たり踊りの屋台が掛かったりすると云う。しかし松浜軒の赤女ヶ池のお庭はしんかんとしていて、いろんな小鳥が来たり行ったりする中に、微《かす》かな松籟《しょうらい》の音がしているかと思うばかりである。

一晩泊まって、暗いお池の浮草に乗った露が、陰暦九月十四日の月を宿し、あっちこっちできらきら光るのを見て寝た。

翌《あ》くる日もいいお天気だったから、宿の庭下駄を突っ掛けた儘、表へ出て、すぐ近くの城址の森の中へ這入って見た。大木の下陰は秋晴れの空の下でも暗かった。城址の前にある松井神社境内の臥龍梅《がりょうばい》も見たが樹齢三百余年と云う老木で、幹も枝も真っ黒けである。地べたを舐める様に這い廻り、この木に花が咲くとは思われぬ様であった。

そうして東京へ帰って来た。私はもう昔と違って九州の馴染みは深い。いつでも気楽に出掛けられるし、又いつでも行って見たい。

それから間を一年置いて、去年の春また九州へ出掛けた。いつでも行く先に用事があるわけではないので、ただ、のこのこ出掛けたと云う事になる。ぶらぶら出掛けたと考えてもいい様だが、用事がないと云っても、旅先ではそこから次の所へ行くと云うのは矢っ張り用事の様なもので、愚図愚図していれば汽車に乗り遅れる。況《いわ》んや行く所まで行って、もう帰ろうと云う事になれば、帰ると云うのはのっぴきならぬ用事である。我我はどこかへ行けば、是非帰らなければならない。

今度のこのこ出掛けた行く先は小倉であり宮崎であり、それから曾遊《そうゆう》の鹿児島へ出て八代へ寄って、つまり芋の葉の様な九州を左から右へぐるりと廻って、いい加減くたびれて東京へ帰って来た。

小倉から別府大分の間の日豊本線は、二十八年の洪水の時、帰り途に線路が水で不通になるすれすれの所を通って来たから知っているが、大分から先は丸で知らない。そこを通って宮崎と云う所へも行って見よう。

春宵《しゅんしょう》の夜行列車に乗って東京を立った。度度九州へお邪魔するけれど、九州がきらいではないから行くにしろ、特にまた九州でなければ外に行く所がないと云うわけでもない。それでいてなぜ関門隧道ばかりくぐりたがるかと云えば、道がいいからである。東京からの汽車の都合がよく、汽車の中の設備もよく、随分遠方であっても余り疲れない。又汽車に乗るのが好きなので、遠方だと云う事も難有《ありがた》い。東京を前の晩に立った時刻より一寸前に小倉に著《つ》いた。大体一昼夜で、丁度頃合いである。これからまだ乗り継《つ》いで長崎とか鹿児島とかまで一気に行ってしまうとなると少しこたえる。

小倉の駅には、大水害の時別府から帰って来て一たん降りたから、初めてではないが、一歩も外へ出なかったので小倉の町は初めてである。丸で知らない所の往来を自動車が走り、道の角を曲がって宿屋の玄関に著いた。この宿で小倉に二夜を過ごそうと思う。

十二　小倉から宮崎へ

小倉の翌《あ》くる日は、宿屋の縁側から眺める向うの山に霞がかかって、穏やかな日ざしが庭に暖かく、申し分のない春日和であった。市中に知り合いはなく、どこへ行って見ると云う当てもなかったが、宿屋にじっとしていてもいいけれど、いなくてもいいから出掛けて見る事にした。

呼んで貰った自動車の運転手に、どこでもいいからぐるぐる廻れと云った。丸で知らない所を行く先の当てもなく乗り廻しただけで何の意味もない。城址のお濠の縁を通ったり、船著場に出たり、手向山《たむけやま》の下から馬関海峡を眺めたりしただけで不得要領に宿へ戻って来た。それなら案内してやるのに、と云われては困るので、そもそもどこも見たくはない。小倉へ来て泊まって、昔から名前を知っている小倉と云う古い町を新らしい記憶に加えたので十分である。

その翌くる日小倉を立って宮崎へ行った。物好きで九州の方方をうろつき廻り、用もないのに高千穂ノ峯が近い宮崎くんだり迄やって来て、御苦労な話である。その半年ばかり前、出雲《いずも》の松江に行った時、出雲も日向《ひゅうが》もどちらも日本の一番古いゆかりの地であるが、松江で聞いた話に、戦前のいつぞやの二千六百年祭の時、日向の宮崎では碑を建てたりお祭をしたり、いろいろ行事があった様ですが、こちらでは、私共はなんにも致しませんでした。二千六百年と云うのもいい加減ですからね、と云った。出雲族が天孫族《てんそん》のする事を笑っていた。

私なども中学の時、校長の次に一番えらかった先生から、神武紀元には凡《およ》そ六百年のうそがあると教わった。初年級の日本歴史の時間に聞いたのだから、私共は十四か五の子供であった。子供の頭に沁《し》み込んだので今でも覚えている。

二千六百年が当てになるか、ならないか知らないが仮りに六百年引いても大した事で、そのゆかりの日向に来れば、矢張り遠い遥かな気持がする。しかし宮崎の町は今度の戦争で二十回近い空襲を受け、仕舞には艦砲射撃まで被ったそうで、その後に出来た家並みだから町は平ったく、新開地の様である。

熱帯植物の繁茂している青島へは行って見たが、旧蹟はどこも訪ねなかった。二晩泊まって宮崎を立ち、高千穂ノ峯が懸かっている雲を払いのけた所を見て通り、曾遊の鹿児島に出た。

小倉から宮崎鹿児島まで、日豊本線で九州の左側を伝い、鹿児島から鹿児島本線で八代に立ち寄って、春の雨が降りそそいでいる不知火《しらぬい》海を眺めて東京へ帰って来た。それで九州を左から右へぐるりと一廻りして来たわけである。

その帰り途《みち》、八代を立つ前夜から又大変な豪雨で、例によって空が割れる様な雷を伴ない、すでに西九州には被害が出始めていた。線路が不通で汽車が停まると云う目には会わなかったが、複線の所の片方が不通になって、片線運転で通り抜けた所はある。九州と云う所はよっぽどよく雨が降り、又山地の雷と違った味の雷が鳴る所だと思う。

その後はまだ九州へ出掛けない。その内又行きたくなるだろうと思う。九州へ行かない代りに、九州の新聞に拙文を載せる様なめぐり合せになった。明日からもう東京に落ちついて、身辺の事を記す事にする。

偽物の新橋駅

今年は、汽笛一声新橋を、はや我が汽車は離れたりの鉄道唱歌の作詞者大和田建樹の生誕百年に当たるそうである。つまり大和田さんが生きていられたら、今年が百歳と云うわけである。故郷の愛媛で記念祭典があり、東京でも鉄道関係ではその思い出の企てがあって、交通新聞は鉄道唱歌の全歌詞を引き続き日日の紙面に分載している。鉄道唱歌の第一集東海道篇が上梓されたのは明治三十三年である。明治三十三年は西暦一九〇〇年に当たるから、今年から数えて五十六年の昔になる。その唱歌が今でもなおすっかり消え去ってはいない。

東京駅の次は電車駅の有楽町、その次が汽車も停まる新橋駅である。しかしこの新橋駅は「汽笛一声新橋を」の新橋とは丸で関係はない。日本の鉄道の歴史に一番大切な由緒のある昔の新橋駅の名を僭称した贋の偽物の新橋駅である。

汽笛一声の新橋駅が貨物専用の駅に変った時、それ迄烏森駅と云った山ノ手線電車の駅が新らしく新橋を名乗り出した。

昔から新橋芸妓と云うのがある。掘り割りの川を隔てた向う側には烏森芸妓がいて、橋一つ渡っただけで芸妓の格式が違うと云われたものだが、烏森駅が新橋駅になって以来、烏森芸妓も新橋芸妓に出世したかどうか、それは知らない。

昔の新橋駅、今の貨物駅汐留は烏森から遠くない。そちらの駅の旅客扱いを止めるにつき、新橋と云う歴史的の駅名を、最寄りの駅に移して保存すると云う事は考えられる。しかしもとの駅にまつわる思い出や由緒が、名前だけ移した新らしい駅について来て、歴史が引越しをすると云う事はない。

戦時中、統制輸送の為に今の新橋駅のアイランドになったホームの一つが不用になったらしい。そのホームに花壇を造り草花を植えて、通過する旅客の目を慰めようとした。それは大変いい思いつきであったが、その花壇に大きな立て札を立てて、人の目につく様に「一声園」と書き出した。汽笛一声の聯想《れんそう》からあの由緒も古い新橋駅はここですよと通り掛りの知らない旅客をだまそうとしたたくらみである。本当の新橋駅など勿論知らない若い駅員が、頭を働かした思いつきだったかも知れないけれど、当時の駅長や助役が関知しないと云う事はない。

汽笛一声の大和田さんの生誕百年と云われてあの歌を思い出し、同時に贋物の新橋駅の「新橋顔」を苦苦しく思う。

私が初めて東京に出て来たのは明治四十三年であって、その時分はまだ汽笛一声のもとの新橋駅であった。汽車が這入《はい》って来て、ホームに沿って徐行しながら停まる。それから降りて列車の横腹に沿いホームを歩いて行くと、一番前の機関車が停まっているすぐ先は突き当たりである。うまく停まらなかったら駅の本屋に乗り上げてしまう。その突き当たりと停まっている機関車との間に、僅《わず》かばかり線路が残っている。そこに東海道線の起点の杭が立っていた。その杭は勿論今の新橋駅に移ってはいないだろう。貨物駅汐留のその同じ所に残っているのだろう。

線路が突き当たりで終っているのは、昔の横浜もそうで、東海道本線の駅は後に平沼駅が出来たが、横浜駅は奥へ這入った突き当たりであった。「港を見ればもも船の、煙は空を焦がす迄」はその横浜駅である。横須賀駅も私が海軍機関学校へ通った頃は行き詰まりであった。関門隧道が開通する前の下ノ関もそうであった。

八代紀行

去年は初夏と晩秋の二度、肥後ノ国八代《やつしろ》へ行った。その覚え書をして置きたい。

上

五月三十一日木曜日の午下十二時三十五分、第三五列車「きりしま」で立った。同行はいつもの山系君である。汽車が段段速くなって、晴れ渡った広い空の下へ出た。もう六郷川の鉄橋が近い。今度八代《やつしろ》へ行くのは、八代へ行って来ようと思い立ったから出掛けて来ただけの事で、八代に何の用事もない。どこかへ廻ると云う先もなく、どこかから八代へ立ち寄るのでもない。ただ八代へ行き、しかし行けば帰って来なければならないから、行ったら帰ると云うただそれだけの予定である。

用事とは云われないが、向うへ行ったらそうして来ようと思う事はある。今年はお正月から四月の半ばまで忙しかったので、仕事をすれば疲れが残る理窟である。その疲れをとっておいて八代へ行き、松浜軒のお庭へ向かって欠伸《あくび》をして来ようと云うのが私の心底である。

しかし用事がないと云っても八代は東京から鉄路千三百余粁《キロ》離れた遠くにある。いくら汽車が好きでも長旅をすれば矢張り疲れる。だから立つ前に余り身体に無理をしない方がいい。前前日の五月二十九日は私の誕生日で摩阿陀会《まあだかい》である。とっくに還暦を祝ったのに未だ死なないか、「まアだかい」と云うわけで、年年みんなで祝ってくれる。或は催促する。例年四十幾人集まるので、つい浮かされて過ごす。どうかすればその後又別の所へ廻って梯子をしたり、後はくたくたに疲れて二日酔では済まない事が多い。おまけに今年はその日の明け方四時半頃、家の猫のノラが間境の襖《ふすま》をがり がり引っ掻いて私共を起こそうとするので、ノラの思惑通りに目がさめてしまった。後が中中寝られなかったから、幾分寝不足でもある。こう云う時に飲み過ぎるといけない。明後日の出立《しゅったつ》に備えて、摩阿陀会の後どこか外へ廻る事はしない。決して誘ってはいけないと云う事を予め《あらかじ》諸君に言い渡しておいた。

その通り真っ直ぐに帰って来たが、私が寄らなければ向うがついて来る。五六人がどやどやと家に上がり込んで、寝たのは矢っ張り二時半を過ぎたけれど、それでもどこかへ廻って飲み直したよりはらくである。翌《あ》くる日も宿酲《しゅくてい》と云う程の事はなく、もう一昨日になる今日の寝起きはすがすがしかった。

昼間の内コムパアトに蟄居《ちっきょ》しているのはくさくさするから、隣室の座席に陣取って山系君と窓外の景色を眺める。尤《もっと》も山系君は瞼の裏に移り行く山河を収めて、内側で眺めている時の方が多い。

漸《ようや》く夕方が近くなったが、外はまだかんかん明かるい。しかしもう夕方は近い事にして早目に食堂車へ這入《はい》った。静岡の安倍川を渡る時、川上の低い空に懸かった夕日が食卓の窓から射し込み、お皿の間の銀器を金色に染めた。

御馳走もお酒もうまかったので、いつもの通り長尻をした。コムパアトに引き揚げて寝たのは京都であったが、すぐ寝つきそうで中中眠られない。うつらうつらした気持で、大阪は著発とも知っていた。その内に寝たと見えて三ノ宮神戸は知らなかったが又目がさめて姫路の十二時、岡山の一時半ははっきり知っている。福山、尾ノ道、糸崎みんな停まったのも出たのも知っている。朝が近くなって広島辺りから漸く眠ったかも知れない。

私はふだん汽車の寝台で寝られないと云う事はない。後から思うと食堂を切り上げる前、紅茶を飲んだ。寝る前だから珈琲を飲んではいけないと考えて紅茶にしたのだが、その紅茶が思いの外うまかったので又もう一杯貰った。それがいけなかったのだろう。珈琲は寝られなくなるけれど、紅茶は香りはあっても番茶の様な物だと思い込んでいたので、控える事をしなかったが、紅茶でも浮かされると云う事を今度初めて経験した。

目がさめたのはどの辺であったか、はっきりしないが、起き直ってコムパアトのドアを開けて見ると廊下の向うの窓には小雨が降っている。私の寝台の天井裏なる上段に寝た山系君は、先に起きて食堂へ行ったのか隣室で一服しているのか、彼の寝床はもぬけの殻である。

汽車の中で一日経って今日は六月一日である。沿線の田植え前の苗代《なわしろ》は青青と育っているが、まだ水田は少い。黒い所の多い田圃《たんぼ》に雨が降り灑《そそ》いでいる。関門隧道を抜けてから先の九州路は雲の低い梅雨模様である。

博多を過ぎ熊本を過ぎて八代《やつしろ》に近づくと雨脚が繁くなり、窓硝子《まどガラス》に雨滴が筋を引いて流れ出した。

すっかり雨に包まれた八代駅に著いた。定宿《じようやど》松浜軒の女中頭御当地《ごとうち》さんが改札口に起っている。通り馴れた道を自動車が走って、扉に乳鋲《ちびよう》のある松浜軒の門を這入《はい》った。玄関の式台で靴を脱ぎながら、これでここへ来たのは六遍目だと思う。

廊下は薄暗く長い。いつもの奥座敷へ通る途中、どこか右手の向うの方からお経の声が聞こえた。何かの法会《ほうえ》の日にでも当ったか、それともこの頃に不幸でもあったかと思う。案内している御当地さんに、いきなりそんな事を聞くのも悪い様だから黙っていた。

座敷に落ちついて大きな脇息《きようそく》に靠《もた》れていると、お庭を取り巻く雨の音と蛙の声の間に、離れた所から謡の節が聞こえて来た。廊下で聞いたのは謡であってお経ではなかった。

雨の為にお池の水の水位も高く、浮草が露の玉を転がしている。花菖蒲が咲き始めたところで、外にまだ色色の残り花も雨に洗われている。

声柄《こえがら》の悪い八代鴉《やつしろがらす》が雨に濡れて来て、吹き上げの松の木の枝にとまった。入らっしゃいまし、と挨拶に来た様に思われる。それとも何しに来たんだ、阿房《あほう》阿房と云いに来たのかも知れない。

いつも飛んで来る近所の八代宮や松井神社の堂鳩《どばと》は来ない。食用蛙が一匹、お池の中で馬鹿な声をしている。

何もする事がないから、馴染みの床屋を呼んで貰って、東京から伸び放題で来たひげを剃らせた。

その次の順序はもう晩のお膳である。する事がなくてぼんやりしているから待ち遠しい。廊下を伝って来る女中の足音に聞き耳を立てている。

「山系さん、まだだろうか」

「もうじきでしょう」

気のない返事をしたきりで、相手にならないが、彼だって待っているに違いない。

お庭に降り灑ぐ雨の音が、お膳を待っている我我二人を取り巻いて、侘《わび》しい様でもあり賑やかな様でもある。

松浜軒はここの城主のお下屋敷だったそうで、今の当主の奥方が御自分で庖厨《ほうちゅう》一切を遊ばす。お膳が待ち切れないで、

「おいおい、はやくせんかね」などと、はしたない事を云ってはいけない。もし取り次いでお耳に入れても、「捨て置け」「ほって置きや」と云われるだけの事だろうと、こちらであらかじめ恐縮している。

そうして折角造って戴いた物が、うまくないなどと云えば、その分では済まされないだろう。但し私はすでに十遍ぐらいここの御馳走を頂戴しているが、ただの一度もそうした不逞の感想を懐いた事がないので、従って頸の筋が冷たくなる気持がした事もない。

お行儀良く待っていたら、遂に来た。御当地さんが次の間へ這入った気配である。

「メた」と思って居住いを正す。

いつもの通りの珍羞佳肴《ちんしゅうかこう》の間に、今晩は季節の球磨《くま》川の若鮎が晴れ晴れしい姿で加わっている。お膳を前に、杯《さかずき》を手に、遅くまで何を話し何に興じていたか、そんな事は勿論覚えている筈がない。夜更けて蚊帳《かや》に這入って寝た。八代では春の三四月頃から蚊帳を釣ると云う。

夜通し雨が降り、次第に強く降って来て朝になった事は知っているが、お庭の雨の音を聞いているといつ迄でも寝られる。もう起きなければならぬと云うわけは何もないから、その儘雨の音に溶け込んでまた寝続けた。

その次ぎ目がさめた時、もう寝ているのがいやになったので起き出した。廊下に出て椅子に腰を掛け、ぼんやり雨のお庭を眺める。外の田圃の蛙の声が松浜軒を取り巻いて、雨の音の中にかすかな抑揚をつけている様に思われる。声は切れ目なく続いているけれど、聞いていると節《ふし》がある様で、その節に揺られて松浜軒がお庭ごと少しずつ動いて行く様な気がする。

雨脚が繁くなったり、疎《まば》らになったりする。西の空が少し明かるくなったと思うと、又かぶって来てお池の水が暗くなる。雨の中を白い蝶蝶が飛んで来て、水面に近い所をひらひら舞った。よく雨に打たれないものだと思う。それにしても流石《さすが》は雨男山系君、随分降らせるものだと感心する。その御当人はそこいらにいない。別の座敷で新聞の天気予報でも見ているのだろう。

広いお池の水位が段段に上がって来て岸から溢れ出した。八ツ橋の橋板が浮いて、ふわりふわり流れている。八ツ橋の橋板はただ置いてあるだけで、釘で打ちつけないものだそうだから、下から水が打ち上げれば浮いて流れる道理である。

八ツ橋が流れても、お庭の芝生に水が上がっても一向構わない。ただするすると滞りなく、いくらでも降って来る雨に見惚れて何の思う事もない。その内に大きな欠伸《あくび》が出て来た。いい気持だと思っていると後から後から幾らでも出て来る。止めどがない。少しく持て余していると漸《ようや》く一区切りになったらしい。

午後も降り続く雨の中で、何もする事はないし、どこかへ出掛けるつもりもない。同じ姿勢でただぼんやりしていたら、又二仕切り目の大欠伸が出て来た。あまり大欠伸が続け様に出るので苦しくなった。痛烈な欠伸の連続で、もう沢山だと思うけれど止まらない。立つ時は肥後ノ国八代《やつしろ》へ行って欠伸をして来ようと思ったが、こんなに出ては堪らない。欠伸で疲れた頃やっとおさまった。

矢っ張り今日も晩になり、雨の為に暮れるのも早くて又昨夜と同じ順序になった。寝るのは昨夜よりも遅くなった。つまりお尻が長かったと云う事である。

よく眠って朝になったら今日は六月三日である。雨がやんでいいお天気に晴れ上がっている。午後お庭の池に昨日の欠伸を残して松浜軒を立ち、八代駅から「きりしま」に乗って帰路に著いた。博多で増結のコムパアトに移り、関門隧道は海底で一献《いっこん》しながら抜けて十二時頃寝台に横たわった。

寝た儘で走っている内に夜が明けて六月四日になった。窓の外はお天気が良く、コムパアトの寒暖計は三十度である。冷房は十五日からとの事で暑くても仕方がない。通風窓のパンカルウヴルの風をたよりに凌いで真っ昼間の東海道を走り続け、夕五時三十七分、定時に東京駅に著いた。ステーションホテルの「菊の間」が取らせてある。美野が来て待っていて山系君と三人で晩餐して一盞《いっさん》し、自ら招いた長旅の疲れを癒やした。

下

晩秋十一月十九日、外の風はもう寒い。家では一昨日からストーヴを焚いている。今日は国有鉄道ダイアグラムの大改正の当日である。今日から東京博多間の新らしい特別急行「あさかぜ」が走り出す。橋が架かれば渡りぞめ。渡りぞめをした事はないが、何となく縁起がいい。新らしい汽車が走れば乗りぞめ。前前からその話を聞いてむずむずしていた。先年京都から博多までの特別急行「かもめ」が走り出した時も出掛けて乗りぞめをして来た。今度の「あさかぜ」も機逸す可《べ》からず。何しろ汽車に乗ってどこかへ行く様な事にならないかと明け暮れ祈って、事有れかしと待っていたところである。

下り「あさかぜ」の始発は東京、終著は博多、それで乗りぞめの縁起は終るが、博多へ行けば八代《やつしろ》が近い。そこ迄行った序《ついで》なら又八代へも寄って来よう。山系君を談らいそのかしてその手筈を調え、手荷物を揃えて今日の日を待った。

朝は曇っていたが、二度寝をして起きて見ると半曇であり、半晴になり、夕方近くから晴れ渡って雨男山系君には悪いけれど、初乗りに行くのがうれしい様な夕空になった。

「あさかぜ」は六時三十分、夕風の中から発車する。その時間に合わせて、しかし時間が合わない程早くから家を出て東京駅へ行った。

時間が有り余って仕様がないと云うのは贅沢な気持である。東京駅の中をぶらぶらして、靴を磨かせたり用もない掲示を見て廻ったりした挙げ句、改札を通ってホームへ出た。もう「あさかぜ」は這入っている。世間に汽車好きは多いと見えて、この初《はつ》下《くだ》りの機関車のあたりには見物だか見学だかの若い連中が大勢いる。私は汽車に乗り込む前には、その列車の編成の最前部から最後部まで見てからでないと気が済まないのだが、今日はホームが特に混雑しているので、外から横腹を眺めて歩くのを止めて前部の三等車から車室に這入り、中の通路を伝って丁度乗り込んで来る乗客に多少の邪魔をしながら後部まで歩いた。

初めての列車なので発車までの間車内の出入りも多く、あちこちで挨拶が交わされる。私にも恒例の見送亭夢《む》袋《たい》氏を初め、見物かたがたと云うお見送りがあり、同行の山系君にも二三人のお見送りがあって、いつもの出発より大変賑やかであり又混雑した。

漸《ようや》く動き出したので山系君と食堂車へ這入ったが、ここも店開きのお祝の趣向で色のテープを引きめぐらし、食卓の花の色があざやかで、お酒の味も何となくお目出度い。気になって少し過ごしたかも知れない。仕舞い頃になってプリンが食べたいと思った。給仕の女の子にプリンがあるかと聞くと、ないと云う。無い物ねだりをする程ほしくもないし、ねだって見ても窮屈な列車食堂の中で、無い物は無いなりである。もうプリンの事なぞ忘れて、しかしお尻の長いたちだから、まだその儘ぐずぐずしていると、女の子が何か持って来たと思ったら、目の前にプリンが置いてある。列車の震動を伝えてぶるぶる慄えている。

大分廻って酔ってはいるし、前後のつながりがよく解らないが、だからこちらの善意の邪推かも知れないけれど、さっきそう云った時にすぐ造ってくれたのではないかと思われる。もしそうだったら、初乗りのデザートとして全く難有い。

コムパアトに帰って寝たが、寝心地はあまり良くなかった。走っている時は眠っているが停まるとすぐに目がさめる。夜中の停車の各駅で一一丹念に起きて朝を迎えた様な気がする。

関門隧道を抜けた九州の空も快晴である。不世出の雨男山系君が今度は影が薄い様に思われる。尤も彼が本来の通力を現わすのはいつも八代に行ってからだから、まだ解らない。

「あさかぜ」は九州路の秋晴れをついてひた走りに走り、十一時五十五分の定時、目出度く終著駅の博多に著いた。初めての東下《あずまくだ》りの特別急行を迎えて、ホームは大変な騒ぎである。爆竹が鳴り楽隊が囃し立て歓声が湧いて人が一杯詰まって、汽車から降りる事が出来ない。

デッキの上で少しそこいらの雑沓が静まるのを待ってからホームに降りて、一寸《ちよつと》駅長室まで行った時、今夏亡くなった宮城撿挍の家の喜代さん数江さんに会った。演奏会で東京から来ていたので、今日この汽車で私が著く事を知って駅へ顔を出してくれたのだと云う。

二十三分の後、十二時十八分発の下リ普通列車一一七で八代へ向かった。各駅停車で間の三十六の駅に一一挨拶し、急行「きりしま」なら三時間で著くところを五時間掛けてやっと八代へ辿《たど》りついた。

八代に著く少し前、晴れ渡った西空に落日が懸かり、遠い田圃や薄色の山を赤い金色で染めた。線路に近く、斜に落日を浴びている田圃の中の柳の大樹に何となく見覚えがある。今までに何度この柳の姿を車窓から眺めて八代へ行ったかわからない。根もとに近い幹の傍に小さなお厨子《ずし》の様な物が立っている。

汽車は定時の五時十九分を少し遅れて八代に著いた。のろのろ走っているから遅れると云う理窟はないが、遅れなかったら可笑しい位の走り方をして来た。各駅停車の上に、方方で交換の待ち合わせがあり、それが又ひどくゆっくりしていて、この汽車はもうここから先へ行くのは止めたのかと、途中何度も思った程である。

八代駅には松浜軒の女中頭御当地さんが、いつもの位置の改札の外に起っていた。その出迎えを受けて、予《あらかじ》め打ち合わせておいた駅長さんと同車で松浜軒へ向かった。この前来た時から半年余りであり、この同じ門を通り玄関を上がるのは今度で七遍目である。

駅長をお客にして、いつもの通り御馳走が出て、座敷を取り囲む暗いお庭の夜が更けて来た。いい心持になって床に就いたが、お膳に残した山系君が隣室で女中相手にいつ迄も飲み続けて騒ぐので、寝つきかけると目がさめてしまう。八代へ来てもお天気がいいので、雨男が乾燥して奇声を発する。止むを得ざるに出づるなりと思ったが眠たくて仕様がないから、もう寝なさいとたしなめたら直ぐに静まった。

翌《あ》くる日二十一日も晴で山系君の顔が立つ見込みはなさそうである。随分よく寝てお午《ひる》まえに起きた。良い寝起きで気分はさっぱりしているが、少し肌が寒い様な気がする。風を引きそうだから、引いてはいけないから用心する。用心に三つあり。一つは今日お天気がよかったら、気を変えて外へ出て見ようかと思っていた。いつぞやは雨がざあざあ降っているのに不知火《しらぬい》ノ海を見に行ったが、今度は急流球磨川が瀬になっている所へ行って見ようか知ら、と考えていたのを思い止まる。用心の二つはお風呂を省略《しょうりゃく》する。用心の三つはふだん決して飲まない昼酒を飲む。熱目の燗にしてコップに一杯、追加なしとす。

その通りに飲み、きめた通りに一杯で止めた。

私はこの春、博多の西日本新聞に「鬼苑漫筆」七十五回の連載をした。御当地がその切抜帳を製本したのを持って来て題簽《だいせん》をもとめたから、ついでに風薬《かざぐすり》の微酔を駆って俳句を作り、その本の扉に書いてやった。

　天草の稲妻遠し松の宿

後で馴染みの床屋を呼んで、ひげを剃って貰った。この床屋さんはえらいのだそうで、理髪の技術の審査員であり、その事で時時東京へも出張すると云う。

夕方は早目に一献を始めた。床の間の前に坐り込み、大きな脇息を抱えて六時間飲み続けたそうである。私はよく知らないが、風邪はもう追っ払ったに違いない。

夜が明けて見ると、尤《もっと》も起きたのは矢張りお午《ひる》まえだが、ますますいいお天気で、空に一片の雲翳《うんえい》もない。到頭山系君の面目は立たなかった。

今日立つのだが、上り「きりしま」の発時刻が今度の十九日の改正以来、従前より一時間許《ばか》り遅くなっているのでゆっくり出来る。

午後自動車で球磨川べりの土手を伝って見た。いい加減の所で引き返し、今度は川の向う岸へ行って見ようと思う。そう思った所に景色の区切りがあるわけではないので、引き返せと命ぜられた運転手には何の意味だか解らなかっただろう。私の方にも意味はないのだから、ない意味が先方に通じるわけもない。球磨川の橋を渡って向う岸の土手を伝い、遥拝ノ瀬まで来て車を停めた。車から降りて磧《かわら》へ出て行くのは面倒なので、それは又今度のいつかの折に譲り、車内から川や瀬の様子を眺めて済ました。八代駅から鹿児島本線をなお先に行くと、じきに球磨川の鉄橋があって、汽車の中から球磨川の河口に近い所にあるこの遥拝ノ瀬の水の棚と白い繁吹《しぶき》が見える。鉄橋の上から眺めたここの景色には馴染みがあるが、そばまで来たのは今日が初めてである。

それから引き返して八代の市中をぐるぐる廻って宿に帰り、一休みしてから更めて八代駅へ出て四時二十四分発の上リ「きりしま」を待った。

「きりしま」は東京行であるが今度の時刻改正以後コムパアトがなくなっている。それで博多まで来て「きりしま」を乗り捨て、一時間半ばかり待って後から来る三四列車「西海」に乗り換える事にした。「西海」にはコムパアトがある。駅長室にお邪魔してその間の時間を過ごす。用無しの風来坊が出没して相済まぬ事だと思う。

翌二十三日の夜が明けて、「西海」の驀進《ばくしん》する東海道全線はどこまで行っても空の底まで晴れ切っていた。あんまりお天気がいいと車窓に風情がない。時時しぐれが窓を打つと云った空模様の方がいい。どこもかしこも日向《ひなた》ばかりで、景色がかさかさに乾いている様で、山系君もさぞ眠たいだろう。

夕六時二十三分東京駅へ帰り著く。「あさかぜ」の乗りぞめだけで止めておけばいいものを、余計な所までほっつき廻って、自分ながら御苦労様のお疲れ様である。先《ま》ず旅の疲れを癒やさなければならない。ステーションホテルの「蘭の間」で私共二人の外に三人を待つ事に打ち合わせてある。

それはいいがその後で、余勢を駆って又長駆した。下谷坂本へタクシーを走らせ、飲み屋の土間で杯の趣きを変えて見たと云うに到っては、そのお行儀の悪さ、全く以って多くを談らぬと云うの外はない。

千丁の柳

一

六月某日夕六時半、博多行第七列車特別急行「あさかぜ」が東京駅のホームを静かに辷《すべ》り出した。

汽車の旅で一番楽しいのは、ホームの長い大きな駅を、自分の乗っている列車が音もなく動き出して段段に速くなって行く瞬間である。

今日も乗る前からその味を味わうのを楽しみにしていたが、乗り込んだ時からの騒ぎで、それどころではなかった。すぐに新橋駅のホームの庇の下を走り抜けて、暮れかけた半晴の空の下へ出てもまだ何だかざわざわしていた。

何をそんなに取り込んでいたかと云うのは、今日の出発は同行四人で、その四人がばらばらにならない様に食堂車の席を取りたい。夕方の六時半はいつもの私にはまだ早過ぎる時間であるが、外の諸君も勿論夕食前で、動き出してから揃って一献と云う申し合わせになっている。ところが六時半発車の食堂車のお客はみんな乗り込んでからゆっくり、と考えているに違いない。食事だけの人もあるだろうが、車窓の夕景を眺めながら一献しようと云うのが大部分の様で、だから、私は「あさかぜ」は二度目であるが、どうもこの列車が東京を出た時の食堂は多分に飲み屋の趣きを備えている。動き出して、見送りの人人をホームに残した後は、お客が一時に食堂車に殺到する事はわかっている。こちらはそれに備えなければならない。しかしまだ動き出さない前はお客を中に入れないだろう。だから発車前からその入り口に起ち、守宮《やもり》の様にドアに食っついていなければならない。あらかじめ座席を予約して取らせると云う事は、この食堂車の様な形勢では向うが引き受けもしないであろうし、又仮りにそれが出来たとしても、外の人が起ったり、ことわられたりしている中へ、後から這入《はい》って行って予約を楯に悠悠と腰が下ろせるものではない。身を持って事に処する外はない。自分の身体で這入って行くに限る。この事は乗る前から同行の諸君に申し含めてある。

発車が近づき、各員その部署について私は守宮《やもり》の役を買おうとした。ところが、ぴたりと食っつく可《べ》きドアが閉まっていない。人の出這入りが繁くて閉められなかったのだろう。開いているから私は中へ這入って行ったが、著席しようとか、予約を申し込もうとか、そんなつもりではない。四人だよ。四人だから四人席に一かたまりに坐ると云う事、ついでに註文も与えて置けば向うもそれだけ手が省けるだろうと思ったが、相手の女の子は、そんな事よりも先《ま》ず私を追い出す事に専念して、ろくろく人の云う事を聞かない。傍に起っていたもう一人の女の子が要領を呑み込んで引き受けたので私は食堂車を出てホームに降り、見送りの人に挨拶した。一人は私の「阿房《あほう》列車」の時の見送亭夢《む》袋《たい》氏である。今度の今日の出発は阿房列車ではないのだから、と辞退したが、それでも断乎として見送ると云うのでそのお志にまかせた。

食堂車の隣りの喫煙室に戻り、入り口を扼《やく》して形勢を観望した。発車前から入り込もうとする客で辺りがひどく混雑している。中に這入って行った一人の紳士は大分気が立っていると見えて、給仕の女の子と渡り合い、発車まではお隣りの喫煙室でお待ち下さいと云わせも敢《あ》えず、喫煙室は人が一ぱいでいられやせんじゃないかとやり返した。

発車のベルがホームで鳴り出す前から、食堂車の女給仕が全員出動して中の通路に整列し、一人ずつがテーブルとテーブルの間を塞《ふさ》いで防備を固めた。発車前に闖入《ちんにゅう》せんとする不心得な客は、一人と雖《いえど》も近づけないと云う気勢を示した。空襲警報が鳴り響いている時の警防団の様で物物しく頼もしい。

二

首尾よく四人で一卓を占めて杯を挙げた。卓を隔てた私の前は、阿房列車の一番初めの「特別阿房列車」以来の椰子《やし》君である。

その隣りは菊マサ、まだ学生で一番若い。彼の亡父は昔私が学校教師として打ち込んでいた当時の私の学生で、勧業銀行の課長在職中に早死にした。私がいじめ殺した事になるかも知れない。その倅《せがれ》を連れ出して、こうして又お酒の相手になる。

菊マサの前、私の側の隣りはその名も高き雨男《あまおとこ》ヒマラヤ山系君である。

汽車はすでに品川を通り過ぎ、大森蒲田の辺りにかかって大分速くなって来た様である。そう思っている内に六郷川の鉄橋を渡る響きが食卓の上に伝わって来た。「あさかぜ」は「はと」や「つばめ」と同じ速さであるが、乗心地は少し違う様に思われる。車輛の所為《せい》か編成の工合か、それは私には解らないが、「あさかぜ」はぶるんぶるんぶるんと横にかぶりを振り、そのかぶりが割り切れない内にぐいぐいと前へ引っ張られて次第に速くなって行く様な気がする。食卓の上の銀器やお皿や杯もその振動を受けてスピイドを増し、列車と同じ速さで走って行くから取り落とす事もなくて難有《ありがた》い。

今度の旅行は阿房列車ではないと云ったが、雨男山系君が私の隣りにいて、汽車がいつもの通りに走って行けば、矢張りそんな気がする。どっちでも構わないが、今度はいつもの様に行く先に目的がないのでなく、用事があり従って予定がある。尤《もっと》もその用事なり予定なりを担っているのは同行の椰子君で、私や山系君は引っ張り出されれたに過ぎないから、つまり一緒に行きさえすればいいのだから、私の側には用事なぞない、いつもの通りだと思う事も出来る。

なぜこんな事になったかと云うに、私の家で一年半ばかり飼っていた雄の若猫が、さかりがついて出て行った儘帰って来ないと云うただそれ丈の事で、私は思って見た事もない深刻な経験を味わされた。

その猫は私の家のまわりのどこかの縁の下で生まれたのだろうと思う。その前から時時見掛けた野良猫の子で、お勝手から見える屏《へい》の上にいて大きくなり、親猫と列《なら》んで向き合ったり、じゃれたりしていた。

一昨年《おととし》の夏の終り頃、丁度乳離れがしたかと思われるその子猫が、お勝手の外の庭で柄杓《ひしゃく》を使っていた家内の手もとにじゃれつき、家内がうるさいから手に持った柄杓で追っ払おうとすると、それをまた自分に構ってくれるものと思ったらしく、一人で面白がって飛び跳ねて、跳ねた拍子に庭草の陰のこちらから見えない所にある水甕《みずがめ》の中へ落ち込んだ。

すぐに這い上がって来たが、そんな小さな猫がずぶ濡れになったのが可哀想だから、御飯に何かまぶしてやったのが始まりで、段段に家内の手から食べ物を貰う様になり、それで少しずつ大きくなって行くのを見ると可愛いくなった。

私も家内も、もともと猫好きと云うのではなく、猫の事は何も知らなかった。初めから家に飼ってやるつもりでその子猫に構ったわけではないが、暫《しば》らくすると、もう秋が深くなってうすら寒い日が二三日続いた時、その猫が風を引いて何も食べなくなったので、家内が可哀想がって一日じゅう、朝から晩まで抱き続けた。滋養になる様ないろんな物を取りまぜて与えたり、蜜柑《みかん》箱の中へ湯婆《ゆたんぽ》を入れて寝床を造ってやったりした。

二三日で又元気になったが、もうこの子猫を追っ払う事は出来ないだろうから、家で飼って育ててやろうと云う事になった。それには猫の名前をつけてやらなければならない。野良猫の子だから「ノラ」と云う事にした。

そのノラが大きくなって、一人前になって、無人な私の家の家族の一員になっていたが、その時から一年半ばかり経った今年の三月二十七日の昼間、家内に抱かれて庭へ出て木賊《とくさ》の繁みの中を通り抜けてどこかへ行ってしまったきり、帰って来なくなった。

一昨年《おととし》の初秋の頃の、夢の様に小さかったノラの事を思い、それから後の一年半の間のいろいろの事を思い出し、私はどこかへ行ってしまった、或《あるい》は家へ帰って来る事が出来なくなったノラが可哀想で、すっかり取り乱して、おかしい話だが、毎日毎日、昼も夜も泣いてばかりいた。

ノラがいなくなってから二週間ばかり経った四月の十日過ぎ、私の悲嘆の最も深刻だった時に、椰子さんから今度の旅行の誘引を受けた。

椰子さんは雑誌の編輯者である。編輯上の企画としての考えもあったに違いないが、一つには余りに取り乱している私にその話を伝えて私の気を変えさせ、私の好きな所へ行く旅行に誘い出して私の気分が落ちつく様に仕向けてくれたのだろうと思う。

その話を受けた時、私はすぐにその気になった。ノラの事で明け暮れが苦しくて堪らない。旅行の事を考えるだけでもいくらからくになるだろう。まだノラが帰らない今すぐにと云うのでは困るけれど、出掛けるのは二ヶ月先である。それ迄にはノラは帰って来るだろうと思った。

その二ヶ月が過ぎて、今こうして「あさかぜ」の食堂車で諸君と楽しい一献をしている。こんなうれしい事はない。しかしノラは未だ帰って来ない。今日も家を出る時、ノラはいないのだと思ったら、玄関外まで送って出た家内に、「それでは行って来るよ」と云う一ことを口に出す事が出来なかった。前へ向いた儘、頬を伝っている涙を見せない様にすたすた歩いて、門の外へ出た。

三

食堂車の窓の外はもう真暗である。どの辺りを走っているのかわからない。時時通過する駅の燈火が棒の様になって横に流れる。余程《よほど》速く走っているのだろう。又こちらもすでに大分廻って眼が曖昧《あいまい》になり、ちらりと見た明かりをすぐ捕える調節なぞ利かなくなっているに違いない。今どこを走っていようと、この汽車がどこへ行こうと構った事ではない。

外が暗いのは晩だからである。晩の闇を裂いて「あさかぜ」が走っている。どうも朝風という名前はおかしい。走って行けばその内に夜が明けて朝になるだろうから朝風と云うと云うのはこじつけで、人に無理を云っている様なところがある。

「いつお立ちですか」

「あしたの晩の朝風です」

この名前を決定した係りの諸氏は、こう云う挨拶で身体のどこかが撚じれる様な気持はしないのだろうか。東京発の下リは夕方六時三十分、博多発の上リは少し早いけれど、矢張り夕方近い四時三十五分、上リも下リも夕風を突いて走り出す。この列車は特別急行「夕風」とす可きであったし、今からでもお変えになった方がいい。

時間もよく解らない、どの辺であったかも見当がつかないが、私の前にいる椰子君が大分廻って来たらしく、傀俄《かいが》として玉山《ぎょくざん》まさに崩れんとする風に見える。進行中の列車のお膳の前で酔夢を貪《むさぼ》られては始末が悪い。菊マサに、寝台までお連れ申して片づけて来いと命じた。

じきに菊マサが帰って来たが、我我の食卓は四人席が三人になり、窓際の奥の一席が空《あ》いた。気がついて見ると長身長面の若い紳士が通路に起っている。車内は満員で、どこにも空いた席はないらしい。ただ私の所の、椰子君が御寝《ぎょし》なりに行った後だけ空いている。

「そこはよろしいですか」と彼が云った。

「どうぞどうぞ」と答えて菊マサを起たせて奥へお通し申した。

卓を囲んだ仲間の間へ知らない人が這入って来ては面白くないと云うのは初めの内の話しで、今はこちらがみんな御機嫌になっているから何の邪魔にもならない。又邪魔になぞす可《べ》きではないし、邪魔にしたって這入って来る者は這入って来るだろう。

邪魔にはしないが丸で知らない生面の人に話し掛けて、もてなすのも面倒である。ほっておいてこちらの話しの続きを続ける。

菊マサは借り出して来た写真機を大事そうに持ち廻っている。

「写せるのか」

「写せますよ」

そこで彼の参考の為に、山系君の技術を紹介した。山系君はこの前小倉から宮崎へ一緒に行った時、借り出して来た写真機で無闇に私を写した。私も成《な》る可《べ》くよく写りたいと思ったから、ステッキの構え方にまで一一《いちいち》気を遣って、彼のレンズの前に起った。

「三十幾枚撮《と》ったそうだ。東京へ帰ってから現像にやったら、フイルムは真白でなんにも写っていないんだって」

「どうしたのです」

「一番初めの一枚に三十幾つの写真がみんな重なって、そのフイルムだけが真黒になっていたそうだ。引き伸ばしと云うのは判を大きくするだけでなく、そう云うのを上から順順に一つずつ剝がす技術も発達しなければいかんね」

「そんな事は出来ないでしょう」

「だから君も写すなら、一枚ずつ写る様によく気をつけなさい」

「はい」

窓際の紳士が話しに釣り込まれて、こっちへ顔を向けてにこにこしている。だから杯を呈して挨拶を交わし、向うが差し出す名刺を受けた。窓際にいて窓井さん、私も窓際だから窓田ですと名乗った。

今度は窓井さんと話しがはずんで来た。彼は差押えの大家らしい。この旅行もその件で出張するところだと云う。

私は差押えの話しが大好きなので、乗り出した。

「何しろ滞納がひどいものですから」

「どの位あります」

「今のところ五百億円あります」

「そりゃ大変だ。そんなに溜まっていてはどうせ取れやしない。ほっておきなさい」

「そうは行きません。正直に納めた人が馬鹿を見ます。公平でなければならぬと云うのが私達の立ち場です」

「それはそうかも知れないが、要するにお金の事でしょう。取れもしないものに引っ掛かっているよりは、そんなものは諦めて、ほっておく事にして、その為に置いてある督促係や徴収係をみんな免職にしてしまいなさい。その方が手っ取り早い。全国の事だから随分人件費が浮いて、いくらかの穴埋めになるでしょう」

「しかし昨年度の滞納額は一千億あったのですよ。それが一年の間に半分になった、つまり五百億は取り立てたのですから、今の残りの五百億だってその内には片づけられるでしょう」

「これは又驚き入ったお手並みだ。それだけの腕に覚えがお有りになるなら、ぴしぴしとお取り立てになった方がいい。係を免職にするのは止めて給与を良くし、大いに優待して苛斂誅求《かれんちゅうきゅう》の実を挙げられん事を望む」

更めて一盞《いっさん》を献じ、こちらも杯を挙げて、窓井氏に対する敬意を表明した。

「一体、僕は税金を納めないで当り前の顔をしている、中にはそれで却って大きな顔をしている、そう云う奴は実に怪《け》しからんと思う。不心得な者を相手に手加減したり、控え目にしたりする必要はない。癖になる。仮借するところなく取り立てなければいけません。税額も成る可《べ》く多くなる様に算出して、遠慮なく課税するんですな。それが国家に忠なるゆえんであり、その局に当たる者の任です。しかしながら窓井さん、それはそうだが、そうだと思いますが、僕だけは御免蒙《こうむ》りたい。僕なぞにお構い下さらないで、どうか人様からぴしぴしお取り立て下さい」

汽車が揺れて、お酒が廻って、まだしゃべりたい。

「近頃の新聞なぞでよく我我が納めた税金を何に使ったのは怪《け》しからんとか、税金でこう云う事をするのは不都合だとか、以前は余り聞かなかった文句が出ていますね。あちらの真似でもあり、又そう云う風に言い立てるのが流行《はや》りでもあるのでしょう。納めたか、取り立てられたか、どっちにしてもこちらの手を離れたお金の行方をいつ迄も気にして見ても始まらない。税金、罰金、割り当ての寄附、お賽銭《さいせん》、縁がなくて手を離れたお金はもう他人の物で、お金に性格はないから何に使われてもお金がお金として通用するだけの話です。お賽銭櫃《びつ》から取り出したお金で坊主が女をこさえようと、神主が競馬に行こうと、こっちの知った事ではありませんからね」

汽車が轟轟《ごうごう》と鳴り、窓井さんがにやにやしている。聞いているのか、聞こえているのかよく解らないが、まだ云う事がある。

「税金を払ったとか、まだ払わないとか云うでしょう。あれは間違っていると僕は思う。税金は払うのでなく納めるのです。持って行って納める可きです。それは百も承知しているのですが、少し遅れて愚図愚図していると取りに来る。電気や瓦斯《ガス》の集金人とはわけが違いますけれど、やって来てお金を持って行く味は同じです。それが度《たび》重なれば習慣の様になって、今度来たら溜まっている中をこの分まで納めようと思う様になる。先方も親切にこちらの手許《てもと》の都合を汲んでくれて、それではこの次は何時《いつ》幾日《いっか》伺うから、その時はこの分までは都合しておいてくれと云って帰るのです。長い間円滑に行ってたのですが、去年の夏頃からぱったり来なくなってしまった。来月の半ばに伺うからと云って帰ったのが最後でした。来なければ来ないのが難有《ありがた》いから、そのつもりで用意しておいたお金をつい外の事に使ってしまう。それっきり到頭来ないのです。一体ああ云う所の諸君は一つ役所に余り長くいない様にしてあるのでしょう。しょっちゅう代るとしても、代る時にこれこれの家はいつ取りに行く事になっていると云う言い送り、引き継ぎをするかどうか解らない。ちっとも来なくて、いい工合だと思っていたら、いきなり、いきなりでもないが、固定資産税で差押えを受けました。ついこないだの事です。その後始末にはこちらから出掛けなければならない。元来税金は集金人を待つ可きでなく、こちらから行って納めるのが本筋です。だからそれでいいので文句はありません。僕は若い時から度度差押えを受けましたが、それは動産の差押えで、競売になった事もあります。固定資産税の差押えは不動産だから、書附けの上の差押えで、執達吏がどたどた這入って来るでもなく、物静かで、すっきりしていて大変よろしいが、もう御免蒙《こうむ》りたい。御免蒙るには税金を納めなければならないか。弱ったな。僕は人が税金を納めるのは大好きだが、自分は気が進まないのです」

四

翌《あ》くる日の朝十時頃、コムパアトの寝台で目をさました。もう下ノ関が近い。車窓の空は曇で、途中雨の所もあったらしい。冷房の加減は良く、肌がさらさらして気持がいいが、寝起きの気分は余り良くない。

「あさかぜ」は今こそ本当の朝風を突いて走っている。窓の外はもう田植えで、水を張った田の面に風が渡り、それがどこ迄も続いて車窓を明かるくする。今頃の季節にこの辺りを通る機会が多いので、走り過ぎる沿線の風物に馴染みが深い。

下ノ関に著《つ》き、関門隧道を抜け、門司に停まった後はもう博多である。お午一寸《ひるちょっと》前に著き、迎えに来ていた車でデパアトの何階かにあるホテルに落ちついた。

これで今日はもう何も用事はない。どこへも一歩も出るつもりもない。窓から見下ろす町の景色と、その向うの遠い山と右手にひろがる海とを眺めて、夕景を待つばかりである。

車中の同行四人の内、菊マサは博多にいる伯父の許《もと》へ行くのでホテルには泊まらない。何年振りかの帰省だと云う。それで一緒に連れて来たのである。その伯父と云うのは以前の阿房列車に名前の出た事のある賓也《ひんや》で、或《あるい》は水土と云う名になっていた事もあるかも知れないが、矢張り昔の私の学生である。菊マサはその家で二晩を過ごした後、私共がいる予定の八代《やつしろ》へ来て再び一行に加わり、帰りは又一緒になる事にしてある。

博多のホテルに落ちついて何も用事はないと云ったが、私は東京を立つ前から長い間床屋へ行かず、家でひげを剃る事もしないので、ひげも髪も蓬蓬《ほうほう》と伸び放題に伸びている。あんまり感心した風体《ふうてい》ではないから、博多に著いたらホテルでぼんやりしている間に散髪して、後の旅程をさっぱりさせようと思っていた。来て見ると丁度床屋のお休みの日に当っている。休《や》んぬるかな。ざらざらした頤を手で撫でて、あきらめた。それでますますなんにも用事がなくなった。

する事がなくて、ただ晩餐の食堂が開くのを待っている。そうなると中中時間が経過しない。九州の天道《てんとう》様の歩みがのろいのにじりじりした。その位なら、なぜ用もない博多へ来て泊まったかと云うに、それは明日の下り「きりしま」に乗って八代《やつしろ》へ行く為である。去年の十一月十九日のダイヤグラム改正以後、「きりしま」にはコムパアトが無くなった。だから車中で一夜を明かすには、若い者なら何でもないが、私な

ど は困る。その代り「あさかぜ」と云う速い、いい列車が出来たが、博多止まりの「あさかぜ」が博多へ著いた時は、「きりしま」はもう出た後である。「きりしま」は鹿児島行で、その途中にこれから行こうとする八代《やつしろ》がある。だから「きりしま」に乗り継げばいいのだが、出た後では仕様がない。今日の「きりしま」はもう行ってしまったが、明日の「きりしま」ならまだ来ないから間に合う。明日の汽車を待ち合わせる為に博多のホテルに泊っていると云うわけである。

博多から八代へ行くには、何も「きりしま」に限った事はない。外にも列車はある。「あさかぜ」の著後《ちゃくご》二十三分で発車する鹿児島行の普通列車があって、この前、去年の秋に八代へ行った時はそれに乗った。急行「きりしま」なら博多八代三時間のところを、その普通列車では五時間掛かる。時間の方はそのつもりでこちらもゆっくり、ぼんやりしていればいいが、各駅停車なのでその間の三十六の駅に一一みんな停まる。「あさかぜ」は東京博多の間で十五駅しか停まらない。距離にして博多八代は東京博多の八分ノ一ばかりである。その間で停車の度数は倍よりもっと頻繁である。汽車が停まれば乗っているこちらの身体のスピイドもみんな抜けてしまう。その上で又走り出す。又停まる。身体が疲れてくたくたになる。この前の経験で懲りたから、博多で一晩泊まって明日の「きりしま」を待つ事にした。何しろ急ぐ事はない。阿房列車ではないが、急ぎの用事があるわけでもない。

漸《よう》くホテルの夕方になり、つまり食堂の開く時間になり、呼んでおいた賓也を加えて食卓に著いた。もういいと云うから食堂に這入ったが、半晴の空に浮いた雲の切れ目から、西の海に入る前の夕日が、テーブルのこちらの私の顔へまともに照りつけて、落ちついた気持になれない。カーテンを引いてくれたけれど、カーテンの向う側にお日様がぴたりと顔を押しつけている様な気がする。後から、丁度いい工合にこちらの学校に来ていた耶麻多さんが我我の仲間に加わった。

五

翌朝、門司在住の写真技師小石清君がホテルに来て、我我の一行に加わった。この稿では文中に出て来る人の名前はみな仮名《かめい》を用いたが、小石清君だけはその儘の本名である。私も山系も初対面であって、旧知の椰子君から紹介された。それから四日三晩の間、同じ宿に泊まり、一緒にお膳に坐り、どこかに出掛ける時も同じ自動車に乗った。四日目の夜十時半、私共の乗った東京行の「西海」が門司に停まった時、小石君だけ一人、私共から離れて御自分の家へ帰って行った。しょっちゅう東京へも出て来るそうで、この次の東京での再会を期して別れの挨拶を交わした。

私は写真の事を丸で知らないから小石君のカメラマンとしての盛名を知らなかったが、東京に帰った後届けられた同君の仕事を見て、素人なりにその素晴しさに驚歎し、人人に見せて小石君を吹聴《ふいちょう》した。

門司駅で小石君に別れたのは六月二十一日である。それから十六日目の七月七日の朝、小石君は奇禍による怪我の為に門司の病院で他界した。その技術を惜しむ人は他にあるだろう。私は忽《たちま》ちにして断たれた彼との縁、四日三晩の明け暮れのまだその儘に残っている思い出を追って彼を彷彿する。

六

菊マサは伯父さん賓也の家に行っているが、小石君が加わったので又同行四人になった。支度をしてホテルを立ち、博多駅で昨日から待っていた今日の「きりしま」が這入って来るのを迎えた。いい工合に四人一緒の席があって「きりしま」の特ロ車に落ちつき、十時二十五分、定時に発車した。

今日はホテルのベッドの寝起きが良くて気分が軽く、何となく面白い。私は腹がへっている。ふだんならまだへる時間ではないが、今日はもう何を食べようかと云うことを考えている。私は腹がへっている情態が好きなので、腹がへっている間は愉快である。何か食べると萬事がつまらなくなってしまう。だから食べない方がいいけれど、しかし食べたい。朝起きてからまだ何も食べていないのだから、何か食べたくなってもおかしくはないが、いつもならお午過《ひる》ぎまで食べないのが普通である。今日は朝私が目をさました後、椰子君と山系君がホテルのルームサアヴィスのお膳を隣りの部屋へ持って来させて、うまそうに朝飯を食っているところをのぞいて見たのが目に残っている。それが羨ましかったので後後まで気になり、人のお膳を見たのが刺戟になって急激に私のおなかが空いて来たのだろう。

私はかしわ飯が食いたいと云った。とり飯の事である。いつか豊肥線の山の中の駅で買ったかしわ飯が大変うまかったので、九州へ来るとよく車中でかしわ飯を食べるが、初めの時ほどおいしくはない。しかし何か食べようかと思うと、先ずかしわ飯を思いつく。

次の停車駅で山系君が買ってくれた。そうして四人揃って一緒に食べた。椰子君も山系君も朝飯なぞ食わなかった様な顔をして綺麗に折を空けた。

汽車が気持よく走って行けば三時間ぐらいはじきに経つ。間もなく熊本に著いた。熊本まで凡《およ》そ二時間半、熊本を出れば三十分で八代《やつしろ》に著く。

度度八代《やつしろ》へ来るので、熊本と八代《やつしろ》の間の駅の名はみんな覚えてしまった。川尻、宇土《うと》、松橋《まつばせ》、小川、有佐《ありさ》、千丁《せんちょう》、そうして八代《やつしろ》である。六つの駅に急行は停まらない。しかしこの辺りは単線なので交換の為に時時急行でも臨時停車する事がある。そんな時にその駅名が目について、つい覚えてしまう。そのばらばらの記憶を去年の秋各駅停車の普通列車に乗った時、順序よく列べて一列の記憶にした。

この六駅のどの辺りだったか、はっきりしないが、余り熊本寄りでなく、八代に近かったと思われる田圃《たんぼ》の中に柳の大木が一本あった。進行方向の右側の窓に近く、走って行く汽車の響きが伝わるぐらいの所にあった様に思う。その柳を見る為ではないが、不思議にその側の窓際にいた事が多いので、八代《やつしろ》へ行く時はいつもその柳を見て過ぎた様な気がする。柳の根もとに小さなお厨子《ずし》があった様にも思われる。

何の気なしにその話をしたら、小石君が車中からその柳を撮《と》ると云い出した。走っている急行列車の中から写せますかと聞くと大丈夫写せると云う。

その柳が、どの駅を過ぎたら、どの辺にあると云う事がわかっていれば用意して待つ事も出来るが、どこにあったのか、ただこっち側と云うだけで判然しないのですよと云っても、その時あれだと云ってさえ下されば写しますと云う。

熊本八代《やつしろ》の半ばあたりから右側の窓の外を一生懸命に見詰めた。松橋《まつばせ》から大分来て、小川を過ぎ、有佐《ありさ》を通過してもまだない。線路に近い立ち樹はあっても柳ではない。千丁《せんちょう》を通過したからこの次は八代《やつしろ》である。もうないか、見落としたかと思っている時、山系君があれでしょうと云った。

私が小石君の方を向いて、あの柳、と云った瞬間に柳はもう窓の枠から外れていた。

その柳を小石君は写したと云った。飛んで行ってしまったではないかと云っても、大丈夫です、よく写りましたと云う。写ったかも知れないが、私はよくわからないけれど、開けて見たわけでもないのに、ちゃんと写っていると云えるそんな手ごたえの様なものがあるのだろうか。

小石君が柳を写した後は、もうすぐ八代である。みんな起ち上がって網棚の物を下ろしたり、降りる支度をした。

午後一時三十四分八代駅に著いた。博多は半晴半曇であったが、途中次第に雲が消えて八代は晴である。ホームで旧知の駅長と挨拶を交わし、馴染みの陸橋を渡って階段を降りた所の右手の改札口の、いつもと同じ位置に松浜軒の女中頭の御当地さんが起っている。会釈《えしやく》しておいてその儘駅長室へ落ちついた。落ちつくだけでなく、帰りの切符や急行券の事などを頼んでおかなければならない。

それから松浜軒に向かい、扉に乳鋲《ちびよう》を打った門を這入って玄関の沓脱ぎに腰を下ろした。また来たと思う。昭和二十六年の夏以来八回目である。いつもの座敷に通ると、お庭の吹上げの向うの空で雲雀が啼いている。

飛んでもない大きな長い脇息《きようそく》にもたれてすっかりくつろいだ。お池の水は涸《か》れてはいないが、浅い所は底が出ている。もっと水位の高い方がいいけれど、お天気続きだと云う話なので、それでは仕方がない。領主様の御威光なぞなくなっているから、外の田の水をお屋敷の中へ引いたりすれば百姓が怒ると云う話しを、いつぞや来た時支配人から聞いた。

夕方、暗くなるのを待ち兼ねて、我我四人に駅長さんを迎えて、お庭の暮景を見ながら一献を始めた。お池の中へ出島《でじま》の様になっている向うの森の繁みの間から、あたりは暗くなり掛かっているのに、いつ迄も夕日が洩れる。大きな欅《けやき》の幹が二本並んでいて、間ががに股の様になって空いている。その隙から赤味を帯びた金色の夕日がそちらに向いた私の目をぎらぎらと射す。

その内に真暗になり、お酒がよく廻って面白かった。面白い一皮下に、薄紙一重で遮ったこっち側にすぐ泣き出しそうなものがあって、いくら家を離れても、こんな遠方まで来ても何にもならないと思いたくなるのを、同座の諸君のお蔭でやっと制した。

さっきの柳の大木は、ここへ来てから聞くと「千丁の柳」の名で人に知られているそうである。根もとにお地蔵様があると云うから、何かいわれがあるのかも知れない。裸地蔵でなくお厨子《ずし》の中に這入っているか、屋根をかぶるかしているのだろう。車窓から私が見たところでは、柳の幹に食っついて小さなほこらがあった様に思われた。

七

翌《あ》くる日は快晴で、お池の水にささ波を刻む程の風が渡っている。遠い空の奥の方で夏の雲雀が啼いている。何となく遥かな気持で何となく悲しい。

お午頃、八代鴉《やつしろがらす》が二羽来てお庭の枯木の枝にとまった。ついノラの事を思い、涙が流れた。

午後、博多の賓也の家に二晩泊まった菊マサが松浜軒に来た。これで一行は五人になった。

それからみんなで出掛ける事にした。一行五人に案内役の御当地さんを加えて、先ず不知火《しらぬい》ノ海の白島へ行った。白島へはいつかの時、雨が降っている中を山系御当地と三人で来た事がある。季節外れの、真っ昼間の、雨の降っている不知火《しらぬい》ノ海へ来ても、不知火《しらぬい》が見える筈のない事は始めからわかっているけれども来て見た。今日はその海を背景にして小石君が写真をとると云うので来た。

白島から車を廻らして球磨川の下流の遥拝ノ瀬へ来た。磧《かわら》の上に鹿児島本線の鉄橋が架かっている。私はこの鉄橋を渡る汽車の中から、遥拝ノ瀬の白波と繁吹《しぶ》きを見た事がある。今その磧に降り、ごろごろした小石を踏んで水際に出た。小石君が何枚も撮った様であった。

松浜軒に帰ってから、お茶を立てて貰い、それから晩のお膳を待った。昨夜の駅長さんの代りに今日は菊マサがいるから、人数は昨日と同じである。

空はよく晴れているのに今日は欅《けやき》の幹のがに股から夕日も射さず、いつの間にか暮れてみんなと一緒のお酒がうまくない筈はない。しかし、外を出歩いて疲れ過ぎたのか、余り廻らない。その内ふとノラの事に触れて、お膳の前で泣き出したが、すぐに制して涙を拭いた。

寝た後も何と云う事なくノラの事が心に浮かび、目尻から涙が垂れて枕を濡らした。

その内に寝ついたけれど、又目がさめた。それから中中眠られない。漸《ようや》く寝たと思うと四時に又目がさめた。八代は東京より夜明けが遅いから、まだ外の明かりは射さないが、その後は切れ切れの眠りになってしまった。

お池の食用蛙の馬鹿馬鹿しい鳴き声が、今度は何となく悲しい。明け方近くなるにつれて鳴き声が盛んになり、堪えられぬ心地でうとうとした。一匹がいつも声を立て、別にもう一匹鳴いていた様である。以前の様に沢山はいないらしい。

朝の覚め際の夢に、小石川江戸川橋の矢来寄りの町角で、家内がノラを抱いて熱がある様だと云った。撫でて見ると毛が濡れてごわごわした手ざわりがした。

起きて見ると今日もお天気がいい。八代に足掛け三日いたが、到頭雨が降らない。お池の水が一ぱいでなくて物足りない。この前のいつかの時は、著いた日は水がすっかり涸れていたのが、泊まっている内に雨が降り出し、大変な大雨になって、立つ時はお池から溢れ出した水が縁の下まで上がって来た。今度は今日もこんなお天気だからもう見込みはない。挨拶に来た支配人も、山系様が入らしたら降るかと、それを当てに致して居りましたが、残念ですと云った。

午後松浜軒を立って、すぐ近くの松井神社境内にある樹齢三百十年と云う臥龍梅《がりようばい》の前で写真をうつし、八代駅に出て普通列車二二四で熊本へ向かった。各駅停車だが熊本までの間には私の暗記している六つの駅しかないから、走っている物が停まるから草臥《くたび》れるなどと文句を云う程の事もない。

八

熊本駅へ著いた途端に、この二二四列車はこの辺りでは時間の関係上通勤列車の役をしていると見えて、停車と同時に押し合って乗り込んで来る乗客の為、降りる事が出来ない。熊本人の不行儀にあきれたが、尤《もっと》も東京でも電車では同じ事を繰り返している。

その為、改札を出るのが随分遅れた。来ている筈の宿の迎えの車がいない。タクシイで熊本城址へ行き写真をうつす。この前、昭和二十八年にも八代の帰りに熊本へ寄り、一晩泊まって翌日豊肥線で立つ前、駅へ出る自動車を熊本城址へ廻らせたが、ひどい雨で車から降りる事は勿論、窓を開ける事も出来なかった。九州大水害の時で、その翌日熊本は往来で大人の胸まで浸したと云う洪水に襲われた。

熊本城址から宿へ戻って落ちついた。

広い立派な庭があるけれど、松浜軒と比較にはならない。夕方宿屋のお膳で一献中、何のきっかけもないのに、ひとりでにノラの事が思われて涙が止まらなくなり、昨夜の様に制する事が出来なかったので、諸君に失礼した。

翌朝起きて見ると雨が降っている。この雨が八代で降ればよかった。尤もまだ大した降りではないから、お池の水が増す程の事もないだろう。

午後宿を立って雨の水前寺公園へ廻り、写真をうつしてから熊本駅へ出た。五時十四分発の上リ「きりしま」で博多へ向かう。「きりしま」は東京行だから、この儘乗っていれば東京へ帰れる。しかしコムパアトがないので、博多で「西海」を待って乗り換える。七時三十六分博多著。それから「西海」が来るまで一時間半の余裕がある。ぼんやりしていて時間を潰すのは大いによろしい。しかし一緒の諸君は退屈だろう。こう云う時間を使って、駅の外へ出るなぞ禁物である。小石君が待合室の片隅にバアがあると云っていたから、そこで一ぱいやろうかと云う事になった。こんにゃく、なま揚げ、飛龍頭《ひりょうず》、ひりょうずはがんもどきの事也、冷奴、もつ焼、トースト、まだ色色ある。それでコップ酒を飲んで大変いい心持になった。「西海」の這入る時間が迫ったので、勘定奉行の山系君が勘定を命じて、お札を幾枚か取り出す手許《てもと》を見た隣りの若い衆が、わあっ、すごいな、と云った。山系君は落ちつき払って、何、団体だよ、と澄ましている。

団体の一行五人は「西海」に乗車してからすぐまた食堂車に入り、待合室のスナックバアの続きを続けた。小石君は大分廻ったいい御機嫌で門司駅のホームへ降りて行った。

食堂車の時間が過ぎてから切り上げてコムパアトの喫煙室に帰り、寝る前の一服をした。長い旅と云う程の事はないが、しんにしこりがあって苦しかった。もうこれで帰るのだからいい。子供の時に天王寺屋の藍甕《あいがめ》のにおいがする横町から裏門へ帰った。ノラは屛を伝って帰って来た。なぜ帰らなくなったか。

九

九時過ぎ大阪停車中に目がさめた。車中で寝ていると、汽車が停まって物音がしなくなった時、よく目がさめる。

沿線は曇である。名古屋の停車中、椰子君がホームへ出ている時、ボイが電報を持って来た。ボイの手許《てもと》を見て、はっとしたが椰子君宛である。家からノラが帰ったとの電報は到頭来なかった。

豊橋のあたりから車窓は雨になった。

夕方六時二十三分雨の東京へ著いた。ステーションホテルで解散のパアティをして帰る事にしてある。ノラが帰っていない事は解っているから、ロビイの電話を自分で掛けるのはいやだから、山系君に頼んだ。家内が留守中変りなしと云ったそうで、それで留守中の事は安心したが、変りなしとはノラが帰っていないと云う事でもある。

家へ帰って玄関に這入ったが、ノラはまだ帰らぬかと聞く迄もない。今日でもう八十八日目である。沓脱ぎに腰を掛けた儘、上にも上がらず泣き崩れた。

沿線の広告

今年もついこないだ九州へ行って来た。夏の初めの今頃になると汽車に乗って来たくなる。去年も丁度今時分、矢張り同じ方へ出掛けた。その前の年も行った。いつも田植え時分なので、車窓の外に水田がひらけ、苗代《なわしろ》が青く、田植えを終った田には水面から僅《わず》かにのぞいた小さな稲の葉が風に乗って揺れている。

沿線の風景はどこ迄行っても見飽きがしない。今度も東京を立つ時、夕方の汽車で行けば向うへ著《つ》く時間の都合がいいのを知っていながら、わざとそれより数時間前に、午後早く出る汽車を選んだ。それに乗っていれば、日暮れが近づいて車窓が暗くなるまで外の景色を眺めていられる。夕方出る汽車では、走り出したと思うとじきに外が暗くなって、なんにも見えないから汽車に乗った楽しみが半分に減る。

いい歳をした年配の相客が向うの座席で、発車と同時に漫画雑誌や二三種の週刊誌を、取り替え取り替え読み耽《ふけ》って顔も上げない。余程面白いに違いないが、六ずかしそうな本でも読んでいれば、その人は晩学なので勉強が足りなかったから列車の進行中に取り戻そうと勉めているのかも知れない。漫画や週刊誌ではそうでもないだろう。窓外の景色にはもう飽きて、或《あるい》は初めから何の興味もなく、そのつもりで持って乗った手許《てもと》の雑誌の方が面白いならそれも仕方がない。

山が重なったり離れたり、鉄橋の上手で川の流れが瀬になったり、鴉《からす》が飛んだり犬が走ったり、何でもない事が汽車の窓から見ると生き生きして来る。いつ迄もこちらはじっとしていて景色の方が目まぐるしい程に変化して行くから、眺めている内に放心した気持になる。その状態が何とも云われない。

ぼんやりした目に、路線から少し離れた所の田圃《たんぼ》の中や、低い丘の裾に立てた広告板が目につき出す。何が書いてあると云う事よりも、色色の趣向でよくもこんなに列《なら》べたものだと思う。何十里何百里、その間切れ目なしに続いているわけではないが、広告のある所には無闇に集まってせり合っている。それでは効果が少いのではないかとも思うが、寧《むし》ろいろんな広告が立ち列んだ中に交じった方が却って人の目を牽《ひ》くのかも知れない。その中で大変形勝の場所に、新聞社の発行する週刊誌の名前が麗麗と車窓に向かって立っていた。その新聞の紙上で沿線の広告を不都合だとする意見を読み、それが一度や二度でなく繰り返して力説していたのを思い出して、ますますそのいい場所に立っている広告の利き目をさとった。

沿線の広告は、目ざわりと云えば目ざわりで、無ければ無い方がいい。しかし世間で、新聞紙上などで、あんなに八釜しく云う程、汽車に乗っている人が外を眺めているだろうか。眺めると云うのでなく、疲れて、又は所在が無くて、ぼんやり窓の外へ目を移す。どこ迄も続く纏《まと》まりのない景色よりは、先《ま》ず広告の立看板の方が目につく。広告が景色の邪魔になる、景色を打ち毀《こわ》す、と云うのはうそで、景色は広告のまわりに、或《あるい》はその向うにある。広告を見たから景色に目が移ったに過ぎない。

どこだったか今はっきりその場所が思い出せないが、山陽線の下りの左側に美しい森があって、森がそのふところに抱きかかえた様な池の澄んだ水面が向うの樹蔭に湾曲している。汽車が走り過ぎるのが惜しい様な景色だと思う。そう思う前に、水面へ出鼻になった小さな岬の端に無遠慮に立てた広告板が目についた。そこは丁度全体の景色の中心になる肝心な所である。怪《け》しからん事をすると思う。しかしその広告が折角の景色を打ち毀しているから、景色が人の心に生き返って来ると云う点もある。景色を惜しむから印象が深い。広告があるので景色をそこなう。そこなわれているから覚えている。邪魔物がなかったら初めから人はそっちを見ないかも知れない。

沿線の広告は、人を怒らせながら、景色を見させる仲立ちをしている様でもある。

臨時停車

一　肖像画

初めに肖像画はどうだと云う話があったが、肖像画も悪くはない、描いて貰えば難《あり》有《がた》いけれど、今まで自分で考えて見た事もないので、そう切り出されると少し面喰う、小宮豊隆さんにも安倍能成さんにも立派な肖像画がある。どちらも安井曾太郎さんが描いたので、出来上がった画面を見れば、あんなのが自分にもあればいいと、そう思い詰めたわけではないが、有れば有ったに越した事はない。

しかしその出来上がる迄の話を聞くと滅多に肖像画を描いて貰おうなどと思い立つわけには行かない。長い期間、毎日時間をきめてその画家のアトリエに現われなければならない。光線の都合などもあるだろうから、その時間は八釜しいに違いない。或《あるい》は画家の家に何週間も泊まり込んで、都合のいい時間に画家の前に起ち、画家が絵筆を運ぶに任せる。

その間、一時間だか二時間だか知らないが、こちらは何もする事はないだろう。又何もしてはいけないだろう。ただじっとして、石の如くに静まり返っていなければならぬ。らくな姿勢で、と画家が云うかも知れないが、らくな姿勢を一時間も二時間も持続させるのはらくではない。私などはそうしている内にきっと脈搏の結滞を起こしてしまう。

結滞に一番いけないのはじっとして何かを待っている事である。人を待つのも物事の順序を待つのもいけない。人が約束通りに私の前に現われない、或はまだ約束の時間にはならなくても、こちらの都合が早くつき過ぎて、その時間になる迄をじっと待っていなければならない、そう云う時にだれが悪いと云う責任問題などではなく、どっちにしても待っていればじりじりして来る。手の平に汗がにじむ。人が相手でなくても、思った通りに事が運ばなければ矢張り同じ事で、何となく胸の中が不安になり、結滞が起こる。

気持が我儘だからそんな事になるのだろうと思う。しかし今更《いまさら》その我儘から直して掛かるわけにも行かない。同じ条件が揃えば同じ結果の結滞誘発に落ちつく事は大体わかっている。肖像画を描いて貰う為に画家の前にじっとしていて、画家の方では今日はこれ迄にしておくと云うまで便便と待つなぞじれったくて到底我慢が出来ない。又仮りに何とかかつき合って肖像画が出来たとしても、私の顔は小宮さんや安倍さんの様な六ずかしい顔ではないから、画面に面白味がなく、つまらないだろう。私の父は四十五でなくなったが、その数年前に郷里の日本画家に描いて貰った肖像画があった。掛け軸に表装して、暫らくの間座敷の床の間に掲げてあったが、その内に片づけてしまった。父自身がそれを見るのは気味が悪かったのだろう。私なぞもその掛け物の掛かっている床の間の方は余り見たくなかった。父はもっと若い時は藪睨《やぶにら》みであったが、後に眼科の病院に入院して直して貰ったから肖像画の父は人並みの目つきであるが、しかしどことなく癇走《かんばし》った顔で、台湾の生蕃を聯想《れんそう》させる様なところがあった。後に家が貧乏して酒税の差押えを受けた。その時父の肖像画も押さえられて、持って行かれた。父の在世中の事なので、父は自分の顔の絵を持って行かれて変な気持がした事だろうと思う。押さえた方も押さえた方で、生蕃めいた父の顔なぞ持って行って、そんな軸を床の間に掛ける物好きがいたのか知ら。

今度の私の肖像画の話は、九年前から毎年五月二十九日にやって貰っている摩阿陀《まあだ》会《かい》の申し出なのである。摩阿陀会は私の昔の教室の学生、学生航空の会長をしていた当時の飛行場の学生、その他その後に知り合った若い諸君と昔からの友人などが会員で、今年の当夜の出席者は五十五人であった。彼等は十年前の五月二十九日、私の誕生日に還暦を祝ってくれて、それから一年経った翌年の五月二十九日に摩阿陀会が出来た。還暦を祝ってやったのに、まだ片づかないか、まアだかい、と云うので摩阿陀会と称する。まだか、まだかを年年繰り返して九回重ねたら九年経って、私は数え年の七十、所謂《いわゆる》古稀に達したと云う事になる。満で云えば六十九、いやまだ六十八だとの説をなす者もあるが、人が折角寿《じゅ》を養ってここまで来たものを、はたから値切って引き戻して貰いたくない。還暦の後、摩阿陀会が九へんあってそれで今年は七十古稀の摩阿陀会、目出度《めでた》く祝ってやると云うから私も目出度く祝って貰う。

当夜の祝酒御馳走の外に、お祝いの記念品をくれると云う。その一案として肖像画の話が出たのである。しかし肖像画は前述の様なわけで貰う方の私の気が進まない。のみならず諸君の方でどう考えているのか知らないが、私も人から教わってはっきりしたのだが、油絵の画面はこれこれの大きさの一号が通り相場で大体いくら。肖像画なら少くとも二十号ぐらいの大きさがなければならぬとすると、その一号分の二十倍ならすでに大変な金額になる。しかもそれは普通の値段或は謝礼の計算であって、もし私が描いて貰うとすれば、小宮さんや安倍さんの安井画伯はもういないけれど、私にはまた私の名指しでお願いしたい画家がある。その人を煩わすとなれば謝礼は右に計算した額では済まない。摩阿陀会の申し出を受けて、又描かれる間の辛抱を覚悟するとして、それでは肖像画を頂戴したいと云ったらどうなるだろう。どうもならない事がわかっているから、そんな話は止めにしよう。

お祝いの記念品は何も肖像画に限った事はない。その他の物を物色したが、近年はその年の摩阿陀会の度《たび》に色色の記念品を貰っている。古稀のお祝いの記念品としては、趣向を変えて無形のプレゼントを頂戴したい。摩阿陀会のお祝品として僕は九州へ大名旅行をして来ると云った。

当夜になって新橋駅階上の日本食堂の宴会場で、縦長《たてなが》のコの字型に居流れた五十何人の諸君の席から離れた向うの壁際に、年年の摩阿陀会の肝煎《きもい》り三人が物物しく列んで起った。昔から儀式や祝典や葬式の時にする「此間奏楽《このかんそうがく》」には、持ち込んだのか借り出したのか知らないがレコードを鳴らして、それに足拍子を合わせる様に三人が歩き出し、静静と正面の主賓席にいる私の方へ近づいて来た。

起立して大変立派な水引の掛かった奉書の目録を貰った。目録だろうと思ったが、手に受けて見ると中身が這入《はい》っているらしい。奉書包みの重みでわかる。恭しく戴いて著座した。

さて思うに包みの中は随分な金高である。旅行と云うプレゼントを受けるに就《つ》いては、いい加減にお金を貰って、その範囲で旅行して来ると云うのではない。「旅行」を貰うのであって、お金を貰うのではない。だからその旅行に要すると思われる費用はあらかじめ見当をつけて肝煎《きもい》りの側へ通じておかなければならない。行く先は度度《たびたび》出掛ける所なので、その見当はすぐにつく。奉書包みの中身は開けて見なくても解っている。

お祝いにくれる物ならお金だって貰ってもいい。しかし今度は初めからの話で旅行を貰ったのであるから、近日中に出掛けてこの中身のお金をつかって来なければならない。そうでなければ旅行なぞ止めて、これだけのお金を身辺の用に充てる。暫らくの間、随分いい目が見られるだろう。丸っきり旅行を止めなくても行く先をもっと近い所に変え、幾晩も泊りを重ねるのを一晩か二晩に端折ればお金が残る。それを遣って古稀の頤《あご》を撫でているのも妙ならずとしないが、それでは話が違うから行って来る。

二　出発

今頃は天気予報によると早い梅雨の走りで、しとしと雨が降っている筈なのに、毎日晴れ上がった上天気が続き、照りつけるから気温が上がって連日三十度を越している。

摩阿陀会の晩から三日目の六月一日、今日も快晴で暑い。午後一時半東京駅発の三九列車急行「西海」で立つつもりである。

そのつもりで昨夜寝に就いたが、どう云うわけだか丸で寝つかれない。汽車に乗るのがうれしくて眠られないなどと云うのではない。何も考え込んでいる事はなく、頭に引っ掛かっている事もないのに、どうしても寝つく事が出来ない。夜半過ぎ一時半に床について朝八時を過ぎてからやっと眠った。

それからいつもの通りにゆっくり寝続けては汽車に間に合わない。十時にはもう起きた。二時間しか寝ていない。寝不足が一番こたえるたちなので、起き直って一服しようとすると、頭がくらくらする。

同行の山系君が来て、お互に必要な物を鞄《かばん》に詰めた。度度の事なので馴れているから、簡単に旅具が纏《まと》まる。

少し早目に、十二時半に家を出た。歩くと足許《あしもと》がふらふらする様である。

行く先は肥後の国八代《やつしろ》、昭和二十六年以来今度で九へん目である。八代まで行くには、東京駅で乗った儘、乗り換えなしで直行する急行が二本あるけれど、いずれもC寝台ばかりでコムパアトがないから、大名旅行には適しない。コムパアトに寝て行くには博多で乗り継ぎしなければならない。

乗り継ぎの都合はその時時のダイアグラムによって違うけれど、今は大変便利になっている。夕方六時半に東京を出る博多行特別急行「あさかぜ」に乗れば、博多ですぐに八代鹿児島行の急行「さくらじま」に乗り継ぐ事が出来る。「あさかぜ」の著から「さくらじま」の発まで四分間しか間がない。用事があって汽車に乗り八代へ出向くのであったらこれに限る。

なぜその便利な接続を避けて、「あさかぜ」より五時間も早く発車する「西海」に乗るかと云うに、夕方出る「あさかぜ」はこの頃の様に日の永い時でもじきに窓の外が暗くなってしまう。又丁度その時間なので発車と同時に食堂車で一献始めると云う事になる。それは悪くないが走り出すとすぐに外の景色が暗闇に沈んでしまうのでは、汽車に乗った楽しみは半分に減る。一時半の「西海」なら暗くなる迄何時間も外が眺められるし、早目に食堂車へ這入っても、お酒が廻るのと沿線に夕暮が流れるのとの兼ね合いが一層旅情を深めるだろう。その上「西海」は普通急行なので、「あさかぜ」より五時間先に東京を出ても、東海道山陽道を走る間に段段に追い詰められて、博多に著《つ》いた時は時間の間隔は一時間足らずになっている。つまり博多で一時間足らず待てば八代鹿児島へ行く「さくらじま」に乗り継ぐ事が出来る。だから私は「あさかぜ」を避けて「西海」を選んだ。

早くからホームに出て「西海」の這入《はい》るのを待ち、三十分ぐらい前に乗り込んだ。ゆっくり座席に落ちついて、眠れるものなら居眠りがしたい。居眠りでなくコムパアトに這入れば長長と寝る事も出来る。しかし洋服を著て横になるのは面白くない。又昼間のコムパアトは陰気だから寧《むし》ろ座席とテーブルのある隣室の窓際でくつろいだ方がいい。

こうして乗ってしまえばもう何も気に掛かる事はないし、いつも一緒の山系君はいるし、山系と云う人はいるのか、いないのか判然しない様な人だから、そのどちらでも御本人のお心まかせに振舞って貰うとして、走り出したらすぐにも居眠りを始めたい。しかし暑いので閉口する。車内の柱の寒暖計は三十二度を示している。

ボイが来て挨拶する。暑くて困ると云ったら、発車と同時に冷房が通りますからそれ迄の御辛抱と云う。思いも寄らなかった事で難有《ありがた》い。しかし列車の冷房は六月十五日からと云う事になっている筈で、半月も早いではないかと云うと、規定はそうなって居りますけれど、冷房は暑いから通すので、暦の上の何日からと云うのは意味はありません。寒暖計の何度からと云う方が本当で御座いましょう、と大分自慢らしい口調であった。

全くお蔭で助かった。このサアヴィスは難有い。コムパアトのあるA寝台B寝台の車室には扇風機が取り附けてない。隣りのC寝台や二等の車室には扇風機が廻っている筈で、網戸もついている。こちらの窓は二重窓で、一寸《ちよつと》開けるのも容易でない。冷房の為にそうなっていて、それで冷房が来ていない儘三十何度の暑さを閉じ込めたのでは堪ったものではない。今はまだ暑いけれど、走り出せば涼しくなるとわかっていれば我慢する。

窓の外に、嘉例の見送亭夢袋《むたい》氏の外二三人の見送りの顔がある。見送られる程の旅立ちではないが、今日は日曜日ではあるし、又今度の旅行に就いては摩阿陀会の席上大体の心づもり、スケジュウルを諸君に話したから、ひまな人は物好きにふらりとやって来たのだろう。

定刻になって、するすると動き出し、それ等の顔をホームに残して窓を閉めた。さてこれからじっとこうしていればいい。外の景色をぼんやり眺めている内に眠くなるだろう。静岡で蝙蝠傘《こうもりがさ》君が駅に出ると云っていたそうだが、それはまだ大分先の事である。

三　刈谷

今度の旅程は、今日はこのまま夜になればコムパアトで寝る。明日の晩は八代《やつしろ》の松浜軒に泊まる。明後日ももう一晩泊まる。その次の日、六月四日に八代を立ち、博多で又この「西海」の上リに乗り換えて車中で寝る。

そうして車中に五日の朝を迎える。朝の十時十四分、この「西海」は東海道刈谷《かりや》に一分停車をする。刈谷駅に停まる急行は三本しかない。「西海」はその一つである。刈谷には駅の構内、遠方信号のこっちに宮城道雄遭難の遺跡がある。遺跡と云うにはまだ生ま生ましい、宮城さんが列車から落ちた線路の傍を、私は自分の足で歩いて来たいと思い立っている。五日の朝は刈谷駅で下車して駅の人を煩わし、案内して貰ってその地点へ行って見ようと思う。今度の旅行のつもりを立てた初めから、刈谷へ下車する事を予定している。しかし刈谷駅へは汽車を降りてお邪魔するまで黙っていようと思う。忙しい人人に私の思いつきを前前から予告する様な事になるのも大袈裟だし、第一、そう思ってはいるが或《あるい》は寄らないかも知れない。寄らない事にしたらその儘「西海」にじっと乗っていれば夕方早く東京へ帰り著く。なぜ寄らないかも知れないと云う事を考えるか。宮城さんがああ云う奇禍で刈谷の線路際を終焉《しゅうえん》の地としてから、すでに丸二年経っているが、私がそこへ行って自分でその場所を歩いて来ると云うのは、或はまだ早過ぎるかも知れない。私はいい歳をしていながら、つらい事に堪性《こらえしょう》がない。それに堪《た》えられないのを知っているから、宮城のお葬いにも行かなかったし、お家の人を弔問もしなかったし、あれ以来まだ一度も宮城のうちへ足を踏み入れた事がない。今度もそう思っていても、或はその場になって勇気が挫けるかも知れない。寄らずに帰るかも知れない。

しかしもう二年経っている。宮城家への御無沙汰は勘弁して貰うとして、遭難の場所を弔うぐらいはしてもいいのではないか。私が行ってもそこいらに風が吹いて草の葉が動いているだけで、宮城は何も云わないから大丈夫だろう、とも思う。

四　夕空

発車する迄三十二度あった車中の温度が、走り出して暫らくするといい気持に涼しくなって来た。起って行って柱の寒暖計を見ると二十五度に下がっている。肌がさらして気が落ちついて眠れそうだが、中中寝られない。どうも居眠りは余り得手《えて》でない。藤沢から先はいつか敷き換えた継ぎ目無しの長尺レールだそうで、丸で滑る様な速さで走って行く。ステーションホテルの石崎が会社の用事で小田原まで行くと云うので、急行券を買い足してこの汽車に乗っている。後部の車室にいて時時こっちへ話しに来る。相手になっている山系君はお蔭で寝られないだろう。尤《もっと》も寝る必要はないので、私が黙っていれば寝ると云うだけの事だから、相手があって寝なければそれ迄の話、お気の毒など云う筋はない。

小田原に著いて石崎が降りて行った。その前後から私の方が少しうつらうつらしていたらしいが、はっきりしない。寝た様な気持はしないけれど、寝たのかも知れない。丹那を越して沼津を出て富士を出て、馴染みの由比《ゆい》が近くなった。浜辺の防波堤が段段に完成して波打際を眺める邪魔になる。天気がよく波が綺麗で、繁吹《しぶ》きをかぶる渚の黒い岩が防波堤の切れた所から隠見する。

食堂車の女の子が来て、お茶でも飲みに来いと案内する。私や山系君を知っている様である。いつかの阿房列車で覚えられたかも知れない。今は行かないが、後で静岡を出たらすぐに行くから、二人席の小さいテーブルを一つ予約にしておいてくれと頼んだ。静岡は四時半で夕食にはまだ早いが、寝不足の不安な気持を拭うには一献を始めるに限る。早過ぎると云う事で山系君に異存はない。

静岡でホームに出て蝙蝠傘君に会い、その足でホーム伝いに食堂車へ行った。間もなく発車してから、今度のこの目出度《めでた》い旅行の為に杯を挙げたが、昨夜の寝不足が変な工合に祟《たた》っている様でお酒がうまくない。味がないと云うよりは胸の中が受けつけない様である。こんな時強いて飲むと後がいけないにきまっている。お酒をあきらめてその方は山系君に一任し、スタウトを少し許《ばか》りとジョニウォーカーのハイボールとホットを一杯ずつ飲んでそれで止めた。食慾は丸でない。誂《あつら》えたお皿を目の前に置いた儘でバナナを半本ケーキを半顆やっと食べて、それでお仕舞にした。

廻らないなりにまだ食卓の前にいる時、窓の外には薄《うっす》らと夕暮れの色が流れて来た。六時五十五分の刈谷駅著の一寸前に、山系君が不意に手を挙げて窓の外を指しながら、「あっ、あれです」と云った。

私は進行方向に向かって坐っていた。だから私と向き合っている山系君は、その前を汽車が通り過ぎてから指差したのである。何だと思って振り返った私の目に線路際に立った白木の太い柱が映り、宮城道雄と云う字が読めた。その上にも下にもまだ外の字があったけれど、気がついたのが遅かったので走り過ぎる窓からは読み取れなかった。

ああ、ここだったのかと思った。そこはすでに刈谷駅の構内なので、そうしてこの「西海」は刈谷に停車するので徐行しかけている。それから停まって、すぐに出たのだろう。その前後の事を丸で知らない。覚えていないのでなく初めから頭に這入《はい》っていない。ただ、今見た白い柱が目先にちらつき、あすこなのか、あすこだったのかと思う。涙が止めどなく流れ出して、拭いても拭いても切りがない。前にいる山系君はわけを知っているからまあいいとして、テーブルの傍を行ったり来たり、こっちへサアヴィスに顔を出したりする給仕の女の子に恥ずかしい思いをした。

この旅行の帰りに刈谷へ降りようと思い立って来たが、まだ早過ぎたかも知れない。立つ前のつもりでは、刈谷のその線路のわきを歩き、供養塔に供養した後、その晩は刈谷の宿屋へ泊まって、お経を上げて貰ったお坊さんと、駅のその時世話になった人をよんで御馳走しようと思った。それ等の人人と一晩の酒盛りをする。興到れば或《あるい》は宮城さんもその座に加わるかも知れない。そう云う事の好きだった故人への回向《えこう》であり供養であり頓證菩提《とんしょうぼだい》の為だと思って来たが、さっきの遭難の柱を見た今ではそれは飛んでもない思いつきで、到底私に出来る事ではない。帰りに刈谷へ寄るのはよそうかと思い出した。線路際の夕空の下に起った柱の悲しさ、わざわざ汽車から降りて、そのまわりをうろつく勇気は私にはないだろう。

五　二夜

朝九時半の下ノ関まで寝た。夜中に何度も目がさめたが又寝続けて、結局昨日の寝不足の不安は綺麗になくなった。

博多で一時間許り待ち合わせて、京都発鹿児島行二〇三列車急行「さくらじま」に乗り継いだ。走り出してから暫らく行くと、向うの山の上に白い雲が出たが、明かるいから大丈夫かと思ったけれど、三時七分八代著と同時にホームで雷鳴を聞いた。いつも改札の外に起って待っている御当地さんが、珍らしくホームに出迎えた。雷に伴なって降り出した、雨の音を聞きながら、先程も一雨ありました、こないだ内ずっとお天気続きだったのに、山系様がお見えになると云えばすぐに降ってまいりました、と雨男山系の顔を立てる様な挨拶をした。

馴染みの道筋を通って松浜軒に落ちついた。松浜軒の門の前の道は、その門に入るだけの行き止まりであったのが、今度見ると向うまで延びて普通の道路になっている。家の中にいて、その道を自動車が通り過ぎる音を聞くと不思議な気がしますと御当地さんが云った。

庭にかこまれたいつものお座敷にくつろぐ。畳替えの後の新だたみである。畳廊下の畳も新らしい。お庭の手入れも行き届いてすがすがしい。池は満水ではないけれど、去年来た時よりは水位が高い。来たいと思った所へ来て、これで今日明日何もする事がなく、のうのうしていればいい。欠伸《あくび》が出れば出せばいい。しかし去年の時の様に、余り痛烈な欠伸を続けると苦しくなるから、その加減をしよう。飛んでもなく大きな脇息《きょうそく》に靠《もた》れて一服した煙を長く筋にして吹く。

駅で二つ聞いた雷の続きが、この上にかぶさって来たらしい。本式の雷雨になった。萬事申し分なくいい境涯を楽しんでいる所へ、雷は困る。きらいなのではなく、こわいのだから、ごろごろ鳴り響くと段段に不安になって来る。

お池の食用蛙が頻《しき》りに鳴き立てる。いつも聞けばおよそ馬鹿馬鹿しい声が、雷気を帯びた中では凄味があって気味が悪い。お池の水の中から雷を呼んでいる様に思われる。

お庭が広いので空が広いから、雷の轟くのが一層こわい。次が鳴るのをひやひやした気持で息を詰めていると、薄暗くかぶった雲の裏に昼の稲光が走った。ここへ来て、夜寝ている時に雷が鳴った事はあるが、こうして昼間脇息に靠《もた》れた儘で雷様と向かい合うのは今日が初めてである。四時半から五時頃まで一先《ひとま》ず止み、薄雲の裏で雲雀が啼き出した。八代鴉《やっしろがらす》が吹上げの松の木の枝に来て、三声目を著しく下げる妙な節で鳴き続ける。

一たん止んだ雷雨が又盛り返し、前よりはひどく鳴り出した。しかしその内に不知火《しらぬい》の海の方へ行ってしまって、夕空が軽くなったのがわかる様な気がすると同時に、御馳走の膳の上が鮮やかに明かるくなって、昨夜の列車食堂に引きかえお酒の味がよく、いい心持に廻って来た。

その後ぐっすり寝込んで寝続けて、お午《ひる》まえ十一時頃目をさました。起きてもいつもの通り何も食べないけれど山系君は向うの座敷で朝の食事を済まし、新聞でも読んでいるのだろう。

食べたくないから食べないので我慢しているわけではない。私は食べなくていいが、人が何を食ったかは興味がある。ふらりとこちらへ戻って来た山系君に何を食べたかを尋ねる。事こまかに、根掘り葉掘り問い質《ただ》していると、聞いている内に口の中がすっかり濡れて来て、つい唾を呑み込む。しかし欲しがっているのではない。山系君の話を聞いただけで私の朝の御飯は済んだ事になる。夏蜜柑《みかん》の絞り汁と炭酸水と、それから薄茶を立ててくれたのをお目ざにして、後は口を拭って知らん顔をしている。

午後いつも来る度に呼ぶ床屋を呼んで貰ってひげを剃らせた。それからお屋敷内の向うの方にあるお住いの中庭に案内されて、鵯《ひよどり》、黒鶫《くろつぐみ》、緋連雀《ひれんじやく》、大瑠璃《おおるり》、懸巣《かけす》、啄木鳥《きつつき》その他二十余種の小鳥と、浅い泉水に放った黒い緋鯉を見せて貰った。

その時、屏《へい》際から往来を越えた向うの空に、又昨日の様な雷雲が出ている様に思われて気になった。一たんこちらのお座敷に帰った後、もう一度その雲の様子をよく見て確かめたいと思い、門の外へ出て空を眺めるつもりで玄関へ降りた。幅の広い大きな硝子戸《ガラスど》を開けようとすると鍵が掛かっている。昼日中から正面の玄関が締め切りになっている。今は休業中なので人を入れないと云うのだろう。私共はその中へ特別に請《しょう》ぜられて昨日も今日も勝手な我儘をしている。

六　松浜軒

翌《あ》くる日、六月四日のお午十二時半に松浜軒を立った。立つ前、北の広い空で雲雀が頻りに啼き、お庭の木の枝に八代鴉《やつしろがらす》が何羽も来て鳴き立てた。

今度が九へん目であったけれど、また来たいと思う。しかし今までの様に出掛けて来るのは或《あるい》は困難であるかも知れない。今年の早春御当地さんが東京へよこした便りに、今年一ぱいで松浜軒の旅館営業はおやめになるかも知れないとあった。今日立つ前の支配人の挨拶にもその話があって、しかしお気が向いたら又お出掛け下さい。営業はやめていても、当家のお客様としてお迎え申すと云ってくれたが、そうなると旅館の玄関を這入るよりは敷居が高く、跨《また》ぎにくいだろう。又それを強いて跨ぎ越していいものか、どうか、それは今からわからない。

松浜軒は昭和二十四年九州御巡幸の時の行宮《あんぐう》になった後、二十六年から旅館営業を始めた。営業と云っても士族の商売どころか殿様の商売なので埒《らち》はあかなかったに違いない。国有鉄道監修の時刻表に載っている交通公社協定旅館のリストにすら一度も名前を出した事がない。威張っているわけではないのだろう、しかし何となく普通の様ではない。使用人、出入りの職人、床屋写真屋にいたる迄すべて昔の御家来筋である。御主人を旦那様とは云わない、極く自然に軽く殿様と呼んでいる。お庭は熊本県指定の史蹟名園となっている。建物にも、乳鋲《ちびょう》のある門にも何百年の由緒がある。うろうろすればお手打ちになる様な気配がある。

昭和二十六年の春旅館営業を始めたそのすぐ後、初夏の「鹿児島阿房列車」の帰り途に、私と山系君は初めて八代へ降りて松浜軒に泊まった。それが皮切りで、以来足掛け八年、丸七年の間に九回、この同じお庭に向かった同じお座敷にお邪魔をしている。

その間に初めは二本あった吹上げの松の大木が一本は枯れた。残った一本も怪しいと思って来る度《たび》に心配する。しかしいつぞやの颱風《たいふう》で折れた大枝が、ぶら下がったなりで青青とした新らしい葉を出した。今度来てそれを見て安心した。つながった皮から養分が伝わるのだろう。

心配なのは松の木ばかりではない。旅館としての松浜軒がいつ迄続くのか知らと心許なく思われた。九へんの内、外の座敷に相客のあった事は一二度しかない。静かで我儘が出来て大変結構だが、いくら殿様の御商売とは云え、どうも気に掛かる。果してそうだったので、今日の支配人の話によると、よかったのは開業当時の半年だけ、後は商売にはなっていないと云う。この状態をいつ迄も続けるわけに行かないから、今年一ぱいで清算をつけたいと思う。差し当り先月以来臨時休業と云う事にして営業していないが、格別の御贔屓《ごひいき》でお越し戴くのだから、そう云う事に拘らずお迎え申したと云った。

御当地さんが駅まで送って来た。又今度が九回目のその最初の時から、八代へ来る度にいつも頼んだ老赤帽もホームに起って見送ってくれた。もう大分歳を取っている。そうは云ってもまた来る折があるか知れないが、何しろ達者でいろと彼の為に念じた。

一時十九分発の急行二〇四「さくらじま」で八代を離れた。間もなく窓外に千丁の柳を見た。一昨日来る時も見た。柳の根もとにお地蔵様があるわけは、その下を流れる用水路の水深が深く、線路は近い。地蔵尊を祀《まつ》れば今後間違いがない様に守って下さるだろうと云うので、有志が建立した、と云う事を今度初めて聞いた。

汽車は快晴の空の下の肥後平野を走って博多に向かう。思い直して明日は矢張り刈谷へ寄ろう。但し刈谷の宿屋に一泊するのは止める。その元気はない。駅の人やお坊さんをよんで一献すれば、どうしてもその時の話に深入りする事になる。それを聞いている自信は私にはない。ただ寄るだけにしよう。その場所へ行って、その辺を歩いて、坊さんを呼んでお経を上げて貰って、それですぐに東京へ帰ろう。

博多に著《つ》いて、上りの「西海」を待ち合わせて乗り換えた。刈谷は明日の朝の十時十四分である。寝る前の一献のつもりで食堂車へ行ったが、今夜のお酒も廻らない。食事もあまり進まない。いい加減に切り上げて車室に帰り、寝る事にした。

寝台の寝心地が悪かったわけではないが、前後不覚と云う風には行かない。頻《しき》りに目がさめる。目がさめて、今まで寝ていたのかと思う。零時一分発の広島を出たのは知っていた様な気がする。上リの広島から先は、昼間通っても退屈な沿線である。窓を閉めてカーテンを下ろして寝ていれば同じ事だが、それでも今頃は退屈な闇の中を走っているのだなと思う。だから寝てしまえばいいが、中中寝られない。寝られないと思っているのに何かの拍子で目がさめる。それでは今まで寝ていたのかと思い返す。

ごうごう闇の中を走っていた汽車が、すうと停まった。駅に著《つ》いた様ではない。それまでうつらうつらしていたかも知れないが、辺りが不意に静かになって、ひどく静まり返って、物音一つしなくなったら急に気持がはっきりして来た。目が冴えてもう寝られない。どうしたのだろうと気になる。事故なのか知ら。しかし何の衝撃もなく、すうと静かに停まったなりでいる。ここはどこなのか、寝ていては見当もつかない。

それがその儘の状態で二時間ぐらい続いた。朝になって聞くと、広島と糸崎の中間のどこかの踏切で、この列車の前を走っていた貨物列車がトラックにぶつかり、その事故で後の列車が進めなくなったのだそうである。

その間私は目をさましたなりで寝ていた。余りに静かなので、時間が経つにつれて少し不安になって来た。人を一ぱい乗せた儘、長い列車が真夜中の山の間か畑の真中かに伸びたなりでこうしていると云うのは無気味である。

車窓の稲光り

お午頃《ひる》に博多を出た東京行の特別急行列車が、快い轟音を立ててごうごうと走って行く内に、狭いコムパートの中で時が過ぎ、もう外は薄暗くなって来た。同室のヒマラヤ山系君をうながして二三輛先の食堂車へ来た。丁度今その時刻である。席があるかどうかとあやぶんだが、幸い向かい合いの二人卓が空いていた。そこに落ちつき、もうこうなれば天下泰平国土安楽である。ついお酒が廻って、旅行は楽しいものであると、しみじみ思う。

しかし、その中に在って一つひどく気になる事がある。通路を隔《へだ》てた向う側の食卓の窓に、時時鋭い稲光りが射す。大体汽車に乗っていれば雷様はそれ程こわくないものだが、あんまり窓近くでピカピカやられては矢張り不安である。

そう云えばお午頃博多を立つ前から、ホームに起っている頭の上で、相当強い雷鳴を聞いた。九州ではよく東支那海の低気圧に乗った雷雨に襲われる様だが、今のこの夕方の食堂車の窓にピカピカするのは、それとは関係はないだろう。どこかこの辺りに発生した雷雲のなせるわざに違いない。相当近い様だが、幸い列車の轟音に消されて、じかに雷鳴は聞こえない。

煌煌《こうこう》と明かるい食堂車を取り巻く窓はみんな墨を塗った様に暗い。今どこいらを走っているのかわからないが沿線の明かりがあまり見えない。私と山系君の占める食卓の向う斜の窓に、頻《しき》りに稲光りが走る。ピカピカ、チカチカと窓を突き刺す様に光って消える。いい心持に御馳走を食べ、大分お酒も廻って来たところだが、稲妻の饗宴となっては、心安らかではない。

私共のテーブルと、稲光りが頻りに走る暗い窓の間の四人掛けの食卓に、一団のお客が著座《ちゃくざ》している。いつその席へ来たのか、こちらが気がつく前からいたのか、よくわからないが、三人は今の新制中学の卒業生らしい年頃で、もう一人は彼等の先生であると見受けた。

彼等はその頃の列車の等級別から云えば三等車から、この食堂車へ出て来たらしい。何か茶菓を前にして、四人はむつまじく、楽しげに団欒《だんらん》している。稲妻の光る食堂車の中の生徒達と先生。何と云ううれしい光景であろう。こちらが少少廻っていて、敏感になっているところへ、痛いものにさわられた様な感激を覚え、何度も思い返し、躊躇《ちゅうちょ》した挙げ句に、ボイを呼んでそのテーブルへちゃんとしたケーキとレモン紅茶を運ぶ様命じた。

又山系君にそっちへ行って、お茶を召し上がって戴きたいと思ってボイに命じました。よろしかったら、どうぞと云って先方に失礼がない様に挨拶してくれと頼んだ。矢っ張り酔っ払いの大袈裟な仕業《しわざ》だったに違いない。しかし幸い向うでも快く受けてくれた様であった。山系君が座に帰ってから伝えるところによれば、連中はこの春鹿児島の中学を出た卒業生とその受持の先生で、彼等は東京で就職する為上京する。それに附き添って一緒に東上する先生の一行であった。長旅の車中のつれづれに、宵のお茶受けを楽しもうと食堂車に出て来たところであった。

よい先生、いい生徒達、彼等はこちらの差し出した茶菓を綺麗に平《たい》らげて、その内に席を起ち、私共の方に一礼して食堂車を出て行った。

私と山系君はまだ神輿《みこし》を挙げなかった。その時分が一番いいところで、他の客に早ぐ席を空けろとせっつかれるでもなく、ボイなども構わずほっといてくれる。

しかし結局はもう切り上げなければならない。窓の稲光りは既におさまったのか、汽車がその辺を通り過ぎてしまったのか、何の事もなくなり、小さな明かるい燈《ひ》がちらっ、ちらっとすごい速度で飛んでいる。

コムパートに帰り、一晩寝て朝になった。もう東京に近い。目がさめると、先に起きていた山系君が、昨夜の連中からこれを差し上げてくれと頼まれたと云って、ボイが届けて来たと云う菓子折の様な包を出した。

何だろうと思って山系君と開けて見たら、鹿児島の軽羹《かるかん》饅頭であった。思いも掛けぬ事で、先方の心遣いを済まないと思う。かるかんは鹿児島の名物で難有《ありがた》いけれど、案ずるに彼等は今度の就職に就《つ》いて世話になった人、又知り合いの先輩の所なぞへ贈る心づもりで、遥遥《はるばる》南九州の果てから持って来た物を、私の方へ割愛《かつあい》してくれたに違いない。

その後到来物や手土産品でかるかんを口にする度《たび》に、稲光りの走った窓辺《まどべ》の中学生を思い出す。

阿房列車の車輪の音

一

新幹線以前の話であるが、先《ま》ず東京駅を発車して、走り出すと新橋駅に停まったり、通過したり、それから楽しくなる。ゴトン、ゴトンと云うレールの切れ目の音が無く、のめのめと走り続ける。長尺レールなどと云って継ぎ目がないのだそうで、線路わきに、ここからは長尺レールだと書いた標示が起っていたりする。するするとその上を辷《すべ》って行けばいいのだが、長い旅路でそうは行かない。がくんとつかえたり、どたんと停まったり、何分か経過してまた発車した時は、自分の時計を見て、この空費時間はもう取り戻せないのではないかと思ったりする。走れ、走れ、私は向かう所に用事はない筈だけれど、どこかへ行こうとは考えている。そこへ汽車が走って行かなければ面白くない。

車窓の左に森があって、森の陰に暗い池があり、水鳥も何もいなかったが、その水面をちらりと眺めて過ぎると、すぐに線路と並行したほこりっぽい道路である。小さなトラックが、列車に負けるな負けるなと云う勢いで走って行く。砂煙を立てるから窓から見ても、むせっぽい。

そうやって走って、走って、どこへ行くのか、機関車に聞いとくれ、あらのん気だねえと云う阿房《あほう》列車の旅であった。

大阪などはついそこの先、長崎へも鹿児島へも行ったけれど、旅程が長くなったからと云って面白い事はない。短かいからつまらない事もない。東海道由比《ゆい》、興津《おきつ》へ行くのも長崎に劣らず楽しかった。

鹿児島本線の熊本駅から近い八代《やつしろ》駅へ行く途中の駅名を全部覚えていて、沿線の土蔵の屋根瓦までもありありと記憶に残っているけれど、その間にある千丁の柳は特に記憶に生ま生ましい。

大きな、お化けの様な柳だが、その柳の枝を越して向うに眺める有明の海の落日は有名である。しかし私は九回も十回もそっちの方へ行ったけれど、丁度その時刻にそこを通り合わせた事はない。だから落日を見た事はない。

二

鉄道が敷かれて、そのそばへ人が立ち入る事は禁止されている。列車は鉄道の上を、すごいスピードで走り抜ける。

人民共にあぶないから、踏切《ふみき》りと云うものがある。こちらが踏切りで待たされる側でなく、轟轟《ごうごう》と走り抜ける汽車に乗っている場合は、おろかな話だが、優越感のコムプレックス、スーペリオリティー・コムプレックスを感ずる。

雨が降っている時で、踏切りには大勢の人人が傘をさしてひしめいていた。中には急ぎの用の人もあるだろう。しかしいそいそ出て来れば、私の乗っている汽車にはねられ、轢《ひ》き殺されて仕舞う。

一面の傘の波である。これは東北旅行の際の話であるが、みんながさし掛けている傘は、大体番傘か、中に蛇の目もあったか知れないけれど、蝙蝠傘《こうもりがさ》はほんの二つか三つ位しかなかった。この地方の文化、生活水準はこの程度なのだな、と車中の優越コムプレックスが考える。

こちらがビューッと走って行く時、そこいらでうろうろしている者は、一世代半世代起ち遅れた阿呆だと云う気がする。今やっている秋の交通安全運動などと云うものも、こんな所が落ちではないのか。

新幹線の列車は別として、在来の幹線の中で、今東京と仙台を結ぶ急行が一番速いのだと云う事を教わって、おやおやと思った。その急行の列車番号、所謂《いわゆる》愛称共に忘れてしまったが、上野駅を出て仙台駅へ行く間の時間が馬鹿に短かい。多分東北本線でなく、常磐線を通るのだろうと思う。

常磐線は線路がよく出来ているらしい。停車する沿線各駅の事情は別として、走り出せばぐんぐんスピードを増して行く快適な乗り心地を経験した。東北地方の阿房列車旅行中、汽車はのろのろ、駅のサーヴィスは埒《らち》があかず、じりじりする思いで仙台に帰って来たが、仙台から乗り込んだ急行列車が走り出して常磐線へ這入《はい》ると間もなく、急に目が覚めた様に歯切れのよいスピードを出し、いい心持で、ああやっと帰って来た様な気がすると思った。停車する沿線の各駅は大体ごみごみしていた様だが、それも快速に走り続ける列車が一時停まるから、そんな気がしたのかも知れない。常磐線はよろしきかな。

三

しかし一口にそうばかりは云われない東北本線の思い出もある。

寝台車に寝ていたが、よく眠れない。もう東京が、上野が近いなと思う。蒸気機関車であったが、列車の進行の右側にいた。寝台の上に起き上がり、窓のカーテンを引くと、湯気と煤煙のまじった塊まりが窓硝子《まどガラス》を敲《たた》いた。

もう夜が明けている。明けたばかりの様である。窓外は一面の雪景色であったが、お天気はいいらしい。新鮮な朝日が射している。

朝日の射している雪景色の遥か向うに、富士山がある。絶頂から裾野まで真白である。見馴れた富士山の、あの形の儘の真白な塊まりで、たった今出たばかりの朝日の光を一ぱいに受けている。

私はこの辺りを通る事は滅多にないし、又そんな時間に窓から雪の富士山の全容を眺める機会もある筈はない。寝台車の窓から見て、雪の富士山が腹の底に沁《し》み込んだ様な気がした。

逆撫での阿房列車

一

私が自分でつもりを立てた「阿房列車」の旅も、大体終りに近づいた頃であったかと思う。この度ディゼル・エンジンの機関車による列車を走らせる事になったので、同乗して見ないかと云う案内を受けた。

煙と湯気を吐いて走る蒸気機関でなく、架線に流した電流を受けて走る電気機関車でもなく、蒸気も、電気も要らないディゼル・エンジンの列車と云うものは、初めての思い附きである、乃《すなわ》ち奮発一番、試乗させて貰う事にした。

こっちで勝手にきめた阿房列車のスケジュールと違い、朝の時間が早いので大変迷惑したが、先《ま》ず先ず間に合わせて、乗り遅れはしなかった。

聞き馴れない、妙な汽笛の音をさせて、東京駅を走り出した。勿論沿線の各駅に用事はない。しかしながら招待を受けて乗り込んだ私共にはいろいろ仕事がある。先ず機関車その物の見学である。

狭い廊下だか、隙間だかを伝って行くと、何か、がたがた引っかかる音がする。故障かなと思うと果たしてそうだったので、あっ、直った直ったと云う声が聞こえて、平常に復する。

何がどうなっているのか、私共にはわからない。調子を上げて、あらゆる駅をふっ飛ばし、ぐんぐん走って横浜駅の先に出た。

その間に車室内では、試乗客同士の交流があって、私は当時の国鉄副総裁天坊さんの話を聞いた。

こう云う物が走り出すでしょう。今後は列車の等級一二三等などと云うものは止めて、一二等だけにする。三等をよすのでなく、二三等を一二等とし、一等車と云うものを廃止すると云う飛んでもないお話である。階級政党だか、特権意識だか知らないが、列車の中に一等がなくなっては味気ない限りである。こっちの手許《てもと》の都合で、一等には乗れないならばそれ迄の事、白切符、青切符、赤切符の味だけは残しておいて貰いたい。

昔東京神戸間にお互に夕方始発する上り下りの三等急行と云うのがあった。長い列車の横筋は全部赤切符の赤帯で、大変人気のあった急行だったが、当時はまだ三等寝台などと云うサーヴィスはなかった。夜通し窮屈な座席に身体を曲げ、夜が明けてその時間になるのを待ち兼ねて、三等食堂車へ行く。

年がら年じゅう、おみおつけはしじみ汁にきまっていて、焼海苔に漬物、焼肴《やきざかな》ぐらいはついていたかも知れないが、その外に一品二品註文して洋食風のおかずを取り寄せる事も出来る。

何よりも難有《ありがた》かったのは、寝不足の目こすりに飲むお銚子で、一盞《いっさん》二盞を口にふくんだだけで昨夜の苦労、身体の節節《ふしぶし》のしこりがとろけてしまう。

しかし暫らくすると、世間が窮屈になり始め、戦争の気配が迫って来ると、列車内で朝酒を飲むとは何事であるか。この物資不自由の時に左様な不行儀は許さぬ、と云う事になり、三等急行に乗車しても、朝の楽しみはなくなってしまった。

副総裁天坊さんの云われる一等廃止は、つまり三等廃止であって、ディゼル・エンジンの機関車が、そのきっかけになるならば、悪魔がよこしたからくりに過ぎない。

よくは思わない内に横浜駅から中間駅の戸塚の構内に這入《はい》った。

ここがお仕舞らしい。ぞろぞろ線路へ降りて行く人もある。

暫らくして、さあもう帰りますよ、と云う事になり、又みんな車室に戻った。

がったん、がりがり。行きがけ程ではなかったが、多少の引っかかりはあったけれど、先《ま》ず先ず一同無事に東京駅へ帰って来た。

ディゼル・エンジンの列車はその後全国各地の岐線に配置された様だが、ほかの所の事は知らないけれど、熊本に近い八代駅から、肥薩線を通って鹿児島へ行くディゼル列車が八代駅を発車するところは見た。

肥薩線と云うのは途中にループがある六ずかしい線路なのだが、以前の蒸気機関車と違って、ディゼル・カーではらくに昇ったり降りたり出来る事になったのかも知れない。

八代駅のホームに牽引車を含めて三輛の短かいディゼル列車が停まっている。乗客の殆んどは通学の生徒ばかりで、がやがや押し合っていた。運転士が乗り込み、一寸《ちょっと》合図しただけで、簡単に走り出した。駅長か助役が発車を見送っていたけれど、それは簡単な仕草で、まるでバスか何かの様にすうと出て行った。

肥薩線は私も一二度蒸気機関車で通った事があるが、何だか丸でお手軽になってしまって、これが新らしい言葉で云う開発、古くは文明開化の一端かと痛感した。

二

ディゼル列車試乗の車中で、三等車廃止の話を聞き、赤帯一筋の三等急行を思い出して、なつかしさの余り三等食堂の朝酒にまで筆が辷《すべ》ったが、三等は三等、三等がなくなると云うのは、つまり一等がなくなる事なのである。

一等車に乗る為、ホームを伝ってその号車に近づくと、鉄道功労章でも持っていそうな年配の老ボイが、必ずデッキに起《た》って迎える。

案内されて乗り込んだ所は、座席のある一等車、そこを通り抜けてコムパートの奥へ這入《はい》ると、ドアを開けた途端にスウィーンと云う澄んだ音がする。私の阿房列車は初夏から夏へ掛けての時季が多かったので、その冷房の音は誠《まこと》にすがすがしく感ずる。冷房の利いたコムパートの中で、同乗のヒマラヤ山系君と晩酌の杯を挙げる。すでに発車して走り続けているコムパートの窓に、チラッ、チラッと通過駅の燈火が洩れる。

その内にいい加減にして眠る。中中納杯にならなくて、年配の老ボイに次の停車駅でお銚子の追加をしてくれる様頼んだ事もある。

朝遅く目をさますと、上段のベッドか、下段のベッドか、それはその晩の都合できまっていないが、何しろ山系君はもういない。

服装を調《ととの》えて、隣室の一等車に出て見ると、起きたばかりの目が、チカチカする程真っ白いクロースに覆われた座席で、山系君はゆっくり紅茶を飲んでいる。

「お早う」

「お早よう御座います」

「朝の食事はもう済んだの」

「ハア、戴きました」

「おいしかった」

「ハア」

「どんな御馳走」

「いろいろです」

「今、ここはどの辺だろ」

「さっき駅を通過しましたが」

「何駅を通過したの」

「それがわからないのです」

「なぜ」

「速くて駅名の標示なぞ読めないのです」

「しかし、もうじき、又次の駅を通過するだろう」

「ハア」

「その時、見て見よう」

「それが駄目です。多分読み取れないでしょう」

「なぜ、そのつもりで見ていればわかるだろう」

「何しろ、速くて、それに通過の時はがたがたしますから、中中読めません」

「どうしてそんなに走るのだろう」

「ハア」

三

幹線を離れて、地方の支線に這入《はい》ると、また趣きが違う。

昨日こちらへ来て、終点のここで二三等聯結《れんけつ》の二等車を降り、駅から遠くない宿まで出掛けて一泊した。

犬がサンルームの椅子に腰を掛けているなどと云うおかしな話を経験して、阿房列車の旅だからそれもそれで済み、又昨日降りた駅へ引き返して来た。

昨日下リで著《つ》いた列車が、今日はこの駅始発の上リになって発車する。

その列車はもう駅に這入っている。早速乗り込んだが、二等車の車中がひどくきたならしい。

我我、と云うのは、私と山系君。お互に自分達の著席する場所があまりむさくるしいのは面白くない。だから兼ねて小さな手帚《てぼうき》とブラシを用意している。

先《ま》ずブラシで座席をきれいにし、ついで手帚でまわりの床を掃き始めた。昨日著いた編成の列車を、その儘掃除《そうじ》もしないで引き出して来たらしい。

しゃがみ込んでそこいらを掃いている頭の上で、急に人の気配がした。

「ついうっかりしまして、すぐに綺麗にさせますから、一寸《ちょっと》お待ち下さい」

助役らしい人が若い者を指揮して、座席のまわりの掃除を始めた。またたく間に、あたりは見違える程綺麗になった。

何か私共を勘違いしているらしい。或《あるい》はそうでもないのか知れないけれど、何分御《ご》内内《ないない》に願う。以後はよく気をつけますから、と云う様な事を言うので、こちらで恐縮してしまった。

お陰で見違える程、綺麗さっぱりした座席に落ちつき、次の予定の千葉へ向かう。

四

千葉の宿屋にて、こちらの御招待でお呼びした地元の鉄道関係のお客様達と一献《いっこん》する。どういうわけだか、馬鹿に廻りが早くて、忽《たちま》ち主人側がぐでんぐでんになってしまった。

早い内お客様達を座に残して、部屋に引き上げた。後は、仕舞頃はどんな宴席になっていたのか、よく知らない。

翌《あ》くる日になれば、阿房列車と雖《いえど》も予定がある。その時間までに立たなければならない。

そのつらさ。阿房列車にお酒と云うもの無かりせばとよく思う。

兎《と》に角《かく》、宿から近い千葉駅まで出た。そんな時候ではない筈なのに、寒くて堪らない。ちぢこまる思いでベンチに腰を掛けていた。

漸《ようや》く発車の時刻となり、安房鴨川《あわかもがわ》行の列車に乗り込んだ。これでほっとした気持になった。後はこうやって、じっとしていればいい。そう思ったが、中中そんなわけには行かなかった。

暫らく行くと進行の左手の山裾一面をおおう花畑が見え出した。綺麗だな、とは思わない。一帯に色があせた様で、先ず御仏壇の供え花の花畑の様な感じである。

又実際にそうなのであった。檀林風の俳句で、「ちと遊びに来んせんか」と歌われる金盞花《きんせんか》などはお花畑の中の代表的なものだろう。

その内にどこかの駅で停車したら、駅長が大きな花束を抱えて来て、私に下さった。あまり感心していない花であるが、しかし御厚志は誠に難有い。朝からずっと気分の悪い私には、それ戴く上は勿論《もちろん》、座を立たなければならない。朝からずっと気分の悪い私には、それは随分つらい苦業であった。

線路が岬を廻って、列車は安房鴨川駅に著《つ》いた。これで今日の行程は終る。

ほっとして宿屋に這入った。終戦後の陛下の御巡幸の際の行宮《あんぐう》となったお宿である。

床わきの違い棚の前に、見馴れぬ長方形の箱が置いてある。

その時分まだ一般化していなかったインターフォンのセットであって、女中が説明してくれた。この儘でお使いになると、このお座敷のお話し声が、みんなそっくり、筒抜けに帳場へ聞こえて参ります。ここを押して切断してからお使い下さい。

おやおやと、山系君と顔を見合わせた。

御馳走も立派で、あのあたりの伊勢海老の生けづくりには、お代りを命じたくらいである。

千葉の宿を出た以来の半死半生の如き気持は、漸《ようや》く薄らいだ。それは更めて少少廻って来たからであろう。

廊下に出た突き当りに、行宮《あんぐう》のお手洗がある。別に変った所もなく、ただきれいで、清潔なばかりであるが、しかしさすがにそこを使って見ようと云う気は起こらない。

廊下を伝う別の場所へ行き、行宮のお手洗は文字通りに敬して遠ざけた。

解説　百閒哀感

保苅瑞穂

　この夏、久しぶりに内田百閒の旅の話をあつめた本を読んだ。おかげで居ながらにして列車に乗って、本当に旅をしているような気分を味わった。本を読んだくらいでそんな気分になるものだろうか、といぶかる人がいるかもしれない。だが、そこが百閒先生の言葉の魔術なのであって、そういう気分で青森へも、鹿児島へも行ってきた。熊本の先にある八代へは、いったい何回お供したのか覚えていないけれど、その土地で百閒先生がすっかり気に入った宿の座敷や、そこから眺める由緒ある庭園や、食用蛙が夜な夜なへんな声で鳴きたてる池も、手に取るように知っている感じがする。すべて百閒随筆の言葉の魔術と言っていいのである。

　漱石の息子さんが洋行するというので、百閒が駅へ見送りに行こうとして、護国寺の近くまで来たときのことだ。寺の木立のなかから、大きな焰が吹き上げて、薄暗い宵の空に立ちのぼるのが見えた。

「火の勢いが烈しくなるにつれて、まわりの立ち樹の間に風が起こるらしく、大きな樹が一本ずつ、ゆさりゆさりと勝手な方に動き出した。……時時焔の底から、轟轟という音がした。焼けているお堂の上を、薄い焔が水を流すように、するすると辷って行った。見る見る内に、その焔の寸が伸びて、軒から下に吹き出している赤い煙と縺《もつ》れ合った。そうして、全体が一つの大きな火の玉になって、ぐらりぐらりと揺れ出した。私は恐ろしくなって、急に汽車の時間が気になり出した。」「見送り」

見事なもので、これが言葉の魔術というものである。火が廻る凄さを自分の眼で見たことがある人なら、この通りだと思うに違いない。これはむろん火事に限ったことでなくて、汽車好きの子供がそのまま大人になったような百閒の純真なこころも、その飄逸な滑稽味も、豪放でいて涙もろい気性も、この魔術があればこそ読者を虜にするのである。その術をどうやって会得したかは当人にしか判らないことであるが、あるとき百閒は、辰野隆との対談で、こんなことを言っていた。

——辰野さん、僕のリアリズムはこうです。つまり紀行文みたいなものを書くとしても、行って来た記憶がある内に書いてはいけない。一たん忘れてその後で今度自分で思い出す。それを綴り合わしたものが本当の経験であって、覚えた儘を書いたのは真実でない。（「当世漫話」）

それを聞いて、辰野が「持論ですか」とたずねると、百閒は「そうです」と答えた。そう思って読むと、なるほどこの本には「何年前のことになるか、忘れたけれど」といった断り書きがたびたび出てくるのだが、それはその通り事実なのだろう。フランスの小説家で、「真実は記憶のなかでしか作られない。今日見たばかりの花はまだ真実の花ではない」と言った人がいる。それを百閒が知っていたかどうかは知る由もないが、かれの持論だというこの考えは、おそらく自分で会得したものだったのだろう。二人が言っていることが偶然一致したのだとすれば、それだけその言葉は信じていいような気がする。百閒文学が発散する生々しい「真実」の印象を生み出した魔術の、少なくともその一端はそこにあったのだと思う。

だから百閒の汽車の旅には、特別急行に乗っても、ローカル線を行く小さな汽車に乗っても、一齣一齣にかれのいう真実が通っている。車中や旅先で出会う色々な人間とのやり取りや、車窓から見える風景にしても同じことで、すべてが生き生きとしている。しかし旅となれば、その真実の気持がもっとも昂ぶるのは出発のときである。

「汽車の旅で一番楽しいのは、ホームの長い大きな駅を、自分の乗っている列車が音もなく動き出して段段に速くなって行く瞬間である」という随筆の出だしを読むだけで、こちらのこころまでが弾んでくる。あとはもうその列車に乗って、たとえば青森で降りて、かれが宮城撿挍の手を曳いて、勝手がわからない夜の町で、すき焼きの店を探し回る無類におかしい一幕に付き合うのも楽しいものだ（「旅愁」）。東京駅の一日駅長になった百閒が、特別急行「はと」の発車をホームで指示することになっていたのに、大好きな列車が出て行くのを「便便と見送っていられるだろうか」といって、発車寸前の列車に乗り込んで、東京駅を脱出するのに付き合うのも胸が透く気分である（「時は変改す」）。

しかし、この巻を読み終えたいま、なにより忘れがたいのは、こうした諧謔や、人情味や、憎みようがない百閒先生の振舞いのことではない。旅にあって、ふと淋しさを感じるかれの繊細なこころのことである。それは滑稽な話や、人を食った言行録とはちがって、百閒随筆の表立った読みどころではないのだが、人をして郷愁に誘わずにはおかないものが行間に窺えるのである。こんな一節がある。百閒がはじめて石巻へ行ったとき、途中で軽便鉄道に乗り換えた。その機関車が「羅宇屋《ラウや》の笛の様な汽笛を、ぴいぴい鳴らしながら、何時までも走りつづけた。いつの間にか、左手が高い土手になって、それが何処まで行っても尽きなかった。……小さな汽車は、土手の陰を走りながら、夜になった。燈《とも》し火の稀《ま》れな広野が真暗になっても、土手の向うは、ほの白く明かるかった。水明かりだろうと思うと、急に淋しくなった。」「僧遊」

水明かりに感じる淋しさは、たしかに旅愁がかきたてた感情だったのかもしれない。しかし、百閒の淋しさは旅愁だけが原因だったのだろうか。わたしにはそれがもっとこころの深いところから来るような気がするのだ。例えば、子供のころにわれわれが感じるいわれのない淋しさに通じるものがそこにはある。それがわたしの胸に沁みてくる。この巻には収録していないのだが、「上京」という作品のなかに、まだ中学生だった百閒が夜、二階の部屋で宿題をやっていると、窓の外の軒下から「唾の泡をつぶしている様な」かすかな音が聞こえてくるところがある。

「燕が泥を運んで巣を造っていたが、その中に眠っている燕が何か夢でも見たのかも知れない。或は燕が寝返りをして、狭い巣の中で押し合っているのではないかとも思った。……何となく温かそうな燕のつぶやきが、いつまでもじゅくじゅくと続くので、ぼんやり聞き惚れている内に、私も燕と一緒に眠る様なうっとりした気持になりかけた時、裏の暗い田圃を隔てた遥か向うの山裾を走る夜汽車の汽笛が聞こえて来た。」

百閒はそのときの気持を、やがて故郷の岡山を去って、ひとり上京しなければならない切ない思いが抱かせた「取り越しの郷愁」だといっている。なるほどそういうこともあったかもしれない。しかし、静かな夜に子供の百閒が感じ取った郷愁は、ここの深いところで、生きていることの淡い淋しさに触れているような気がするのだ。いのちの哀しみが、夜汽車の汽笛と生れたばかりの雛の声に誘われるようにして、自分でもなぜかわからないまま、少年のこころに萌《きざ》したのではなかっただろうか。そんな遠い、忘れかけた淋しさを、わたしは百閒の随筆を読みながら思い出すのである。どこかの路地で迷っているかもしれないノラを思っては泣き(「千丁の柳」)、その後不慮の事故で亡くなった撿挍の白木の墓標が車窓からちらっと見えただけで涙が止めどなく流れたのも(「臨時停車」)、ひとつには、その淋しさを知る少年の純なこころが、大人になってからも百閒のなかに残っていたためではなかったかと、わたしには思われてならない。

阿房列車の留守番と見送り（抄）

中村武志

従者をしたがえ阿房列車運転

昭和二十四年一月号から十二月号まで、『小説新潮』に連載した「贋作吾輩は猫である」が好評のうちに終わって、次の連載をお考えいただきたいといわれた先生は少年時代からのあこがれである汽車旅行をなさろうと思いたった。この時はせいぜい一回か二回のつもりで、「阿房列車」は出発した。

昭和二十五年の十月はじめ、あなたの部下をつれて、阿房列車を運転する計画なので、何卒ご諒解いただきたいという丁重な電話を百閒先生から頂戴した。

第一回の「特別阿房列車」は日曜に出発して、大阪一泊の旅行であり、従者としてつれて行く私の部下は月曜一日だけ有給休暇を取ればいいのだから、私の諒解を得る必要なぞないのだが、何ごとにも几帳面で、ちゃんとした手順を踏まないと気が済まないのが先生であった。

この「特別阿房列車」は昭和二十五年十月二十二日、二十三日大阪一泊旅行で、二十六年一月号の『小説新潮』に発表された。すぐ第二回を計画し、三回となり、ついに先生は十四本の阿房列車を運転されてしまう。第二回目の「区間阿房列車」(昭和二十六年三月十日〜十三日)の時には、あらためて手紙を下さっている。

胡桃入リノ求肥《ぎゅうひ》ノオ菓子ハ実ニウマクロザワリガ私ノ最モ好ム所ニテ近頃アンナオイシイ物ヲ食ベマセンデシタ

一筆オ願イ申シマス　急ニ思イツイタワケデハナイノデスガカンジンノオ金ガ五里霧中ダッタノデ自分ノ腹ノ中ガ具体的ニ纏マラナカッタノデスガトコロガソノオ金ガ出来タノデツイ近クノ小旅行ニ出掛ケタク平山君ニツイテ来テ貰イタイノデス　土曜日ト日曜トニテ月曜ニハ帰ッテマイリマスケレド月曜日ノ平山君ノ出勤ハ或ハ右ノ私ノ為ニオ邪魔スル結果ニナルカト思イマスノデドウカオ手許ノオ計ライニテ宜敷オユルシヲオ願イ申シ〆

三月八ゝ　　内田栄造

よほどのことでもないかぎり、主として錬金術、稀には座談会ということでもなければ、絶対に外出されない先生が、はるけくも大阪まで行って来ようと決意される。阿房と云うのは、人の思わくに調子を合わせてそう云うだけの話で、自分で勿論阿房だなどと考えてはいない。用事がなければどこへも行ってはいけないと云うわけはない。なんにも用事がないけれど、汽車に乗って大阪へ行って来ようと思う。（中略）

国有鉄道にヒマラヤ山系と呼ぶ職員がいて年来の入魂《じゅっこん》である。年は若いし邪魔にもならぬから、と云っては山系先生に失礼であるが、彼に同行を願おうかと思う。まだあやふやの話であるけれど、もし行くとしたらと云う事で内意をきいて見ると、行くと云うので一人旅の心配はなくなった。

何しろ先生には、もともと持病があって、ひとり旅は無理である。動悸持ちの結滞屋であって、難しくいうと発作性心臓収縮異常疾速症、外国名でパロクシクマーレ・タヒカルジィというのだそうで、一度聞いただけでは覚えられない。いやそのような持病があるなしに関係なく、大王様である先生が、一人の家来、従者もつれずに、都内ならばいざ知らず、大阪くんだりまでお出かけになるのは、ご不便極まりないばかりでなく、威厳を損ねることおびただしい。横のものを縦にもしない先生の場合、専属のおつきの者がいないと日が過ごせない。昭和十七年以来親しくおつきあいいただいて、つぶさに目《ま》のあたりにして来たことは、先生の使いで外出する時以外は、瞬時といえども奥さんを傍から離さない。「おい」と呼べば、常に用がたせるところに控えている。

阿房列車の従者として、ヒマラヤ山系のいいところは、まず先生と対等に酒のお相手ができることであり、時には彼の応答が阿房列車にはからずもおかしみをかもしだしている。どうにも困ると彼は、会話を曖昧に終わらせる。どこまでもはっきりさせないと気が済まぬ先生と食いちがって、それがたくまざるおかしみとなる。これは先生の表現によるところ多とするだろうが、そういう素質がもとから彼にあることはたしかだろう。朧朧軒と先生が名づけたわけも多分そこにある。

愚息春木が小学生になったお祝いに、昭和二十四年の四月はじめの日曜だったか、目白の拙宅に先生にご来駕いただいて粗餐を差しあげたことがある。たいへんいいご機嫌で、

春雷や春木は学に志し

という即興の句を半折に書いて下さった。いつもそうだが、酔っ払った先生を朦朧《もうろう》軒は、麹町六番町の新居へ送り届ける。私も目白駅のホームまで見送った。ホームの向こうの側線を珍しくD五一がゆっくり動いている。この時私は朦朧軒と口喧嘩をした。先生の筆によると次のようになる。

いつだったか下落合で御馳走になって、一杯機嫌で目白駅まで帰って来た。一緒によばれた若い鉄道の職員が、私を家《うち》まで送ってくれる筈で傍に起《た》っている。当夜の主人も鉄道の職員で駅の出這入《ではい》りは自由だし、その家から近くもあるので、

私達を電車まで送って来て、矢張り傍に起っている。

歩廊の風に酔顔を吹かれながら、中中来ない電車を待っていると、電車の線路の向うにある貨物線の薄闇の中に、池袋の方から恐ろしく大きな機関車がそろそろ這入って来た。私なぞ滅多に見る事のない間近《まぢ》かの所を、物物しく徐行しているので、つくづくその偉容に見とれる事が出来た。

機関車の前面に、歩廊の電燈の光が届いて、数字が読める。

「ははあ、D51だな」と私が感歎して云った。

「そうです。貨車専用の機関車です」と今夜の主人が呑み込んだ調子で云った。

「こんなに近くで見た事はないので」

「そうですか。我我の方では、Dの51だからデゴイチと云うのです」

傍にいた若い方が口を出した。「そんな事を云うのはおよしなさい」

「なぜ」

「そんな事をいって、いいんですか」

「だから、なぜいけないんだ」

「いかんと思うな、僕は」

「変な事を云うね。どこがいけないと云うんだ」

「デゴイチだなんて、いけませんよ」

「どういけないんだ」

「僕達、鉄道の者でしょう。機関車をつかまえて、そんな事云うのは、云ってもいいと思いますか」

「思うよ。何でもないじゃないか。デゴイチと云うのは愛称だよ」

「愛称じゃないですね。そんな愛称があるものですか。デゴイチだなんて。ひどい侮蔑です」

「侮蔑だって、いいじゃないか、君の云う事は意味はないよ。余計な事を云うな」

主人は余りお酒を飲まないので、酔ってはいない筈だが、むきになって怒り出した。若い方は酔っ払っていて、少少くだを巻こうとしている所へ、いい工合に相手が腹を立てて来たから、ますます絡《から》んで、おんなじ事をいつ迄も繰り返している。傍で聞いていて、わけが解らない口喧嘩を続けながら、二人共次第に真剣な顔になって、青ざめて来た。よしなさいと云って見たところで仕様がないから、ほって置いたら、私共の乗る電車が這入《はい》って来たので、お仕舞になった。

家庭の留守番は奥さん、職場は私
次の「鹿児島阿房列車」から、本格的に次次と運転されることを決められたのではないかと思う。先生が阿房列車を運転されると、奥さんはほっとする。いつも先生につきっきりにしていなければならぬので、障子の張り替え、畳の表替え、箪笥の整理、棚の片付けなど何もできない。留守を幸として、たまった家事をいっぺんにしてしまう。

私は職場の留守番である。唯一の部下は先生の従者である。いつでも朦朧軒は、今度の阿房列車はカクカクシカジカの日時に決まりましたというだけであった。いつだったか、王様のことだから無理だとは思ったが、一日だけ出発を延ばして貰いたい緊急の用事があったから彼に頼んだら、

「年に二十日は取っていい有給休暇のうちで行くのだから構わないでしょう」

といった。そうはいかない。有給休暇といえども、一週間も取る場合には、仕事のことも考えて、上役の私に相談して休むべきだよと訓示を垂れたいところだが、この前のデゴイチの時のような議論はせず、彼のいいなりになった。

先生のご旅行中のことは、朦朧軒にまかせるよりほかはないし、また彼ほどよき従者はないのだから安心だが、せめて主従のつつがなきご出発だけは見届けたかった。

しかし、先生からすれば、騒騒しい見送りはお好きでない。自由を束縛される。威厳を失墜されることもある。見送りだけはやめて貰いたいという先生のお達しがあった。

見送り欠かさぬ見送亭夢袋《けんそうていむたい》

係りのボイが来て、菓子折の包の様な物と手紙をそこに置いた。お見送りの方から、と云ったので驚いて尋ねた。

「だれか見送りに来たのか」

しかし汽車はもう走っている。

ボイが云うには、お見送りにいらした方が、これを赤帽にお託しになって、赤帽が持ってまいりました。

腑に落ちないけれど請取《うけと》って、手紙を見た。

夢袋さんの手紙である。表に麗麗《れいれい》しく私の名前が書いてある。ボイがどうして見当をつけたか解らないが、手紙の宛名通り、私は私に違いないから止むを得ない。しかし困った事である。これから明日の午頃《ひるごろ》まで世話になり、その間にいろいろ我儘をしようと予定している矢先に、そのボイにこちらの正体を見破られたくなかった。

手紙には「御命令にしたがってお見送りはいたしませんが、プラットホームを通って、車中の先生のお元気なお姿をひそかに拝し、」とあるけれど、カアテンが下りていて、発車前の寝台車は外から見ると霊柩車の様である。中身は拝見出来なかったが、きっとそのつもりで、手紙はうちで書いて来たのだろう。御命令に従って、と云うのは、抑も《そもそ》最初の特別阿房列車の時は、見送りに来て見送りに来てくれた椰子（筆者註・『小説新潮』先生担当の小林博）君が車室に侵入し、先生が展望車でえらそうな顔をしている所を写真に撮《と》ろうと思って、写真機はこの通り持って来たけれど、フイルムがない。途中二三軒聞いて廻ったが、どこにもないので、残念ですと云った。

フイルムがなかったので虎口を逃れたけれど、そんな事をされたら、同車の紳士の手前恥を搔いてしまう。

夢袋さんはこの前の区間阿房列車の時、三等車の窓際《まどぎわ》に起《た》って、先生がお立ちになるのに、駅長はなぜお見送りに出ないのだろう。行って呼んで来ましょうか、と大きな声で云ったので胆《きも》を冷やした。

二件とも物騒な前例であるから、今度はあらかじめ両君に別別の機会に、お見送りの儀は平《ひ》らに御容赦下さる様頼んだ。

夢袋さんはそれでも是非にと云う事なので、事わけをわって話した。僕は体裁屋《ていさいや》である。車中ではむっとして澄ましていたい。そこへ発車前にお見送りが来ると、最初から旅行の空威張りが崩れてしまう。僕は元来お愛想のいい性分だから、見送りを相手にして、黙っていればいい事を述べ立てる。それですっかり沽券《こけん》を落とす。どうでもいい事で、もともと沽券も恰好もあったものではないのだが、そこが体裁屋だから、僕の心事を憐れんで、見送りには来ないで下さいと頼んだ。夢袋さんが私の話を納得したので、安心していると、顔を出さない見送りを敢《かん》行《こう》して、鞄にぶら下げた名刺にはヒマラヤ山系君のを使ってある程気をつけて隠した私の正体を、手紙の宛名で暴露してしまった。私がそれ程有名だと考えているわけではない。ただ商売柄、世間のどの筋かに私の名前を知った者がいないとは限らないから、用心するに越した事はない。現に係りのボイは私が心配した筋の一人だったと見えて、忽《たちま》ち私を認識し、手紙を取り次いだ後は、人の事を「先生、先生」と呼び出したから、夢袋さんの諒解しない意味で私は肩身の狭い思いをした。

手紙に添えた包みには、サントリのポケット罎と私の好物の胡桃餅《くるみもち》が這入《はい》っている。

しかし、旅中ウィスキイは飲まない方がいい。「ねえ山系君」「はあ」「旅行中ウィスキイは飲んでいけないだろう」「飲まなくてもいいです」「その鞄の中に気附けの小罎も這入っているけれど、それは勿論飲む可《べ》き物ではない。夢袋さんのこれも、飲むのはよそうね」「はあ」「旅行中ウィスキイを飲んではいかん」

山系に申し渡したのか、自分に申し聞けたのか、その気持は判然しないが、今度の旅程八日の内、前半の四日目辺《あた》りには、どちらの蟠《つ》も空っぽになっていた。

夢袋さんの手紙の最後には、こう書いてある。「ラジオが颱風ケイトの来襲を告げておりますので心配いたしております。ケイトに向かって雄雄しく出発する阿房列車のつつがなきことを切にお祈りいたします」

ケイト颱風の事は、出る前から心配しているのであって、必ず無事だと云う確信はない。しかし旅先のどこかで、きっとぶつかるともきまっていない。うまく行けば、颱風が荒した後へ行き著《つ》く事になるかも知れない。どうなるか解らないが、凡《すべ》てはその場の風まかせと云うつもりで出かけて来た。

それからの三年間に、百閒先生は山系をお供にして、十四本の阿房列車を運転したわけである。

その中には、一週間前後の長旅もあって、たった一人の部下を失った私は多少の不便を感じたが、相手は何しろ大王様である。身分の低い一家来の私如きが、不平、不満を抱くべきではないとわれとわが身に訓戒を垂れて、先生の意に逆らって、ひたすらご無事にご帰還なさるよう祈って、一回も欠かさずに阿房列車のご出発を見送ったのであった。それゆえ百閒先生は、阿房列車の文中に、「見送亭夢袋《けんそうていむたい》」というあだ名をつけて私を登場させている。

山系は出発の際には、かならず阿房列車の運行表のメモを、私のテーブルの上に置いて行った。たまたま「東北・奥羽本線阿房列車」のメモが手許に残っている。

二十六年十月二十一日　上野　十二時五十分発二三等準急行仙台行一〇五列車　福島着夕六時四十九分　福島一泊辰巳屋旅館

二十二日　午後二時十三分福島駅より下り一〇一列車乗車二三等急行　同日仙台三時着二〇一列車三時五十二分に乗り換え盛岡着盛岡小田島別館泊り

二十三日　盛岡小田島別館泊り

二十四日　十一時四十二分盛岡発下り一一五列車二三等普通　夕五時二十五分浅虫駅着東奥館泊り

二十五日　十二時四分下り一一三列車　十二時三十四分青森着　大阪行青森二時十分発五一二列車に乗り換え秋田着午後七時四十九分秋田石橋旅館泊り

二十六日　秋田十二時三十六分発四一二列車横手着二時二十三分横手平源《ひらげん》泊り

二十七日　横手八時起山形へ　夕六時五十九分山形着山形後藤屋本店泊り

二十八日　山形十二時四十五分三二〇列車仙山線で仙台へ　仙台三時三十七分着仙台松島白鷗楼《はくおうろう》泊り

二十九日　仙台急行一〇二列車一時三十六分発特別二等上野着八時三十分

留守中幾度かは山系君に連絡したいことはあったが、帰京するまでは仕事は先にのばし、主従のつつがなき旅を祈って、私は留守を守り、何があってもこちらから連絡はしなかった。一度だけ例外があった。それは、「雷九州阿房列車」運転の際、豪雨の新聞報道で心配した私は、別府駅長室へ電話した。運よくそこに百閒先生と山系君がいて、安否をたしかめることができた。この時は日程が一日のびたのではないかと思う。

「雷九州阿房列車・後章」を見ると、

早目に宿を出て、別府駅へ行った。駅長室で一服している時、丁度いい工合に東京からの長距離電話が掛かって来た。山系君が受けて応答している。東京でも新聞報道等で心配し出したらしい。掛けて来たのは本庁にいる見送亭夢袋さんで、東京と大分では随分遠いから、蚊の泣く様な声をしていると山系君が云った。そう云う山系の声だって、夢袋さんの耳には同じ様に聞こえたに違いない。水禍に遭わなかったかと尋ねてくれるらしい。

「大丈夫です。無事です。そうです身体の方も異状ありません」

精神にも異状ありませんと云えと、山系君のうしろから大きな声をしている途中で、電話が切れてしまった。

見送亭夢袋の計《はか》らいで、私共が無事な事を東京へ伝える事が出来た。しかしこちらにいても、宿で見た新聞や、管理局の何樫《なにがし》君の話等で、こうして晏如《あんじょ》としている私共の周辺が、鉄道線路の故障だけでなく、昨日の宵《よい》には熊本全市が大洪水に襲われるなぞ、段段大変な事になって来た事を知り、無事に予定通りに行動しているのが、相済まぬ様な気がし出した。

十二時三十分、準急五〇八列車で別府を立ち、開通したばかりの日豊本線を無事に通過した。空は曇ったなりに明かるくなりそうだと思ったが、小倉に近づく頃から又大雨になった。

その日豊線は、私共の通った後再び不通になったそうで、全く雨師《うし》は私と山系だけを通してくれた様に思われる。

（中略）

阿房列車は三畳御殿を牽引

百閒先生の錬金術の弟子にしか過ぎなかった私が、「阿房列車」について語るのはおそれ多い。先生の生前にはとても書けなかったが、天にまします先生の不機嫌を承知の上で申し上げたい。

陸、海軍士官学校、法政大学の教授の時期、日本郵船の嘱託と錬金術以外にはほとんど外出しなかった先生が、汽車好きとはいえ、北海道を除く全国津津浦浦二万何千キロの大旅行をされるとは驚くべきことであった。また行先が、大阪、国府津、鹿児島、東北本線、奥羽本線、新潟、山陽、九州、長崎、房総、四国、松江、興津など各地であっても、考えようによっては横に三畳間を一列に並べた三畳御殿を機関車に牽引させて、各地をおまわりになったに過ぎない気がする。つまり、それまで書き続けて来られた奇妙なおかしな話が、別の方法で料理されて語られていて、何回食べさせられても飽きない。そこがいよいよ奇妙で文句なしに面白い。

ある時は三畳御殿は東北に移動し、日をおいて次は鹿児島へ向かって走る。駅長が出て来る。ボイが現われる。車窓の風景は移る。きらいな雷が鳴る。台風に会う。思いがけない人物も出て来る。汽車はおくれる。乗り換えもしなければならない。先生は新聞記者君のインタビューも受ける。これらの小事件がキッカケとなって、三畳御殿でお書きになるだろうと思われる、先生独特のロジックやレトリックが展開される。郷里岡山のことも出て来る。同じ話を幾度読まされても楽しくなるのだから不思議である。

阿房列車の唯一の特徴というべきことは、時刻表をお読みになって楽しまれるのではなく、今回は現実に時刻表通りに阿房列車を運転され、宿銭やその他の雑費を計算なさり、ご自分がメニューを作れないから、夕食の酒肴は何が出て来るかわからない。それにいつものように、昼ごろおめざめという習慣が通用しなかった。阿房列車の機関車は三畳御殿を引いて走って、名文章をあちこちの旅先にふり撒いて歩かれたというふうに解したい。

一日東京名誉駅長の訓示

私は大正十五年四月、東京鉄道局に就職した。当時は、東京駅の事務室は一階だけで、二、三階は東鉄であった。私の部屋は、北口の三階丸の内側だった。何年かは、東京駅の中で暮らし、後に北口前の国鉄本社に移ってからは外から東京駅を眺め続けて昭和三十九年三月、めでたくもありめでたくもなしという具合で、定年退職した。通算して三十九年間である。

昭和二十七年十月十四日は、鉄道開業八十周年にあたったから、その当日は部内でお祝いをし翌十五日には、部外の名士の方方に行事として一日名誉駅長をしていただくことになった。企画したのは東鉄旅客課だった。

その話を聞いた私は、東京駅長は、「阿房列車」を何本も運転された百閒先生が一番適任だと考えて旅客課長に進言したら、立ちどころに賛成したけれど、「あのつむじ曲がりの大先生が引き受けて下さるだろうか」と不安げだった。何気なく打診はしておくが、先生は筋を通さぬと承諾されない方である。正式の依頼は旅客課長が出向くべきだということで、麹町六番町の「三畳御殿」へ私が課長と次席を案内した。後に先生の東京駅名誉駅長体験記は、「時は変改す」なる一文になっている。

駅長驚クコト勿レ時ハ変改ス
一栄一落コレ春秋

玄関にお客が来たと云う。

国有鉄道の中村君から、お願いの筋があって伺いたいと云う打ち合わせはあった。私の文集の編纂本を出したいと云う話があって、その件を中村君が扱ってくれていた時なので、きっとその話だろうと思っていたが、玄関の土間の応接所に顔を出す前に、家内が取り次いだ模様では、或はそうではないかも知れない。中村さんの外にお二人、つまり三人だから、腰掛けが足りないから、お勝手のを一つ出しておいたと云った。

さて、威容をととのえて、面接に出ようと思う。……中村君が紹介を兼ねて挨拶した。何です、と私は苦《にが》り切って威勢をつける為に煙草を手に取ったら、未見の二君は東京鉄道管理局の者だと云う。おかしいなと思いかけた私に向かって、

「実は鉄道八十周年でして」

「……十五日に一日だけ東京駅の駅長になって戴けませんでしょうか」

何でもかでもことわってしまえと云う気持が、どこかへずれて、一日だけなんて、随分遠慮したものだなと思い出した。

私が最初に大きな声をして笑い出したので、面接に出る前に引き締めた顔の筋など、ずたずたに切れてしまった。……

先生としては突然笑いだすということはめったにあることではない。阿房列車は何本も運転されたが、大東京駅の駅長をなさるのは今度がはじめてである。というわけで汽車好きの先生は、しかつめらしいお顔をされているが腹の底では、一日駅長をその瞬間から待ち遠しく思っておられる気配である。

（中略）

あれやこれやあって、当日先生は主治医の小林博士を伴い、私の唯一の部下であり、「阿房列車」に従者として常に登場する山系君を家来にして、注文の制服制帽でいよいよ東京駅へ乗りこまれた。

東鉄の局長が来た。写真を取る諸君に都合のいい位置について、卒業証書の様な大きな辞令を受けた。写真を取るのは本職の新聞関係だけではない。素人やもぐりや、いろんなのがいるらしい。だから余っ程私の寿命はすりへった。

さて、それで公然と名誉駅長になった。

駅長室の駅長卓の前側に、駅の主任と云うのか係長と云うのか、大体その見当の主だった職員が二列三列に列んだのは、私の訓示を聴く為である。

椅子から起ち上がり、駅長卓のこちら側から、諸君の敬礼を受けた。

訓示

命ニ依リ。本職。本日著任ス。

部下ノ諸職員ハ。鉄道精神ノ本義ニ徹シ。眼中貨物旅客無ク。一意ソノ本分ヲ尽クシ。以ッテ規律に服スルヲ要ス。

規律ノ為ニハ。千噸ノ貨物ヲ雨ザラシニシ。百人ノ旅客ヲ轢殺スルモ差閊エナイ。本駅ニ於ケル貨物トハ厄介荷物ノ集積デアリ。旅客ハ一所ニ落チツイテイラレナイ馬鹿ノ群衆デアル。

職員ガコノ事ヲ弁《ワキマ》エズ。鉄道精神ヲ逸脱シテ。サアヴィスニ走リ。ソノ枝葉末節ニ拘泥シ。コレヲコレ勤メテ以ッテ足レリトスル如キアラバ。鉄道八十年ノ歴史ハ。倏忽《シュクコツ》ニシテ。鉄路ノ錆ト化スルデアロウ。

抑モサアヴィスノ事タル。已ニ泰西ノ強国ニアリテハ。カクノ如キヲ顧ル者ナク。人民ナル旅客ガコレニ期待スルハ。分ヲ知ラザルノ甚ダシイモノデアル。愚図愚図申スヤカラハ。汽車ニ乗セテヤラナクテモヨロシイ。

コノ理想ヲ実現セシムル為。本職ハ身ヲ挺《ヌキン》デテソノ職ニ膺《アタ》ラントス。

部下ノ諸職員ニシテ。勤務不勉励ナル者アラバ。秋霜烈日。寸毫モ仮借スル所ナク。直ニ処断スル。

諸子ハ駅長ノ意図スル所ニ従イ。粉骨砕身。苟モ規律ニ戻ル如キ事ガアッテハナラン。

駅長ノ指示ニ背ク者ハ。八十年ノ功績アリトモ。明日馘首《カクシュ》スル。

鉄道八十年十月十五日

東京駅名誉駅長　従五位　内田栄造

従五位は本当である。昔官立学校の先生をしていたから貰ったが、別に使い途はない。ただこう云う時の為にしまっておいた。

訓示の最後の「明日馘首」するは「即日馘首」の誤りではない。明日になれば、私は駅長室にいない。

新聞報道によれば、「規律ノ為ニハ」千トンの貨物を雨ざらしにし、百人の旅客を轢殺しても差しつかえないとは怪《け》しからんという投書があった。ここに先生の文意を推量できぬ人がいた。鉄道の規律とは何か。詮じつめれば、大切な旅客および貨物を、安全に目的地へ送り届けるための規律である。それ以外の何ものでもない。その大切な規律を破る職員がいる。それにたいして、おそるべき逆説を弄して、きびしくたしなめたのに過ぎない。

また戦争中、運輸省の鉄道総局長官長崎惣之助氏が、新聞記者会見の席で、国民が鉄道に向かってサービスを求めるのは心得違いだ。鉄道は旅客にサービスすべきではないといったのを先生は覚えておられ、それをどこまでも推し進めて行けば、戦争を遂行するためには何をしてもいい、たとえば、貨物を雨ざらしにし、旅客を轢殺するところまで行くではないかという怒りであり、皮肉、逆説のわからぬ読者の投書に過ぎない。

それはさておき、お午の十二時三十分発の「はと」を発車させるという重要な任務を放棄され、発車直前に最後尾の展望車に先生は乗ってしまった。お好きだった「はと」をただ発車させて、ホームに立っているわけにはいかない。

自分は、東京駅の名誉駅長であると同時に、名誉車掌、名誉乗客を兼ねている上に、熱海駅を視察して来るのだと心中ひそかに弁解し、上野駅長小汀利得、新宿駅長阿部真之助、横浜駅長今日出海の皆さんと顔を揃えての夕刻の祝宴には間に合うように熱海から引き返して帰って来られた。

『百鬼園先生と目白三平』（昭和六一年一一月、旺文社文庫）

初出(初刊)一覧

見送り　「週刊朝日」昭和八年八月一日号(『百鬼園随筆』昭和八年一〇月、三笠書房)
一等車　「東京朝日新聞」昭和八年九月一二―一三日(『百鬼園随筆』)
立腹帖　「東京朝日新聞」昭和九年三月一六―二〇日(『続百鬼園随筆』昭和九年五月、三笠書房)
旅愁　「週刊朝日」昭和九年七月銷夏読物号(『無絃琴』昭和九年一〇月、中央公論社)
風稿録　「大阪朝日新聞」昭和九年八月二二―二三日(『無絃琴』)
曾遊　掲載誌不詳(『無絃琴』)
官命出張旅行　「河北新報」昭和一〇年五月三一日(『凸凹道』昭和一〇年一〇月、三笠書房)
非常汽笛　「若草」昭和一〇年八月(『凸凹道』)
汽笛一声　「旅」昭和一一年一月号(『有頂天』昭和一一年七月、中央公論社)
一等旅行の弁　「東京日日新聞」昭和一二年三月二八―三一日(『随筆新雨』昭和一二年一〇月、小山書店)

鉄道館漫記　「新日本」昭和一三年二月号（『丘の橋』昭和一三年六月、新潮社）
荒手の空　「合同新聞」昭和一五年一〇月二〇日（『船の夢』昭和一六年七月、那珂書店）
小列車　「スイート」昭和一六年一月号（『船の夢』）
通貨列車　「大和」昭和一七年一一月号（『戻り道』昭和一九年七月、青磁社）
初乗り　「大和」昭和一七年一二月号（『戻り道』）
夜汽車　「大和」昭和一八年一月号（『戻り道』）
寝台車　「大和」昭和一八年二月号（『戻り道』）
洋燈と毛布　「大和」昭和一八年三月号（『戻り道』）
乗り遅れ　「大和」昭和一八年四月号（『戻り道』）
戻り道　臺灣鉄道局発行誌（誌名不詳）五月号（『戻り道』）
その時分　「大和」昭和一八年五月号（『戻り道』）
先年の急行列車　「国鉄情報」昭和二二年一二月三〇日（『随筆億劫帳』昭和二六年四月、河出書房）
列車食堂　「国鉄」昭和二五年一一月二五日（『鬼園の琴』昭和二七年一月、三笠書房）
関門　「国鉄」昭和二六年七月二五日（『鬼園の琴』）
れるへ　「国鉄」昭和二七年九月二〇日、一〇月一五日（単行本未収録）
時は変改す　「小説新潮」昭和二八年二月号（『無伴奏』昭和二八年五月、三笠書房）

九州のゆかり　「西日本新聞」昭和三一年二月三日―一四日（『鬼苑漫筆』昭和三一年七月、三笠書房）

偽物の新橋駅　「西日本新聞」昭和三一年四月五日（『鬼苑漫筆』）

八代紀行　「国鉄」昭和三二年九月？（『ノラや』昭和三二年一二月、文藝春秋新社）

千丁の柳　「小説新潮」昭和三二年九月号（『ノラや』）

沿線の広告　「東京新聞」昭和三三年七月二九日（『つわぶきの花』昭和三六年二月、筑摩書房）

臨時停車　「小説新潮」昭和三三年一〇月号（『つわぶきの花』）

車窓の稲光り　「小説新潮」昭和四四年二月号（『残夢三昧』昭和四四年一一月、三笠書房）

阿房列車の車輪の音　「小説新潮」昭和四四年一二月号（『日没閉門』昭和四六年四月、新潮社）

逆撫での阿房列車　「小説新潮」昭和四五年二月号（『日没閉門』）

編集付記

一、ちくま文庫版の編集にあたっては、一九八六年二月に刊行が開始された福武書店版『新輯　内田百閒全集』を底本としました。

一、表記は原則として新漢字、現代かなづかいを採用しました。

一、カタカナ語等の表記はあえて統一をはからず、原則として底本どおりとしましたが、拗促音等は半音とし、ヰはウィに、ヸはヴィに、ヷはヴァに改めました。

ステツプ↓ステップ
ヰスキイ↓ウィスキイ
市ケ谷↓市ヶ谷

一、ふりがなは、底本の元ルビは原則として残し、現在の読者に難読と思われるものを最小限施しました。

一、今日の人権意識に照らして不適切と思われる人種・身分・職業・身体障害・精神障害に関する語句や表現がありますが、作者（故人）が差別助長の意図で使用していないこと及び時代背景、作品の価値を考慮し、原文のままとしました。

芥川龍之介全集（全8巻）　芥川龍之介

確かな不安を漠然とした希望の中に生きた芥川の全貌。名手の名をほしいままにした短篇から、日記、随筆、紀行文までを収める。

わが落語鑑賞　安藤鶴夫

名人たちの話芸を、浅草生まれの東京人安鶴が洒脱な筆に置きかえて、落語の真随を描き出す。「富久」「つるつる」「酢豆腐」など16話。（澤登翠）

桃仙人　嵐山光三郎

深沢さんはアクマのように素敵な人でした――24歳の時から〈夢屋一家〉の一員として愛された著者が、ついに斬り捨てられる日までを綴る傑作。

温泉旅行記　嵐山光三郎

自称・温泉王が厳選した名湯・秘湯の数々。旅行ガイドブックとは違った嵐山流遊湯三昧紀行。気の持ちようで十分楽しめるのだ。（安西水丸）

頬っぺた落とし う、うまい！　嵐山光三郎

うまい料理には事情がある。不法侵入者のカレー、別れた妻の湯豆腐など20の料理にまつわる、ジワリと唾液あふれじんと胸に迫る物語。（南伸坊）

活字の人さらい　嵐山光三郎

戦後十年、力道山が活躍し、初のゴジラ映画が封切られた時代、本好き少年祐太に数々の事件が降りかかる！　本邦初冒険読書小説。（椎名誠）

新釈古事記　石川淳

本邦最初の文学『古事記』――その千古の文体と『狂風記』の作家との出会い。正確かつ奔放な訳業によって、今新しく蘇る！（西郷信綱）

読み切り三国志　井波律子

中国の戦国時代、魏・蜀・呉の三国の興亡と、乱世を戦い抜いた英雄たちの姿を生き生きとした名調子で語る痛快無比の物語。（吉川忠夫）

うたの心に生きた人々　茨木のり子

こんな生き方もあったんだ！　破天荒で、反逆精神に溢れ、国や社会に独自の姿勢を示し、何より詩に賭けた四人の詩人の生涯を鮮やかに描く。

泉鏡花集成（全14巻）　泉鏡花　種村季弘編

怪異もの・人情もののみが強調されがちな鏡花の作品を、現代文学に直結する表現・思想という視点から新たに編んだ作品集。

「半七捕物帳」江戸めぐり　今井金吾

捕物帳の元祖「半七」の全生涯を作品中からの推理と実地調査で浮き彫りにし、江戸から明治への世相風俗地理を甦らせる快作。大衆文学研究賞受賞。

「半七捕物帳」大江戸歳事記　今井金吾

「半七捕物帳」に材を採り、その背景となる世態風俗を季節ごとに追う。半七と共に暮らす人々の四季を味わう異色の江戸歳事記。（縄田一男）

内田百閒集成（全12巻・刊行中）　内田百閒

飄飄とした諧謔、夢と現実のあわいにある恐怖。磨きぬかれた言葉で独自の文学を頑固に紡ぎつづけた内田百閒の、文庫による本格的集成。

私の「漱石」と「龍之介」　内田百閒

師・漱石を敬愛してやまない百閒が、おりにふれて綴った師の行動と面影とエピソード。さらに同門の友、芥川との交遊を収める。（武藤康史）

ヴァージニア・ウルフ短篇集　ヴァージニア・ウルフ　西崎憲編訳

都会に暮らす孤独を寓話風に描く「ミス・Vの不思議な一件」をはじめ、ウルフの緻密で繊細な短篇作品17篇を新訳で収録。文庫オリジナル。

江戸川乱歩随筆選　江戸川乱歩　紀田順一郎編

初恋の話、人形の話、同性愛文学の話、孤独癖の話、歌舞伎の話……など、〈乱歩ワールド〉を、さらに深く味わうためのめくるめくオモチャ箱。

江戸川乱歩全短篇1（全3巻）　日下三蔵編

乱歩の全短篇を自身の解題付きで贈る全三冊。本巻には、二銭銅貨、心理試験、恐ろしき錯誤、D坂の殺人事件、火縄銃、黒手組など22作収録。

江戸川乱歩全短篇2　日下三蔵編

「湖畔亭事件」「鬼」「屋根裏の散歩者」「何者」「月と手袋」「堀越捜査一課長殿」「陰獣」。意表をつく展開と奇抜なトリックの名作群計七篇。

江戸川乱歩全短篇3　日下三蔵編

「私の妙な趣味が書かせた謂わば変格的な探偵小説」と作者自らが語る22篇。「赤い部屋」「人間椅子」「芋虫」「百面相役者」「覆面の舞踏者」他。

乱歩の選んだベスト・ホラー　森英俊　野村宏平編

乱歩のエッセイ「怪談入門」は絶好の幻想怪奇小説ガイド。その中から選び抜いた「猿の手」（原典版）「蜘蛛」「専売特許大統領」等個性派12篇。

尾崎翠集成（上）　中野翠 編
鮮烈な作品を残し、若き日に音信を絶った謎の作家・尾崎翠。この巻には代表作「第七官界彷徨」をはじめ初期短篇、詩、書簡、座談を収める。

梶井基次郎全集（全1巻）　梶井基次郎
「檸檬」「泥濘」「桜の樹の下には」「交尾」をはじめ、習作・遺稿を全て収録し、梶井文学の全貌を伝える。一巻に収めた初の文庫版全集。（高橋英夫）

芸談 あばらかべっそん　桂文楽
名人・桂文楽。飲む打つはもちろん重ね重ねの色ざんげ。笑わせホロリとさせハラハラさせる、芸の肥しでいっぱいの毎日。（矢野誠一）

らくごDE枝雀　桂枝雀
桂枝雀が落語の魅力と笑いのヒミツをおもしろおかしく解きあかす本。持ちネタ五選と対談で、「笑いの正体」が見えてくる。（上岡龍太郎）

桂枝雀のらくご案内　桂枝雀
上方落語の人気者が愛する持ちネタ厳選60を紹介。噺の聞かせどころや想い出話をまじえて楽しく落語の世界を案内する。（イーデス・ハンソン）

禁酒宣言　上林暁　坪内祐三 編
宿酔と悔恨を何度くり返しても止められぬ酒……。女将の優しい一言への勘ちがい……。私小説作家の凄絶で滑稽な酒呑み小説集。

岡本綺堂集 青蛙堂鬼談　岡本綺堂　日下三蔵 編
江戸情緒が残る明治を舞台に、人々の心の闇に宿った恐るべき話や、愛情ゆえに現世に未練を残した哀しい話の数々が語られる。

横溝正史集 面影双紙　横溝正史　日下三蔵 編
血縁・地縁に縛られた日本の風土のなかで、人々の愛憎・復讐・怨念がひきおこす惨劇。人間の心の奥底に眠る恐怖を描いた傑作集！

久生十蘭集 ハムレット　久生十蘭　日下三蔵 編
異常なまでの熱意と博学で自らの作品を彫琢した類まれな作家の傑作選。「黒い手帳」「海豹島」「ハムレット」とその原型「刺客」等14作品収録。

城昌幸集 みすてりい　城昌幸　日下三蔵 編
ショートショートの先駆者であり、江戸川乱歩をして「人生の怪奇を宝石のように拾い歩く詩人」と言わしめた城昌幸の魅力を網羅した一冊。

海野十三集　三人の双生児
海野十三　日下三蔵　編
超音波、テレヴィジョン——モダン科学を駆使した奇ッ怪な事件に帝都震撼！　昭和の科学小僧を熱狂させた日本SFの父・海野十三の世界。

小酒井不木集　恋愛曲線
小酒井不木　日下三蔵　編
医者としての体験と科学的知識をもとに、安楽死、人工臓器、薬物など、斬新なアイディアで探偵小説の世界に衝撃を与えた作品群が甦る！

渡辺啓助集　地獄横丁
渡辺啓助　日下三蔵　編
薔薇と悪魔の詩人と呼ばれた作家の名作を集大成。常識を覆す凄惨な世界と、詩情あふれる美的世界とが織りなす独特な作品をお楽しみ下さい。

水谷準集　お・それ・みを
水谷準　日下三蔵　編
戦前の伝説的マガジン「新青年」の編集長として、また探偵作家として、モダニズムと大ロマンの世界を築きあげた水谷準、そのすべて。

佐藤春夫集　夢を築く人々
佐藤春夫　日下三蔵　編
本格の探偵小説というものは行動と推理の文学だと理解している——「文学の魔術師」と呼ばれた文豪の、モダニズムと幻想あふれる短編集。

上方落語
桂米朝コレクション1
桂米朝
人間国宝・桂米朝の上方落語を、テーマ別編集する。第一巻は季節感あふれるものを集めた「四季折々」。本人による作品解説付。　（小松左京）

上方落語
桂米朝コレクション2
桂米朝
落語の原型は上方にあり。第二巻「奇想天外」はシュールな落語大集合。突拍子もない発想、話芸ならではの世界。本人による解説付。　（堀晃）

ギリシア悲劇Ⅰ
アイスキュロス　高津春繁他訳
「縛られたプロメテウス」「ペルシア人」「アガメムノン」「供養する女たち」「テーバイ攻めの七将」ほか2篇を収める。　（高津春繁）

ギリシア悲劇Ⅱ
ソポクレス　松平千秋他訳
「アイアス」「トラキスの女たち」「アンティゴネ」「エレクトラ」「オイディプス王」「ピロクテテス」「コロノスのオイディプス」を収録。　（高津春繁）

ギリシア悲劇Ⅲ
エウリピデス　松平千秋他訳
「アルケスティス」「メデイア」「ヘラクレスの子供たち」「ヒッポリュトス」「アンドロマケ」「ヘカベ」「ヘラクレス」ほか3篇を収録。　（松平千秋）

ギリシア悲劇Ⅳ　エウリピデス　松平千秋他訳

「エレクトラ」「タウリケのイピゲネイア」「ヘレネ」「フェニキアの女たち」「オレステス」「バッコスの信女」「キュクロプス」ほか2篇を収録。（付・年表／地図）

グリム童話（上）　池内紀訳

「狼と七ひきの子やぎ」「ヘンゼルとグレーテル」「灰かぶり姫」「赤ずきん」「ブレーメンの音楽隊」、新訳「コルベス氏」等32篇。新鮮な名訳が魅力だ。

グリム童話（下）　池内紀訳

「いばら姫」「白雪姫」「水のみ百姓」「きつねと猫」などに「すすまみれ悪魔の弟」など新訳6篇を加え34篇を歯切れのよい名訳で贈る。

忘れえぬ山（分売不可・全3巻）　串田孫一編

「あなたが一番好きな山はどこですか？」——山を愛してやまぬ岳人達により、山の空気やあふれる詩情が伝わる、すぐれた登攀紀行文集。（三宅修）

若きヴェルテルの悩み　ゲーテ　柴田翔訳

激しい感情のうねり、旧社会への反発。絶望的な恋愛を描いて当時の若者に衝撃を与えたこの作品は、時代をこえて永遠の青春小説となった。

古典落語　志ん生集　古今亭志ん生　飯島友治編

八方破れの生きざまを芸の肥やしとした五代目志ん生の、「お直し」「品川心中」など今も色褪せることのない演目を再現する。

古典落語　文楽集　桂文楽　飯島友治編

八代目桂文楽は「明烏」など演題のすべてが「十八番」だった。言葉のはしばしまで磨きぬかれ、完成された芸を再現。

古典落語　圓生集（上）　三遊亭圓生　飯島友治編

寄席育ちの六代目三遊亭圓生は、洒脱な滑稽味で聞かせる落とし噺、しっとりと語り込む人情噺を得意とした。この巻には「らくだ」ほか11篇。

古典落語　圓生集（下）　三遊亭圓生　飯島友治編

圓生は、その芸域の広さ、演題の豊富さは噺界随一といわれた。この巻には、「文違い」「佐々木政談」「浮世床」「子別れ」ほか8篇を収める。

古典落語　金馬・小圓朝集　三遊亭金馬／三遊亭小圓朝　飯島友治編

豪放な芸風、明快な語り口でファンを魅了した三代目金馬。淡々とした語り口の中に、江戸前の滑稽味あふれる三代目小圓朝。味わいある二人集。

古典落語 小さん集 柳家小さん 飯島友治 編
いまや、芸、人物ともに落語界の最高峰である五代目小さん。熊さん八っつぁん、ご隠居おかみさんから狸まで、理屈抜きで味わえる独演集。

古典落語 正蔵・三木助集 林家正蔵／桂三木助 飯島友治 編
端正な語り口で怪談・芝居噺、そして晩年の随談で聞手を魅了した正蔵、繊細な感覚、飄逸な軽みで人々に愛された三木助。懐しくも楽しい一席を。

落語百選 春 麻生芳伸 編
古典落語の名作をその〝素型〟に最も近い形で書起し四季に分け編集したファン必携のシリーズ。故金原亭馬生師の挿画も楽しい。（鶴見俊輔）

落語百選 夏 麻生芳伸 編
「出来心」「金明竹」「素人鰻」「お化け長屋」など、大笑いあり、しみじみありの名作二五篇。読者が演者となりきれる〈活字寄席〉。（都筑道夫）

落語百選 秋 麻生芳伸 編
「秋刀魚は目黒にかぎる」でおなじみの「目黒のさんま」ほか「時そば」「野ざらし」「粗忽の釘」など江戸の気分あふれる25話。（加藤秀俊）

落語百選 冬 麻生芳伸 編
義太夫好きの旦那をめぐるおかしくせつない「寝床」。「火焔太鼓」「文七元結」「芝浜」「粗忽長屋」など25篇。百選完結。（岡部伊都子）

落語特選（上） 麻生芳伸 編
好評を博した『落語百選』に続く特別編。「品川心中」「居残り左平次」他最も〝落語らしい落語〟を選りすぐった書き下し二十篇。（G・グローマー）

落語特選（下） 麻生芳伸 編
編者曰く「落語の未来はコイツに託す」という『居残り佐平次』他特選厳選の二十篇。「落語百選」から続く大好評のシリーズ完結篇。（小沢昭一）

定本艶笑落語1
艶笑小咄傑作選 小島貞二 編
「お座敷ばなし」として、江戸時代からひそやかに語りつがれてきた何百という艶笑小咄。バラエティにあふれ、こっそりと楽しめる傑作落語。

定本艶笑落語2
艶笑落語名作選 小島貞二 編
好色的なおかしさ、あでやかな笑いを何人もの師匠の記憶をたしかめ、原形に復元した、おおらかでたのしい、日本の伝統的な〝よきエロチカ〟。

定本艶笑落語3
艶笑落語名演集　小島貞二編
古今亭志ん生、橘ノ圓都といった大長老が健在のときに採録した、艶笑落語名演としては、その顔ぶれ、演題ともにベストの収録内容である。

禁演落語　小島貞二編著
なぜこの落語たちは禁じられたのか？　第二次大戦下の禁演落語五三篇に戦後占領下の禁演二〇篇の解説を付した初の禁演落語集。文庫オリジナル。

なめくじ艦隊　古今亭志ん生
〝空襲から逃れたい〟、〝向こうには酒がいっぱいある〟という理由で満州行きを決意。存分に自我を発揮して自由に生きた落語家の半生。（矢野誠一）

日本異界絵巻　小松和彦／宮田登／鎌田東二／南伸坊
役小角、安倍晴明、酒呑童子、後醍醐天皇ら、妖怪変化、異界人たちの列伝。魑魅魍魎が跳梁跋扈する闇の世界へようこそ。挿画、異界用語集付き。

中国笑話《しょうわ》集　駒田信二編訳
辛辣でエロティックで……豊かな歴史に育まれた笑いと知恵が渦巻く中国の笑話。『笑林』『笑府』他から厳選し名訳で贈る六百編のおたのしみ。

中国大盗伝　駒田信二
安禄山と楊貴妃、美女を偸む大怪盗、刺客の意表をつく活躍譚他、中国に跳梁跋扈した盗賊たちの豪壮で苛烈な生と死のドラマ。（田中芳樹）

ふるさと隅田川　幸田文　金井景子編
水に育まれ、人生の節目に水音をいつも身近に聴きながら、その計り知れない力の様態を問い続けた幸田文。「水の風景」を主としたアンソロジー。

志ん朝の風流入門　古今亭志ん朝　齋藤明
失われつつある日本の風流な言葉を、小唄端唄、和歌俳句、芝居や物語から選び抜き、古今亭志ん朝の粋な語りに乗せてお贈りする。（浜美雪）

坂口安吾全集（全18巻）　坂口安吾
時代を超え、常に人間の根源に向って問いを発してやまない安吾文学をオリジナル版で体系化し、その全容を集大成して贈る。

怪談牡丹燈籠・怪談乳房榎　三遊亭円朝
カランコロンと下駄の音が聞こえると……。名人円朝の代表作「怪談牡丹燈籠」の口演速記。「乳房榎」を併録。（安藤鶴夫）

三国志演義
（全7巻・刊行中）
井波律子訳
後漢王朝崩壊の後、大乱世への序幕の季節を背景として、曹操の魏、劉備の蜀、孫権の呉の三国鼎立の覇権闘争を雄大なスケールで描く。個人新訳。

三国志演義1
井波律子訳
後漢末の乱世、劉備・関羽・張飛が、桃園で義兄弟の契りを結ぶところから始まり、曹操・孫堅など第一世代の主要メンバーがほとんど顔を揃える。

武士の娘
杉本鉞子
大岩美代訳
明治維新期に越後の家に生れ、厳格なしつけと礼儀作法を身につけた少女が開花期の息吹にふれて渡米、近代的女性となるまでの傑作自伝。

遠い朝の本たち
須賀敦子
一人の少女が成長する過程で出会い、愛しんだ文学作品の数々を、記憶に深く残る人びとの想い出とともに描くエッセイ。（末盛千枝子）

寺島町奇譚（全）
滝田ゆう
電気ブランを売るバー、銀ながしのおにいさん……戦前から戦中への時代を背景に、玉の井遊廓界隈の日常を少年キヨシの目で綴る。（吉行淳之介）

滝田ゆう落語劇場（全）
滝田ゆう
下町風俗を描いてピカ一の滝田ゆうが意欲満々取り組んだ古典落語の世界。作品はおなじみ「富久」「芝浜」「死神」「青菜」「付け馬」など三十席収録。

太宰治全集（全10巻）
太宰治
第一創作集『晩年』から『人間失格』、さらに『もの思う葦』ほか随想集も含め、清新な装幀でおくる待望の文庫版全集。

山頭火句集
種田山頭火
村上護編／小崎侃画
自選句集「草木塔」を中心に、その境涯を象徴する随筆も精選収録し、〝行乞流転〟の俳人の全容を伝える一巻選集！（村上護）

作家の風貌
田沼武能
日本文学史上を彩る谷崎潤一郎から渡辺淳一まで70人の巨匠たち。その風貌と全身から放たれる強烈な個性を、写真界の第一人者のレンズが捉える。

夏目漱石全集（全10巻）
夏目漱石
時間を超えて読みつがれる最大の国民文学を、10冊に集成して贈る画期的な文庫版全集。全小説及び小品、評論に詳細な注・解説を付す。

失われた時を求めて（全10巻）
マルセル・プルースト
井上究一郎訳
二十世紀文学の最高峰――一万枚に近い長篇小説の個人全訳初の文庫化。訳注を大幅加筆。

プルースト評論選Ⅰ 文学篇
マルセル・プルースト
保苅瑞穂編
二十世紀最高の小説家プルーストは卓抜な批評家でもあった。文学への信念が読む者を打つ『サント＝ブーヴに反論する』を軸とする白眉の文学論集。

眠れる森の美女
シャルル・ペロー
巖谷國士訳
昔話のもつ不可思議な魅力に、詩人ペローのしたたかな風刺精神と優雅な語り口が加わった、大人が楽しめる物語。ドレの美しい挿画がたくさん。

マンスフィールド短篇集
キャサリン・マンスフィールド
西崎憲編訳
幸せな日常生活をかすめていく死の影。微妙にゆれる少女の心を描く「ガーデン・パーティ」など、名短篇を新鮮な訳文で贈る。文庫オリジナル。

宮沢賢治全集（全10巻）
宮沢賢治
『春と修羅』、『注文の多い料理店』はじめ、賢治の全作品及び異稿を、綿密な校訂と定評ある本文によって贈る話題の文庫版全集。書簡など2巻増巻。

京極夏彦が選ぶ！
水木しげる未収録短編集
水木しげる
京極夏彦編
大の水木ファンである京極夏彦が、貸本劇画から少年まんが、青年コミックまで、水木マンガの知られざる傑作の数々を大公開！

京極夏彦が選ぶ！
水木しげるの奇妙な劇画集
水木しげる
京極夏彦編
熱烈水木ファンの京極夏彦が集めた、隠れた水木劇画の数々。鬼太郎シリーズやベートーベンなど、ちょっと奇妙でアダルトな水木ワールド！

本取り虫
群ようこ
本を読むのをやめられない！　そんな著者のとっておき、心に残った本をお教えします。読書遍歴の始まりは「金太郎」だった。（ツルタヒカリ）

一葉の口紅　曙のリボン
群ようこ
美人で聡明な一葉だが、毎日が不安だった。近代的なお嬢様、曙にも大きな悩みが……。二人はなぜ書くことに命をかけたのか？　渾身の小説。（鷺沢萠）

森鷗外全集（全14巻）
森鷗外
幅広く深遠な鷗外の作品を簡潔精細な注と、気鋭による清新な解説を付しておくる、画期的な文庫版全集。（田中美代子）

記憶の絵　森茉莉

父鷗外と母の想い出、パリでの生活、日常のことなど、趣味嗜好をないまぜて語る、輝くばかりの感性と滋味あふれるエッセイ集。（中野翠）

ベスト・オブ・ドッキリチャンネル　森茉莉　中野翠編

週刊新潮に連載（79〜85年）し好評を博したテレビ評。一種独特の好悪感を持つ著者ならではのユーモアと毒舌をじっくりご堪能あれ。（中野翠）

マリアの気紛れ書き　森茉莉

「自惚れに怒りをまぜて加熱すればマリアが出来上る」など極めつきの表現やエスプリが随所にちりばめられた文学エッセイ。（小島千加子）

甘い蜜の部屋　森茉莉

天使の美貌、無意識の媚態。薔薇の蜜で男たちを溺れ死なせていく少女モイラと父親の濃密な愛の部屋。稀有なロマネスク。（矢川澄子）

貧乏サヴァラン　森茉莉　早川暢子編

オムレット、ボルドオ風茸料理、野菜の牛酪煮……。食いしん坊茉莉は料理自慢。香り豊かな〝茉莉ことば〟で綴られる垂涎の食エッセイ。文庫オリジナル

マリアのうぬぼれ鏡　森茉莉　早川暢子編

「ありとあらゆる愉快なもの、きれいなもの、奇異な考え、空想で一杯」の頭の中から紡ぎ出された、極めつきの茉莉語録。文庫オリジナル。

父親としての森鷗外　森於菟

鷗外の長男、於菟が綴った一家の歴史と真実。一族の期待を担い、父として人間として果敢に生きた鷗外を活写して余すところない記録。（長沼行太郎）

谷中スケッチブック　森まゆみ

昔かたぎの職人が腕をふるう煎餅屋、豆腐屋。子供たちでにぎわう路地、広大な墓地に眠る人々。取材を重ねて捉えた谷中の姿。（小沢信男）

不思議の町　根津　森まゆみ

一本の小路を入ると表通りとはうって変って不思議な空間を見せる根津。江戸から明治期への名残りを留める町の姿と歴史を描く。（松山巖）

「谷根千」の冒険　森まゆみ

経験もお金もないけれど、好奇心と情熱だけは誰にも負けない四人の母親。愛する自分の町のためにはじめた地域雑誌「谷根千」の大冒険。

ちくま文庫

立腹帖　内田百閒集成2

二〇〇二年十一月六日　第一刷発行

著　者　内田百閒（うちだ・ひゃっけん）
発行者　菊池明郎
発行所　株式会社　筑摩書房
東京都台東区蔵前二―五―三　〒一一一―八七五五
振替〇〇一六〇―八―四一二三

装幀者　安野光雅
印刷所　株式会社精興社
製本所　株式会社鈴木製本所

ちくま文庫の定価はカバーに表示してあります。
乱丁・落丁本及びお問い合わせは左記へお願いいたします。
筑摩書房サービスセンター
埼玉県さいたま市櫛引町二―六〇四　〒三三一―八五〇七
電話番号　〇四八―六五一―〇〇五三

ISBN4-480-03762-4 C0195